A CANÇÃO DE BÊLIT

TOMO 1

A Tigresa e o Leão

———

Por Robert E. Howard
e Rodolfo Martínez

———

Tradução de Jana Bianchi

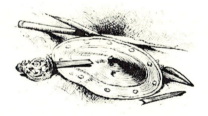

AVEC EDITORA
PORTO ALEGRE, RS, BRASIL
2021

Copyright © Robert E. Howard, Rodolfo Martínez.

Todos os direitos desta edição reservados à AVEC Editora.
Nenhuma parte desta publicação poderá ser reproduzida, seja por meios mecânicos, eletrônicos ou em cópia reprográfica, sem autorização prévia da editora.

Edição	*Artur Vecchi*
Tradução	*Jana Bianchi*
Revisão	*Camila Villalba*
Ilustração da capa e mapa	*Matias Streb*
Projeto Gráfico e diagramação	*Luciana Minuzzi*
Imagens	*British Library e Freepik*
	(dgim studio, rawpixel, Mariia_fr,
	macrovector, kjpargeter, brgfx)

H 848

Howard, Robert E.
A canção de Bêlit : a tigresa e o leão / Robert E. Howard, Rodolfo Martínez; tradução de Jana Bianchi. – Porto Alegre : Avec, 2021.

ISBN 978-85-5447-073-9
1. Ficção norte-americana   I. Martínez, Rodolfo   II. Bianchi, Jana   III. Título

CDD 813

Índice para catálogo sistemático:
1.Ficção : Literatura norte-americana 813

Ficha catalográfica elaborada por Ana Lucia Merege CRB-7 4667

1ª edição, 2021
Impresso no Brasil / Printed in Brazil

Caixa postal 7501
CEP 90430 - 970
Porto Alegre - RS
www.aveceditora.com.br
contato@aveceditora.com.br
instagram.com/aveceditora

SUMÁRIO

PARTE UM: A TIGRESA E O LEÃO..........................13
   CAPÍTULO UM: A TIGRESA DO MAR.........................15
   CAPÍTULO DOIS: MERCADORIAS E LEMBRETES.......................23
   CAPÍTULO TRÊS: TRAFICANTES DE CARNE......................31
   CAPÍTULO QUATRO: O INQUISIDOR MANCO...............39
   CAPÍTULO CINCO: REIS DE ASCALÃO........................46
   CAPÍTULO SEIS: O PRÍNCIPE INQUIETO.................54
   CAPÍTULO SETE: BRUXO E ESCRAVO.........................58
   CAPÍTULO OITO: O ESCRAVO FUGITIVO....................64
   CAPÍTULO NOVE: O PACTO COM OS GENITORES.....................68
   CAPÍTULO DEZ: CONTABILIDADE CRIATIVA...............71
   CAPÍTULO ONZE: A MONTANHA DOS ASSASSINOS.................79
   CAPÍTULO DOZE: PARA O SUL............................83

PARTE DOIS: A TERRA NEGRA...........................89
   CAPÍTULO UM: O BRUXO ENGANADO.......................90
   CAPÍTULO DOIS: NAKANDA WAZURI.......................97
   CAPÍTULO TRÊS: JANTAR REAL........................104
   CAPÍTULO QUATRO: O APRENDIZ DE ASSASSINO...................113
   CAPÍTULO CINCO: O ESCRAVIZADO MORIBUNDO..................119
   CAPITULO SEIS: PASSADO, FUTURO, NOSTALGIA E DESEJO....123
   CAPÍTULO SETE: CONSPIRADORES........................130
   CAPÍTULO OITO: PREPARATIVOS DE GUERRA......................136
   CAPÍTULO NOVE: O CORTEJO DE ISUNÉ.................150
   CAPÍTULO DEZ: ANIVERSÁRIO REAL....................158
   CAPÍTULO ONZE: A COROAÇÃO DUPLA.................164
   CAPÍTULO DOZE: MENTES ATRIBULADAS.................171

NOTA DA TRADUTORA

O conto "A rainha da Costa Negra", de Robert E. Howard, foi publicado originalmente na revista *Weird Tales* em maio de 1934 com o título de "The Queen of the Black Coast". O autor Rodolfo Martínez traduziu o texto para o castelhano e o mesclou em sua totalidade à narrativa original, espalhando trechos em vários capítulos dos quatro livros que compõe *A canção de Bêlit*. Assim, de modo a manter a uniformidade de tom da narrativa e as escolhas de edição de Rodolfo Martínez, toda a tradução para o português foi feita a partir da obra em castelhano — inclusive os trechos de "A rainha da Costa Negra" já traduzidos do inglês. Embora "The Queen of the Black Coast" esteja em domínio público, a tradução para o espanhol é obra de Rodolfo Martínez, e a tradução para o português é obra de Jana Bianchi. Nenhuma delas pode ser reproduzida sem autorização.

Saiba, ó príncipe: nos anos que se passaram entre o momento em que o oceano engoliu Atlântida junto das demais cidades resplandecentes e a ascensão dos filhos de Aryas, houve uma era inimaginável, na qual reinos reluzentes se espalhavam pelo mundo tal qual mantos cerúleos sob o firmamento estrelado — Nemédia, Ofir, Britúnia, Hiperbórea. Zamora, com suas mulheres de cabelos escuros e torres de mistérios vetustos; Zingara, com sua cavalaria; Koth, que margeava os pastos de Shem; Estígia, com seus túmulos guardados por sombras; Hircânia, com seus ginetes vestidos de aço, seda e ouro. Mas o reino mais orgulhoso do mundo era Aquilônia, que reinava suprema no onírico oeste. De lá surgiu, com a espada em riste, Conan, o cimério, de cabelos negros e olhar aguçado. Ladrão, saqueador e assassino, dotado de melancolia e júbilo colossais, disposto a esmagar os tronos adornados da Terra sob a sola de suas sandálias.

— As crônicas da Nemédia

PRÓLOGO

A PROFECIA

*Crês que o inverno sombrio termina,
que as sombras renunciam a seu reino gelado,
que as chuvas castigam o mar encrespado
e a luz bruxuleia entre orvalho e neblina?*

*Crês que, do verão, o infinito dourado
vira um castanho apagado e tardio,
gestante de sombra, medo e fastio,
que traz um outono prematuro e arruinado?*

*Pois crê que o trajeto que em mim desemboca,
que leva à minh'alma, meu rosto, minha boca,
a meu critério estará fechado.*

*Será um abismo cercado de espinhos,
que só abrirá os obscuros caminhos
ao bárbaro cujo regresso é muito aguardado.*

— A canção de Bêlit

N'Yaga, acompanhado de dois sacerdotes de Ísis e Osíris, estava no cume de N'Ketil, o pico mais alto de Nakanda. Do alto, as estrelas assistiam zombeteiras enquanto ele se ajoelhava e pousava a palma das mãos no solo.

Os sacerdotes deram um passo para o lado, nervosos como ficavam sempre que alguém realizava um dos rituais antigos. N'Yaga enfiou os dedos na terra, fechou os olhos e permaneceu imóvel enquanto um murmúrio rouco lhe escapava da garganta.

Não precisou esperar muito. A chegada dos genitores fez com que a terra tremesse de leve, e o homem notou o formigamento na ponta dos dedos.

"Cá estamos, filho. Nos chamaste?", ouviu dentro da mente. Era uma voz profunda e retumbante.

N'Yaga respirou fundo. Examinara os indícios, analisara os diferentes sinais. A resposta fora, repetidas vezes, que a profecia estava prestes a se cumprir. Será que era verdade? Que enfim aconteceria o que esperavam havia milhares de anos?

"Os acontecimentos estão se adiantando, filho", foi a resposta. "O futuro já está se entremeando ao presente."

O velho xamã prendeu a respiração. Será que conseguiriam?

"Jemi Asud e Jemi Ahmar serão uma. Set será enviado de volta às sombras. Mas o preço a pagar será alto. Para todos. Especialmente para ti."

Quão alto?

"Tão alto que, se tu soubesses, talvez renunciasse." Os genitores fizeram uma pausa, como se estivessem dando um tempo para que N'Yaga pudesse tomar uma decisão. "Queres saber o preço?"

Será que queria? Dedicara a vida ao cumprimento da profecia, como todos os xamãs que tinham vindo antes dele. O que deveria fazer? O que seria melhor? Permanecer na ignorância e deixar que o futuro seguisse seu curso ou obter informações demais e se arriscar a deturpá-lo?

O tempo passou ao seu redor. Podia sentir a respiração apreensiva dos progenitores em seu cangote.

Enfim se decidiu, torcendo para ter escolhido com sabedoria.

"Isso é difícil dizer, filho."

Não importava. Tomara uma decisão. Pagaria o preço, fosse qual fosse — que lamentasse depois por não ter escolhido diferente. Havia muita coisa em jogo para que agisse diferente.

A profecia se cumpriria. Recuperariam o que lhes pertencia. Teriam êxito.

"Pelo menos por um tempo", disseram os progenitores.

Ele franziu o cenho.

"Nada é para sempre, filho. Já deverias saber. Nada dura eternamente."

Tinham razão.

"Sê forte, filho. Irás precisar."

Sentiu a presença dos progenitores deixando sua mente e voltando à terra, que de novo tremeu de leve em reação à passagem das entidades. Abriu os olhos e se aprumou. Os sacerdotes o encaravam, ansiosos.

— Será em breve — disse, respondendo à pergunta não proferida. — Muito em breve.

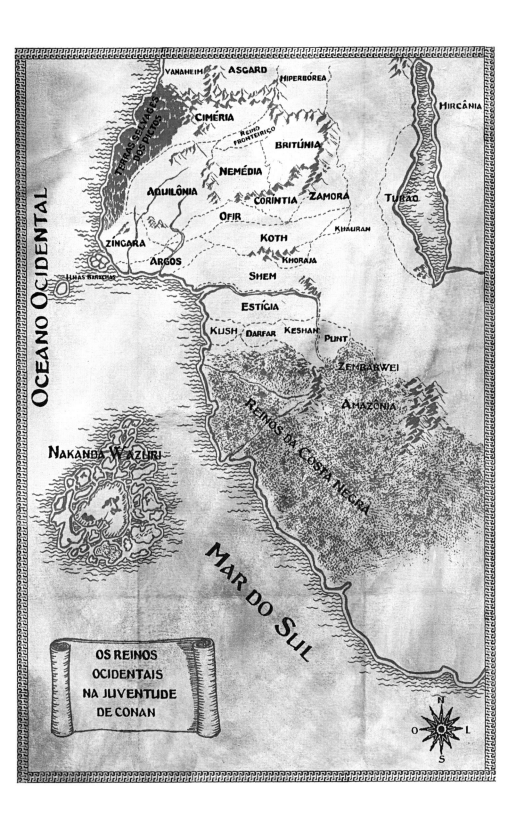

PARTE UM

———

A TIGRESA E O LEÃO

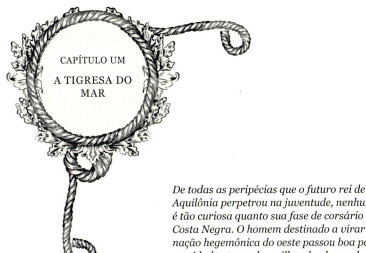

CAPÍTULO UM
A TIGRESA DO MAR

De todas as peripécias que o futuro rei de Aquilônia perpetrou na juventude, nenhuma é tão curiosa quanto sua fase de corsário da Costa Negra. O homem destinado a virar rei da nação hegemônica do oeste passou boa parte da mocidade atacando e pilhando alguns dos reinos que depois seriam seus vizinhos — inclusive os aliados.
Conan não poderia ter se transformado em corsário de forma mais pitoresca. Na verdade, fugia da justiça de Messântia quando, sem querer, acabou como tripulante não desejado de um mercador argivo.

— As crônicas da Nemédia

O som dos cascos ecoava pela rua que descia até o porto. Enquanto gritavam e abriam passagem, os transeuntes vislumbraram um sujeito vestido com cota de malha montado em um garanhão negro, adornado com uma longa capa vermelha que tremulava ao vento. Ao longe, era possível ouvir a comoção e os gritos que sugeriam uma perseguição, mas o cavaleiro sequer olhou para trás. Disparou até o cais e deteve o cavalo com um movimento brusco bem à beira do quebra-mar, fazendo o animal empinar. Os marinheiros olharam para ele com espanto, distribuídos entre os remos e sob a vela listrada de uma galé larga e de proa alta que deixava o porto. O capitão, um homem robusto de barba negra, estava ao lado do gurupés, empurrando a embarcação para longe do cais com uma vara. Soltou uma exclamação irritada quando o cavaleiro desmontou e, com um salto amplo, aterrissou em pleno convés.

— Quem te convidou a bordo?
— Zarpe logo! — rugiu o intruso. Com um gesto feroz, agitou a espada que brandia, espalhando gotas vermelhas para todos os lados.
— Mas... estamos indo em direção à costa de Kush! — informou o comandante.
— Pois então vou para Kush! Zarpe de uma vez, caramba!

Olhou de relance para a rua, pela qual descia a galope um grupo de homens montados. Atrás deles se aproximavam vários outros a pé, com bestas apoiadas no ombro.

— Como vais pagar tua passagem? — questionou o capitão.

— Com aço! — exclamou o desconhecido, sem deixar de brandir a enorme espada, que refletia o sol em faíscas azuis. — Por Crom! Se não zarpar agora, vou derramar nesta galé o sangue da sua própria tripulação!

O capitão, que não era nada tonto, analisou o rosto retorcido de raiva e marcado por cicatrizes ostentado pelo espadachim e rosnou uma ordem enquanto continuava a empurrar os pilares do cais com a vara. A galé se afastou do molhe e os remos começaram a se mover no mesmo ritmo. Um golpe de vento inflou a vela e empurrou a embarcação ligeira, que passou a surfar com elegância as ondas em direção ao mar aberto.

No cais, os outros cavaleiros brandiam as próprias espadas, gritavam ameaças, ordenavam que o barco desse meia-volta e bradavam para que os besteiros se apressassem antes que o navio saísse de alcance.

— Que façam escândalo — grunhiu o homem com a espada. — Mantenha o rumo.

O capitão abandonou o pequeno passadiço, desceu até a proa, passou por entre os remadores e subiu ao convés. O estranho estava com as costas apoiadas no mastro, os olhos semicerrados e a espada desembainhada. O comandante não conseguia parar de olhar para ele, com o cuidado de não movimentar as mãos perto do facão que levava pendurado ao cinto. O forasteiro era alto e robusto, e se vestia com uma armadura de placas negras, grevas reluzentes nas canelas e um capacete de aço azulado do qual irrompiam dois cornos polidos. Dos ombros caía uma capa vermelha que tremulava ao vento. A bainha da espada pendia de um cinturão largo de couro com fivela dourada. Sob o elmo chifrado, uma cabeleira negra cortada em forma de cuia contrastava com o azul intenso dos olhos do sujeito.

— Já que temos de viajar juntos, é melhor nos darmos bem — disse o capitão. — Meu nome é Tito. Sou capitão licenciado dos portos de Argos. Vamos até Kush para fazer negócios com os reis da Costa Negra. Levamos contas, seda, açúcar e espadas com empunhadura de bronze. Pretendemos trocar as mercadorias por marfim, pepitas brutas e lingotes de cobre, escravos e pérolas.

O homem com a espada ficou olhando para o porto, cada vez mais distante, onde silhuetas minúsculas gesticulavam impotentes. Era evidente que estavam tendo dificuldades de encontrar uma embarcação rápida o suficiente para alcançar a galé.

— Meu nome é Conan. Sou cimério — respondeu enfim. — Vim a Argos à procura de serviço, mas ao que parece não há mais guerras à vista e não achei nada em que empregar minha força de trabalho.

— Por que os guardas estavam te perseguindo? — perguntou Tito. — Não que seja problema meu, mas talvez...

— Não tenho o que esconder — respondeu o cimério. — Por Crom! Já passei um bom tempo entre vocês, pessoas civilizadas, mas continuo sem entender seus costumes.

"Noite passada, na taverna, um capitão da Guarda Real ofendeu a amante de um jovem soldado, que obviamente reagiu e fez o outro pagar. Pelo que entendi, existe uma lei absurda que proíbe que matem guardas, e o casal de jovenzinhos teve de dar no pé. O boato de que eu estava com eles se espalhou por aí, e hoje acabei diante do juiz, que me perguntou o paradeiro dos dois. Respondi que o soldado era meu amigo, então não podia entregar o sujeito. A corte entrou em polvorosa e o juiz começou a tagarelar sobre meu dever diante do Estado e da sociedade, e sobre outras coisas que nem entendi. Depois, ordenou que eu revelasse para onde meu amigo tinha ido. Aquilo começou a me irritar, porque já tinha deixado clara minha posição.

"Engoli a raiva enquanto o juiz berrava que eu tinha cometido desacato e que eu devia apodrecer em uma masmorra até que delatasse meu amigo. Assim que entendi que estavam todos pirados, saquei a espada, parti a cabeça do juiz ao meio com um golpe só e saí do tribunal abrindo caminho na base dos golpes de espada. Vi o garanhão do chefe da polícia amarrado ali por perto e saí galopando na direção do porto para ver se encontrava algum barco que me levasse para longe daqui."

— Entendi — disse Tito, sério. — Os tribunais já me depenaram mais de uma vez nos processos contra comerciantes ricos, então não é como se eu gostasse muito deles. Vou ter de responder a algumas perguntas quando voltarmos para este porto, mas tenho como provar que estava sob coação. Podes guardar a espada, aliás. Somos marinheiros pacíficos e não temos nada contra ti. Inclusive, vai ser ótimo ter a bordo um homem hábil na espada. Dá um pulo na popa para dividirmos um barril de cerveja.

— Parece ótimo — respondeu o cimério, embainhando a espada.

Argos foi ficando cada vez mais para trás. Diante deles se estendia o mar interminável e selvagem.

O *Argus* era uma embarcação pequena e robusta, típica representante dos barcos mercantes que partiam de Zingara e Argos em direção ao sul. Não costumavam se afastar muito da costa, e poucas vezes se aventuravam em mar aberto. Tinha a popa alta e a proa curva e pontuda. Era larga no meio, mas se afunilava de forma graciosa nas duas extremidades. O rumo era controlado pelo grande remo da popa; a propulsão vinha majoritariamente da enorme vela listrada de seda, auxiliada por uma bujarrona. Usavam os remos para as manobras no porto e durante os períodos de calmaria. Havia dez de cada lado: cinco na proa e os outros cinco na popa; debaixo daquele convés guardavam a carga mais valiosa. A tripulação dormia no próprio convés ou entre as fileiras de remos, e se protegia do mau tempo com lonas. Era formada por vinte remadores, três timoneiros e o capitão.

O tempo estava bom, e o *Argus* navegava veloz em direção ao sul. O sol castigava o navio dia após dia, então mantinham toldos armados — coberturas de seda listrada que combinavam com a brilhante vela principal e com os detalhes dourados que adornavam a proa e a amurada.

Avistaram a costa de Shem, pradarias amplas coroadas à distância pelas torres alvas da cidade. Foram recebidos por cavaleiros de um preto azulado e narizes aduncos que observavam com desconfiança o avanço da galé. Não desembarcaram ali, porém, pois pouco rendia comerciar com os filhos de Shem.

Tito tampouco adentrou a baía em que o rio Estige desaguava o fluxo caudaloso, e sobre cujas água cerúleas assomavam os castelos negros de Jemi. Ninguém desembarcava sem permissão naquele porto. Ali, diziam, sacerdotes sombrios rogavam feitiços terríveis em meio à fumaça baça que subia sem parar dos altares manchados de sangue — altares sobre os quais gritavam mulheres nuas e Set, a velha serpente, arquidemônio dos hiborianos e deus dos estígios, retorcia o brilhante corpo serpenteante em meio a seus adoradores.

Tito passou ao largo da baía de águas cristalinas dando uma grande volta e não parou sequer quando uma gôndola com proa em forma de serpente deixou a costa acastelada. Tinha o convés repleto de mulheres nuas com grandes flores vermelhas adornando os cabelos, que chamavam sem parar os marinheiros enquanto faziam poses sedutoramente obscenas.

A paisagem mudou, e deixaram de ver as torres em terra firme. Tinham cruzado a fronteira meridional de Estígia e agora navegavam pelo litoral dos reinos da Costa Negra. Os hiborianos chamavam aquela região de Kush e seus habitantes de kushitas, mesmo Kush sendo apenas o reino mais setentrional da área. Fora o primeiro reino a entrar em contato com os hiborianos — e estes, como com frequência faziam homens ditos civilizados, tinham simplesmente batizado a região inteira com o nome de um único lugar.

O mar e os costumes dos marinheiros eram mistérios insondáveis para Conan, cujo lar ficava nas colinas elevadas das terras altas setentrionais. A tripulação durona o contemplava com interesse e fascinação, pois poucos membros já tinham visto alguém como ele.

Eram típicos marinheiros argivos, baixos e robustos. Conan se destacava em altura, e poucos se igualavam a ele em força. Os tripulantes eram de fato fortes e vigorosos, mas o bárbaro tinha a resistência e a vitalidade de um lobo, com músculos de aço e nervos afiados pela dureza da vida em terras selvagens. Tinha o riso fácil e ficava irado de forma veloz e aterradora. Comia vorazmente, e a bebida forte era sua paixão e sua fraqueza. Era ingênuo como uma criança em muitos aspectos, além de não acostumado de todo aos ardis da vida civilizada, mas tinha a inteligência aguçada, defendia seus direitos e era perigoso como um tigre esfomeado. Ainda era jovem, mas fora calejado por guerras e viagens, e o fato de que passara por vários países saltava aos olhos por conta do modo como se vestia. O elmo com cornos era característico dos aesires loiros de Nordheim, a armadura e as grevas eram exemplos do mais fino trabalho manual de Koth, a cota de malha delicada que cobria seus braços e suas pernas era nemédia, a espada que levava presa ao cinto era de Aquilônia e a esplêndida capa escarlate só podia ter sido fabricada em Ofir.

Continuaram seguindo em direção ao sul, e o capitão Tito manteve o olhar atento em busca das aldeias rodeadas de paliçadas de madeira onde viviam os locais — em vez disso, porém, encontrou ruínas fumegantes, entre as quais jaziam dezenas de cadáveres. Tito soltou um palavrão.

— Já fechamos negócios muito bons aqui. Isso é coisa de estígios em busca de escravos. Ou de piratas.

— O que vamos fazer se os encontrarmos? — perguntou Conan, já sacando a espada.

— Meu navio não foi feito para a batalha. Vamos fugir, não lutar. Mas, se houver algum conflito, não seria a primeira vez que derrotaríamos os saqueadores. A menos que estejamos falando do *Tigresa* de Bêlit.

— Quem é essa tal Bêlit?

— A diaba mais selvagem que podes imaginar. Posso estar enganado, mas acho que foram os carniceiros dela que destruíram a aldeia. Tomara que algum dia a vejamos pendurada pelo pescoço na amurada! Chamam ela de Rainha da Costa Negra. É uma shemita que capitaneia um barco tripulado por nativos da região. Acabam com o comércio marítimo. Já condenaram ao fundo do mar vários comerciantes de bem.

Tito foi até o toldo da popa e pegou vários gibões acolchoados, capacetes de aço, arcos e flechas.

— Se nos alcançarem, será inútil resistir — grunhiu ele. — Mas acaba comigo a ideia de entregar a vida assim, sem lutar.

O vigia soou o alarme logo ao amanhecer. Na extremidade de uma ilha a estibordo, vira uma silhueta esbelta e letal: uma galé serpentiforme com um convés alto que o percorria de proa a popa. Quarenta remos de cada lado empurravam a embarcação velozmente por sobre as águas, e a amurada baixa estava repleta de homens negros desnudos que cantavam e batiam com as lanças nos escudos ovais. No mastro principal tremulava um grande estandarte escarlate.

— É Bêlit! — gritou Tito, lívido. — Timoneiro, bate em retirada! Recua até a foz do rio! Se conseguirmos entrar em uma região em que o navio dela possa encalhar, teremos uma chance de sair com vida.

O *Argus* fez uma curva rápida e enveredou pelas ondas que quebravam na praia coberta de palmeiras. Tito ia de um lado para o outro da embarcação, incentivando os remadores. O capitão estava com a barba negra arrepiada e os olhos brilhantes.

— Me dê um arco — pediu Conan. — Nunca achei uma arma lá muito digna, mas aprendi a atirar com os hircanianos. Não é possível que eu não acerte um ou outro pirata.

Assumiu a posição na popa e contemplou o navio em forma de serpente que deslizava sobre as águas. Mesmo para ele, um homem da terra firme, parecia evidente que o *Argus* não aguentaria a perseguição. Do barco pirata decolaram várias flechas que caíram na água sem causar dano algum, mas já a menos de quinze metros da popa.

— É melhor abrirmos certa distância deles — rosnou o cimério. — Ou vamos perecer com um monte de flechas nas costas antes mesmo de acertarmos um mísero golpe.

— Mais rápido, seus vira-latas! — rugiu Tito, brandindo o punho em um gesto inflamado.

Os remadores barbudos grunhiram, agarraram os remos com mais força e exigiram tanto quanto podiam dos músculos, suando a cântaros. A estrutura de madeira da galé robusta gemia mediante o ímpeto feroz dos remadores. O vento parara de soprar e a vela pendia flácida do mastro. Os piratas se aproximavam cada vez mais. Ainda estavam a cerca de um quilômetro e meio da costa quando um dos timoneiros caiu com um ruído gorgolejante, uma flecha cravada no pescoço. Tito assumiu o lugar do homem; Conan, depois de conseguir firmar os pés no convés oscilante, pegou a arma que o outro lhe entregava. Nunca vira um arco como aquele: era comprido, quase da altura do cimério, esbelto e flexível ao extremo. O bárbaro já ouvira falar dos grandes arcos aquilônios, mas era a primeira vez que tinha um em mãos. Não foi sequer capaz de admirar sua eficácia e elegância, apesar dos preconceitos que tinha — o tempo urgia, então o bárbaro tensionou o arco e não perdeu mais tempo se perguntando onde o capitão o teria arrumado.

Podia ver com perfeição o barco pirata: os remadores se protegiam atrás de uma fileira de paliçadas erguidas ao longo de toda a amurada, mas era possível distinguir sem esforço os guerreiros que dançavam no convés estreito. Usavam pinturas corporais e se adornavam com penas; estavam quase nus, brandiam lanças e carregavam escudos manchados.

No alto da proa se destacava uma figura esbelta cuja palidez contrastava com a lustrosa pele cor de ébano dos homens que a rodeavam. Sem dúvida era a tal Bêlit. Conan puxou a corda até a orelha e apontou. Por instinto, num lapso de hesitação que não entendeu muito bem, desviou a mão no último instante, e a flecha acabou cravada no corpo de um lanceiro adornado de plumas ao lado da mulher.

Palmo a palmo, a galé chegava mais perto do outro barco. Uma chuva de flechas caiu sobre o *Argus* e os marinheiros irromperam em gritos. Os timoneiros tinham sido abatidos. Tito manejava sozinho o enorme remo e xingava sem parar, as pernas musculosas enrijecidas servindo de apoio. De repente, caiu com um suspiro, o coração robusto atravessado por uma flecha. O *Argus* então ficou à deriva. Desconcertada, a tripulação começou a gritar, e Conan assumiu o controle da situação à sua própria maneira.

— Vamos, rapazes! — rugiu, soltando a corda do arco. — Saquem as espadas e façam alguma coisa antes que sejam degolados! É inútil continuar remando, nossa embarcação será abordada antes que possamos avançar alguns metros!

Os marinheiros abandonaram os postos e correram desesperados até as armas, de forma corajosa e inútil em igual medida — uma chuva de flechas caiu sobre eles antes da abordagem dos piratas. Sem ninguém no timão, o *Argus* se desviou na direção da costa e a proa delgada do barco pirata atingiu a galé bem no meio. Os ganchos de abordagem se enfincaram no *Argus*. Os piratas dispararam uma saraivada de lanças que atravessaram os gibões acolchoados dos marinheiros e em seguida saltaram na galé para terminar a matança. No convés do barco pirata jazia cerca de meia dúzia de cadáveres, vítimas da pontaria de Conan.

A luta pelo controle do *Argus* foi breve e sangrenta. Os marinheiros robustos não eram rivais à altura dos bárbaros altos, que os aniquilaram sem rodeios. Na outra extremidade do navio, porém, a batalha sofrera uma curiosa reviravolta. Conan, na popa elevada, estava no nível do convés pirata. Enquanto a proa esbelta se chocava com o *Argus*, ele soltara o arco, prepara-se para o impacto e se mantivera em pé. Um corsário alto que saltou da amurada foi interceptado em pleno ar pela espada do cimério, que o partiu em dois com um golpe limpo — o torso caiu para um lado e as penas para o outro. Logo em seguida, em um surto de fúria que deixou uma profusão de corpos destroçados no convés, Conan saltou pela amurada do galé e aterrissou no convés do *Tigresa*.

No instante seguinte, ele se viu no centro de um furacão de golpes cortantes de lanças e pancadas de maças. Movia-se numa velocidade ofuscante, no entanto, fazendo as lanças resvalarem em sua couraça ou acertarem o ar à medida que a própria espada entoava uma canção de morte e destruição. Tomado pela loucura homicida característica de seu povo e com a visão obscurecida por uma raiva rubra e irracional, rachou crânios, esmagou peitorais, cortou braços e espalhou entranhas, pintando o convés com miolos e sangue.

Com as costas apoiadas no mastro e protegido pela armadura, fez crescer a seus pés uma montanha de corpos destroçados até que seus inimigos recuaram, ofegantes de fúria e medo. Ajeitavam as lanças para atacar e o bárbaro se preparava para saltar e morrer em meio a eles quando, de súbito, um grito fez a cena congelar. Todos ficaram imóveis como estátuas — os enormes piratas agarrados às lanças, o cimério equipado com armadura e espada, o fio da lâmina gotejando.

Bêlit abriu caminho entre os corsários, que baixaram as lanças. Virou-se para Conan com o peito estufado e os olhos em chamas. Raízes impetuosas de admiração já se infiltravam em sua alma. Ela era esbelta, mas tinha o porte de uma deusa, ao mesmo tempo graciosa e dotada de curvas generosas. Estava vestida apenas com um largo cinturão de seda. Os braços e pernas cor de marfim e os seios alvíssimos fizeram o sangue do cimério ferver apesar da fúria do combate. Os cabelos sedosos da mulher, pretos com o a noite estígia, cascateavam em ondas reluzentes por suas costas. Os olhos escuros e furiosos se cravaram no bárbaro.

Era indômita como o vento do deserto, ágil e perigosa como uma pantera. Sem dar atenção alguma à enorme espada da qual gotejava o sangue de seus guerreiros, chegou tão perto de Conan que sua coxa roçou na ponta da lâmina. Entreabriu os lábios carmim ao encarar os olhos ameaçadores do homem.

— Quem eres tu? — perguntou. — Por Istar, nunca vi ninguém igual, e já percorri este mar das costas de Zingara às fornalhas do extremo sul. De onde vens?

— De Argos — respondeu Conan, lacônico, atento ao menor sinal de perigo.

Caso a mão esbelta da mulher tivesse se movido sequer um centímetro na direção do punhal adornado de pedras preciosas, ele a teria deixado inconsciente com um soco. Mas, no fundo, Conan não tinha medo; tinha envolvido nos braços de aço mulheres o suficiente, civilizadas ou não, para reconhecer a luz que ardia nos olhos daquela.

— Não és um hiboriano frouxo! — exclamou Bêlit. — És feroz e durão como um lobo cinzento. Teus olhos jamais foram ofuscados pelas luzes da cidade; teus músculos nunca foram amaciados pela vida entre paredes de mármore.

— Meu nome é Conan. Sou cimério.

Para os habitantes daquelas regiões exóticas, o norte era um reino meio lendário, povoado por gigantes bravios de olhos azuis que de vez em quando desciam de suas fortalezas geladas com archotes e espadas. Suas incursões nunca tinham ido tão a sul a ponto de alcançar Shem, e aquela mulher shemita não sabia distinguir vanires, aesires e cimérios. Com o instinto inequívoco da feminilidade, sabia que encontrara seu amante, e a raça a que ele pertencia não fazia diferença alguma — no máximo o recobria do encanto das terras estrangeiras.

— Eu sou Bêlit — anunciou, em um tom que fazia com que pudesse muito bem ter dito: "Sou uma rainha". — Olha para mim, Conan! — Abriu os braços. — És frio como as montanhas que te criaram, leão do norte. Me tomes como tua e me massacres com teu amor feroz! Vem comigo até os confins do mundo e do oceano. Sou uma rainha investida pelo fogo, pelo aço e pela morte! Sê meu rei!

Os olhos de Conan correram pelas fileiras de soldados cobertos de sangue em busca de expressões de ira ou de ciúmes, mas não havia raiva alguma nos rostos de pele negra. Compreendeu que, para aqueles homens, Bêlit era mais do que uma mulher: era uma deusa cujas vontades eram inquestionáveis. Olhou para o *Argus*, que oscilava de forma precária sobre águas carmesins, o convés inundado preso apenas pelos ganchos de abordagem. Analisou a costa e as brumas distantes do mar, e por fim fitou a figura trêmula diante de si. Seu espírito bárbaro estremeceu de emoção. Percorrer aquele reinado azul com tal jovem tigresa de pele alva, amá-la, rir, viajar e saquear...

— Vou navegar com você — grunhiu, enquanto sacudia o sangue da espada.

— Ei, N'Yaga! — A voz dela vibrou como a corda de um arco. — Traz tuas ervas e trates as feridas de teu amo. Os demais devem recolher o espólio a bordo e soltar as amarras.

No tempo em que Conan, sentado com as costas apoiadas na popa, permitia que o velho xamã cuidasse dos cortes em suas mãos e em seus braços, a carga do rendido *Argus* foi embarcada no *Tigresa* com agilidade e guardada em pequenos compartimentos sob o convés. Os cadáveres da tripulação e dos piratas abatidos no combate foram despojados no mar, onde um cardume de tubarões já zanzava. Nesse meio tempo, os feridos se acomodavam no convés para esperar a vez de serem atendidos. Arrancaram os ganchos de abordagem do *Argus* e, enquanto a galé afundava em silêncio nas águas tingidas de sangue, o *Tigresa* seguiu em direção ao sul, impulsionado pelos movimentos rítmicos dos remos.

Já singravam o cristalino e profundo mar azul quando Bêlit foi até a popa. Os olhos faiscavam no escuro como os de uma pantera ao tirar e jogar para longe o cinturão, os adornos e as sandálias. Na ponta dos pés, com os braços erguidos em uma silhueta branca e trêmula, gritou para a horda que a observava:

— Lobos do mar! Contemplai a dança de acasalamento de Bêlit, filha do rei e da rainha de Ascalão!

E se pôs a dançar, girando como um torvelinho, vibrante como uma chama inextinguível, feroz como a ânsia da vida e o desejo da morte. Os pés pálidos volitaram sobre o convés enxarcado de sangue, e os moribundos esqueceram da morte só de observar a cena. As estrelas brancas cintilavam no manto de veludo do ocaso fazendo o corpo da mulher brilhar em um fogo alvo, e ela se atirou aos pés de Conan. A torrente cegante de desejo do cimério fez todo o resto desaparecer quando ele abraçou o corpo ofegante da capitã contra as placas negras da armadura.

CAPÍTULO DOIS

MERCADORIAS E LEMBRETES

Um pirata não é nada sem mercadores que depois comprem os produtos adquiridos de forma ilícita. Até compreendermos que tais comerciantes são tão inescrupulosos e culpados quanto os próprios piratas, se não mais, não exterminaremos essa praga do mundo civilizado.

— Astreas da Nemédia

Conan despertou em uma cama coberta de peles. Estava sozinho. Uma nesga de luz entrava por uma escotilha e iluminava a cabine pequena e acolhedora.

Ele se levantou com um grunhido e olhou ao redor. Encontrou um calção de couro sobre uma cadeira e, aos pés dela, um par de sandálias. Vestiu-se rápido e saiu.

A manhã estava fresca, e o sol subia rápido no céu sem nuvens. A costa era uma mancha distante a bombordo, e a estibordo se esparramava um azul interminável que se mesclava ao céu. Homens com a pele da cor do ébano perambulavam de um lado para o outro do convés sem dar a menor atenção ao bárbaro, compenetrados em suas tarefas. Quando olhou para a popa, viu Bêlit atrás do que deveria ser o timão, falando animadamente com um pirata enorme que assentia, concentrado em suas palavras.

Por um instante, Conan pensou em voltar à cabine e buscar as armas. Mas a ideia passou tão rápido quanto chegou e, em vez disso, seguiu em direção à popa.

Ao ver o homem, Bêlit deixou a cargo do pirata o controle do enorme timão circular que controlava o leme e se jogou sobre o cimério. Seus braços esbeltos se enroscaram ao redor do pescoço do bárbaro e ela o beijou com ânsia, como se não se vissem havia dias.

— Dormiste bem, meu leão?

Conan assentiu em silêncio. Não tinha vergonha alguma do que acontecera, nem no convés e nem na cabine da capitã, mas continuava inseguro quanto ao terreno em que pisava. A shemita parecia ter temperamento volúvel e personalidade vulcânica, e Conan pressentia que ela era do tipo que ia da adoração ao ódio com extrema facilidade.

— Descansei bem — respondeu, enfim.

Não era a primeira mulher com que se deitava. Decerto, tampouco seria a última. Mas havia algo nela — em seus olhos amendoados, seu nariz afilado, seu queixo pontudo e sua mandíbula tensa de obstinação, algo na paixão com que o recebia e no ímpeto com que se lançava sobre ele — que fazia com que a shemita fosse diferente de qualquer outra mulher de seu passado. Parecia dotada de uma vitalidade inesgotável que, de uma outra para a outra, podia ser fonte tanto de ardor como de ferocidade, e ambas as possibilidades lhe excitavam sobremaneira.

Passou um dos braços ao redor da cintura dela e olhou ao redor. Aprendera as regras mais rudimentares da arte da navegação nos dias passados no *Argus*, mas sabia que ainda tinha muito a descobrir. Se aquele seria seu lugar a partir de então, era melhor que começasse a conhecer o necessário o quanto antes. Prestou atenção no enorme apetrecho circular que o timoneiro manejava e compreendeu que, de algum modo misterioso, exercia as mesmas funções que o remo grande que usavam no *Argus*. Sobre ele, o velame enfunado com o vento era um enigma completo que nem se comparava à simples vela quadrada e à bujarrona auxiliar que impulsionavam o barco mercante. Entendeu que tinha muito a aprender — e quanto antes colocasse as mãos à obra, melhor.

— Tem algo que eu possa fazer? — perguntou.

Ela o contemplou com um meio-sorriso, interpretando a pergunta com malícia, mas depois acompanhou o olhar do cimério e entendeu sobre o que falava.

— Não tens de fazer nada, meu leão. Desde ontem és meu companheiro, e não se espera de ti que trabalhe como um marinheiro qualquer.

Conan franziu o cenho. Será que aquela garota não se dava conta da implicação daquelas palavras, das consequências que poderiam trazer a ele caso a ignorasse? Talvez ela estivesse segura quanto a seu papel de deusa, mas ele não estava disposto a se comportar como um zangão em uma colmeia.

— Se vou viver aqui a partir de agora, se vou fazer parte da tripulação... então tenho que fazer parte da tripulação — disse, ainda com o cenho franzido. — Ninguém vai me respeitar apenas porque compartilho a cama com você.

Bêlit mordiscou o lábio.

— Meus homens vão fazer o que eu disser para que façam — respondeu, altiva, quase com raiva.

Conan sentiu o corpo da jovem se enrijecer em seus braços. Já esperava que ela fosse volúvel, mas não tanto. Naquele momento, deu-se conta de que, passassem juntos o tempo que passassem, ele não teria nem um instante sequer de tédio. E tampouco de paz.

— Não tenho dúvida alguma — respondeu ele, em um tom conciliador. — Mas eu me sentiria melhor se eles me respeitassem por vontade própria, e não só por ordem de sua deusa.

Ela continuou olhando para ele com a expressão fechada por um bom tempo, mas seu corpo enfim relaxou.

— N'Gora! — gritou, olhando para a direita.

Um dos piratas que estava perto do mastro correu até eles. Era um jovem alto, de olhar questionador e corpo musculoso, embora delgado.

— Conan vai se juntar à tripulação — disse Bêlit, assim que o rapaz chegou mais perto. — Tu deverás tratá-lo como um aprendiz e me informar seu progresso.

Apesar do evidente olhar de curiosidade que lançou sobre Conan, N'Gora inclinou a cabeça sem falar palavra alguma e de imediato fez um sinal para que o cimério o acompanhasse. O bárbaro não se fez de rogado e o seguiu.

O resto do dia passou em uma sucessão de pequenas tarefas e trabalhos que o mantiveram entretido quase até o pôr do sol. Prestava atenção nas instruções lacônicas que lhe davam e depois cumpria o que se esperava dele com rapidez e diligência, sem protesto ou reclamação alguma. No começo N'Gora o tratara quase com apreensão, talvez consciente de que bastaria uma queixa do cimério à capitã para que sua cabeça deixasse de estar grudada ao pescoço. Porém, conforme foi se dando conta que Conan não se negaria a executar nenhuma atividade, por menor que fosse, foi dando lhe instruções cada vez mais complexas e entregando em suas mãos serviços cada vez mais complicados.

O bárbaro aprendia rápido, de um modo quase feroz. Em pouco tempo, seu jeito obediente, calado e disposto o fez ganhar o respeito daqueles que o rodeavam. Assim, quando chegou ao fim do expediente e se despediu do pequeno grupo com o qual trabalharia até o dia seguinte, muitas cabeças o cumprimentaram e rostos sorriram.

Bêlit o esperava na cabine. O velho xamã que curara as feridas de Conan terminava de colocar a mesa e, quando viu o enorme cimério, deixou o casal a sós.

— Teu dia foi interessante? — perguntou ela.

Conan se espreguiçou, estalando as articulações.

— Intenso — respondeu. — E sim, interessante.

— Cansado?

— Eu comeria um boi inteiro, moça, se é isso que está perguntando.

Não passou despercebido o brilho perigoso que fez cintilar os olhos de Bêlit ao ouvir o "moça", mas ele fez de conta que não tinha notado e se sentou diante dela.

— A vida em alto-mar é muito diferente da vida em terra firme — continuou, enquanto pegava a jarra de vinho e enchia duas taças que havia sobre a mesa. — Suponho que vou ter de me acostumar com as novas regras. Mas acho que vou me dar bem. Não vai ser pior ou mais complicado do que as coisas com as quais já estou acostumado.

Ela não respondeu. Pegou a taça que ele servira, bebeu tudo num gole só e a bateu na mesa. Não fez menção alguma de começar a comer. Conan a contemplou por alguns instantes com um olhar de incompreensão até que, do nada, soltou uma gargalhada.

— Pelos ossos de Crom! — exclamou. — Sou o que sou, Bêlit. Me aceite ou me mate. Mas, enquanto não se decide, não vou morrer de fome.

Sem mais cerimônias, estendeu a mão para pegar uma coxa de ave, que chuchou em molho antes de devorá-la de forma ávida. Poucos segundos depois, tinha em mãos apenas um mísero osso.

— E aí? — perguntou ele.

O dia de trabalho duro o estimulara e o mantivera alerta, mas a brincadeira com aquela tigresa de olhos amendoados que seguia o encarando com a expressão fechada o fez arriscar mais.

— Devo chamar seus lanceiros? — insistiu. — Ou pedir para o seu xamã me ministrar algum veneno? Ou prefere, quem sabe, que eu me jogue no mar agora mesmo?

Com um gesto brusco, a pirata virou a mesa cheia de comida e agarrou uma faca.

— Ah, entendi, prefere fazer o trabalho com as próprias mãos.

Com um rugido, Bêlit se jogou sobre ele. Em um salto vertiginoso, Conan a interceptou em pleno ar, agarrou-a como se ela não pesasse nada e a abraçou contra o peito.

— Não sou um hiboriano frouxo — sussurrou, a boca quase roçando na dela. — Você mesmo disse. Traço o meu próprio caminho na vida e não vou ser um brinquedinho nas mãos de ninguém, nem mesmo nas suas. Se vamos ser companheiros, então vamos ser iguais em tudo; pelo menos aos olhos um do outro, mesmo que não aos olhos da tripulação. Não sou seu mascote nem seu bichinho de estimação. Não vou aceitar migalhas ou me fazer de bobo em troca de comida.

Bêlit ofegava, os dentes tensos, os olhos semicerrados. Um grunhido grave escapava de sua garganta. A mão direita ainda apertava a faca e, se Conan não a tivesse segurado pelo pulso, ela teria golpeado o peito enorme do cimério. Ele já lidara com criaturas perigosas antes, mas não foi capaz de não pensar que até um tigre-de-dentes--de-sabre de Vanaheim seria menos letal do que aquela mulher.

— O que quer de mim? — perguntou ele, enfim.

O tempo passava a seu redor sem o tocar. Conan afrouxou o aperto muito devagar e recuou. Depois, soltou o punho armado da mulher.

— O que quer de mim? — repetiu.

A mão dela se abriu e a faca caiu no chão. O corpo flexível e sinuoso da pirata tremia, mas não mais de raiva. Bêlit mordeu o lábio inferior a ponto de sair sangue e deu um passo na direção do cimério.

Segurou o rosto coberto de cicatrizes entre as mãos e levou a boca à dele com uma ânsia que parecia mais violência do que desejo. Conan recitou juras por entre os dentes e, em seguida, sem pensar em mais nada, entregou-se por completo ao jogo.

Algum tempo depois, ofegantes e esgotados, mas ainda não saciados, recolhiam do chão a refeição que a jovem derrubara da mesa, entre risadinhas e olhares inquisidores.

— Um leão e uma tigresa — murmurou ela, assim que terminaram. — Talvez não seja a combinação mais inteligente do mundo.

Ele deu de ombros. Estendeu a mão e acariciou o rosto dela com uma ternura bruta e um pouco desajeitada.

— E daí? — disse. — Vamos dar um jeito.

Nas semanas seguintes, Conan passou por quase todas as funções possíveis da tripulação: foi grumete e responsável pela água, vigia e remador, tanoeiro e aprendiz de carpinteiro. Aprendeu a largar e recolher os panos — como diziam —, a reconhecer as mudanças do vento e orientar as velas, a manejar os remos e a medir a profundidade da água.

A maior parte da tripulação passara a vida toda no mar. Ver como aquele recém--chegado gigantesco levava a vida como se fosse a coisa mais normal do mundo e aprendia os rudimentos da arte náutica sem se fazer de rogado apenas contribuía para aumentar a admiração dos tripulantes por ele. Sem dúvida a deusa que os capitaneava escolhera bem seu amante, comentavam.

Outros, no entanto, alegavam que ele ainda não passara pela prova de fogo. Sim, Conan era um bom marinheiro, mas será que seria um bom pirata?

Ele não hesitava em matar, como ficara claro na abordagem do *Argus* — era o que diziam outros.

Mas naquela ocasião ele estava defendendo a própria vida, insistiam os primeiros, cabeças-duras. Será que o cimério seria igualmente eficaz em outras circunstâncias?

A resposta à pergunta não tardou a vir quando, alguns dias mais tarde, avistaram uma galé estígia que vinha do norte, sem dúvida de Messântia. Fazia pouco tempo desde que Estígia e Argos haviam aberto os portos ao comércio entre si, e não era estranho ver os barcos provenientes de Jemi indo em direção ao norte ou voltando de lá.

Durante a abordagem, Conan e sua espada foram um turbilhão sanguinário, e o bárbaro combateu junto a seus novos aliados com a mesma entrega e eficácia com as quais lutara contra eles. Parecia estar em todos os lugares, e sua espada era um arco de prata letal que derramava vísceras, decepava braços e rachava crânios em uma velocidade vertiginosa.

Não sobraram sobreviventes entre os estígios. Se Conan notou que Bêlit parecia especialmente sanguinária naquele dia, mais ainda do que durante o ataque de *Argus*, não disse nada em voz alta. Acostumado a relações que não passavam de alguns dias ou de algumas semanas, uma prudência instintiva o fazia não questionar a mulher com a qual compartilhava a cama, convencido de que cedo ou tarde sua paciência daria frutos e ela contaria a ele tudo o que quisesse saber.

Deixaram para trás a galé meio afundada e seguiram rumo ao norte, afastados da costa, mas sem a perder de vista. Naquela noite, os corsários festejaram a vitória e o espólio obtido e se entregaram a um frenesi de vinho e de dança que tinha algo de batalha exangue. Depois de recolher as velas, acenderam uma fogueira em uma enorme bacia metálica no convés e dançaram ao redor dela agitando as lanças enquanto cantavam em um murmúrio rouco e rítmico que lhes escapava do peito no mesmo ritmo de seus movimentos.

Ao lado de Bêlit, Conan contemplava do passadiço a cerimônia selvagem dos piratas, segurando uma taça de vinho com uma das mãos e a cintura da jovem com a outra. De súbito, um lampejo azul iluminou seus olhos; ele deixou a taça de vinho nas mãos da capitã e saltou para o convés como um gato. Antes mesmo que pudessem entender o que acontecera, ele já se juntara à dança frenética dos corsários, dançando e batendo no peito como se fosse um deles.

Do passadiço, Bêlit contemplava a cena e não tirava os olhos do corpo enorme e pálido do cimério que contrastava com a pele escura dos piratas. Bebia e observava a cena em silêncio, perguntando-se que tipo de animal selvagem escolhera como companheiro de alcova.

No dia seguinte, Conan percebeu que deixavam as pradarias de Shem e seguiam navegando em direção ao norte. Bêlit notou o olhar de perplexidade do outro e esclareceu:

— O barco está quase cheio. É hora de trocarmos parte do espólio por ouro.

— Onde?

— Em Messântia — respondeu ela, com um sorriso feroz.

Conan balançou a cabeça.

— Em Messântia? Quer dizer que rouba os barcos argivos e depois vende as mercadorias para eles mesmos? — Deu de ombros. — Bom, se funciona, por que não, não é? Mas acho difícil acreditar que comprem de você sabendo quem é.

— Sabem muito bem, meu amor. Têm total consciência da procedência do que vendo. E isso não importa, contanto que o preço seja baixo o bastante para eles.

— Por Crom! Acho que nunca vou entender seus costumes de gente civilizada. Na Ciméria, quem tentasse fazer isso seria enforcado e esfolado. Não necessariamente nessa ordem.

Ao anoitecer, fundearam o navio em uma enseada escondida, descarregaram as mercadorias e esperaram em terra. Não tiveram de aguardar muito — o brilho das tochas denunciou a presença de seus compradores alguns minutos depois e, pouco a pouco, uma comitiva surgiu por entre os arbustos.

Era liderada por um indivíduo baixo, de cabeça avantajada e olhos negros e vivos. Vestia um manto azul que parecia precisar de alguns remendos. Ao lado dele caminhava um sujeito alto e musculoso de rosto deformado, que levava nas mãos o que pareciam documentos. Atrás deles vinha uma dezena de homem com tochas e espadas.

— Bêlit! — exclamou o chefe da comitiva assim que a avistou. — É sempre um prazer ver a senhora. Faltaste ao nosso último compromisso.

— Estava ocupada, Publio, mas a espera valerá a pena. — Apontou para a grande quantidade de mercadorias atrás de si. — Espero que tenhas trazido homens suficientes para carregar isso tudo.

Os olhos de Publio se arregalaram de pura cobiça, e a Conan não passou despercebida a forma com que calculava de cabeça o valor do espólio e depois o dividia pela metade, tudo em um piscar de olhos.

O comerciante fez um sinal para seu secretário, ordenando que ele examinasse a mercadoria. Este, acompanhado de outros dois homens, analisou a carga durante alguns minutos e, ao voltar, sussurrou algo no ouvido de Publio. O comerciante então assentiu, como se as palavras do ajudante corroborassem o próprio cálculo. O cimério o viu fazer um gesto com os dedos, ao qual o prudente secretário reagiu assentindo quase imperceptivelmente.

— Dessa vez superastes a ti mesma, minha querida — disse Publio. — Algumas dessas coisas, porém, serão difíceis de passar para frente sem que eu tenha de responder perguntas um tanto constrangedoras.

— Tenho certeza de que tens resposta para elas, Publio. Serias capaz de revender a Set um dos próprios dentes depois de roubá-lo.

— Claro, claro — respondeu o comerciante, aparentemente sem saber muito bem se aquilo fora um elogio ou um insulto. — Mas... é sempre um risco. Por incrível que pareça, há funcionários honrados nas alfândegas, e tento me manter o mais longe possível deles sempre que possível.

Bêlit apertou os lábios.

— Faz tua oferta — disse, com a voz entrecortada.

Publio não deixou de notar o brilho perigoso no olhar da shemita e entendeu que era melhor ir logo ao assunto. Sem mais demora, fez a primeira oferta.

Estava acostumado àquelas mudanças bruscas de humor; negociar com a mulher era como caminhar sobre o fio de uma navalha tentando não se cortar no processo. Mas não contava com o gigante de cabeleira negra e olhos azuis que adentrou de repente o círculo de luz das tochas.

— Por Crom! — exclamou. — Que sanguessuga, parceiro! Até eu sei que essa mercadoria vale dez vezes mais do que sua oferta.

Publio recuou, intimidado pela aparência e pelo comportamento de Conan. Olhou inquisitivamente para Bêlit.

— Perdoa meu companheiro — disse ela, com um sorriso lupino no rosto. — Ele ainda está aprendendo o ofício.

Publio assentiu, sem tirar os olhos do bárbaro.

— Claro. Sem dúvida — comentou. Hesitou por alguns momentos, como se não tivesse muita certeza da adequação do que estava prestes a dizer. Enfim, acrescentou: — Não sabia que recrutavas homens brancos para sua tripulação.

— O que faço ou deixo de fazer não é problema teu. E, de toda forma, Conan tem razão. Tu estás oferecendo um valor demasiado baixo. E sabes disso.

O comerciante encolheu os ombros e levou uma das mãos aos lábios carnudos. Fingiu reconsiderar a oferta inicial que ele mesmo fizera.

— Veja — começou —, as coisas estão inquietas ultimamente. Desde que o juiz da cidade foi decapitado a espadadas em meio a um julgamento, as autoridades se tornaram mais rígidas.

Com surpresa, o homem viu o peito de Conan estremecer, sacudido por uma gargalhada rouca e taciturna. Publio ficou se perguntando o que teria dito de tão engraçado até que lembrou da descrição que haviam dado do assassino do juiz.

— Pensando bem... — acrescentou, o olhar ainda cravado no cimério. — Não importa. Sem dúvida, é puro acaso. Vejamos.

Voltou a levar a mão cheia de anéis aos lábios e fechou os olhos. Em seguida propôs uma nova oferta — um pouco maior do que a anterior, mas ainda consideravelmente menor do que esperava Bêlit, a julgar pela expressão no rosto da capitã.

A barganha continuou por vários minutos até que ambos chegaram a um entendimento. Publio estalou os dedos e seu ajudante apareceu com duas bolsas de couro que pareciam estar bem pesadas. Bêlit as sopesou, abriu as duas e examinou o conteúdo.

— Podes pesar se quiseres — disse o ajudante, um sorriso descarado no rosto enquanto se pavoneava como uma prostituta de luxo. — Cada onça de ouro está aí.

— Deixas teus cães falarem por ti? — perguntou Bêlit a Publio, com desprezo.

De repente, com um gesto tão rápido que ninguém o antecipou, a mulher levou a mão ao punhal que carregava no cinto, desembainhou a arma e a fez traçar um arco brilhante de aço na escuridão da noite.

O secretário de Publio gritou, recuou e levou a mão ao rosto. Elas voltaram ensanguentadas.

— Um pequeno lembrete — disse Bêlit. — Para aprenderes a se calar a menos que alguém peça que fales.

Fechou as bolsinhas de couro e as entregou para um de seus homens.

— Até a próxima, Publio.

A pirata então deu meia-volta e saiu do círculo iluminado pela tocha, seguida de seus corsários e de Conan, este um tanto confuso. O cimério, porém, evitou fazer qualquer pergunta até voltarem ao *Tigresa* e se instalarem na cabine que dividiam. Amanhecia, e o barco navegava em um ritmo bom na direção sul, afastando-se cada vez mais de Messântia e de possíveis patrulhas costeiras.

— Barganhar é tão comum nestas terras quanto respirar — disse ela, respondendo às perguntas. Parecia achar graça da ignorância de Conan, satisfeita com a oportunidade de lhe ensinar como funcionavam as coisas. — Nós dois tínhamos certa ideia do preço que queríamos.

— Mas o secretário de Publio disse que nas bolsinhas tinha exatamente a quantidade de ouro combinada, até a última onça. Como ele saberia de antemão?

Bêlit sorriu de novo. Seus dedos traçavam caraminholas no peito desnudo do cimério, como se estivesse desenhando um mapa de terras que só ela conhecia.

— Ainda tens muito o que aprender, meu leão bárbaro. Mas sim, Publio é por demais hábil em seus cálculos. Quando viu as mercadorias, soube exatamente o preço que eu aceitaria e o indicou a seu ajudante com gestos secretos. O resto foi um teatrinho até chegarmos a tal preço.

Conan meneou a cabeça.

— Tem razão, ainda tenho muito o que aprender — disse, enfim. — Mas não entendo por que não pesou o pagamento.

— Era o peso correto, fiques tranquilo.

— Como pode ter tanta certeza?

— Porque, se tivessem me afanado nem que fosse um décimo de onça de ouro, eu entraria em Messântia na noite seguinte e garantiria que seu estabelecimento comercial ardesse até as fundações. Com ele dentro.

CAPÍTULO TRÊS
TRAFICANTES DE CARNE

*O toque final que ninguém retém
pode ser evitado com doces palavras.
Sete conectarão para sempre seus olhos
ao ritmo marcado por teus dedos.
Com cinco poderás obter
aquilo que não deveria ser teu.
Três te darão os segredos
que nunca quisestes escutar.
E há uma
que apenas antecede o silêncio.*

— Enigma estígio

— Eles estão vindo!

Conan assentiu, a expressão fechada. Ele e Bêlit estavam em um pequeno barco, escondidos entre os canaviais, perto da ampla foz do rio Estígio. Estavam ali desde antes do amanhecer, em silêncio e sem sequer se mover.

A paciência dera frutos. Uma esbelta galé estígia saía do estuário, impulsionada pelos remos na direção do mar aberto. Não era um barco de guerra, mas sem dúvida estaria bem defendido. Assim como todas as embarcações estígias.

— São mercadores — sussurrou Bêlit. — Com certeza estão indo rumo a Argos, agora que os portos estão abertos. Vamos! Vamos voltar ao *Tigresa*, e antes do meio-dia já os teremos alcançado.

— Espere!

Conan a segurou pelo braço e fez um gesto com a cabeça. Bêlit, que já dera meia-volta, acompanhou seu olhar.

— Estão virando para o sul — murmurou a pirata, com o cenho franzido. — Hum. Eu devia ter desconfiado. Vês a linha de flutuação? Não estão levando carga.

— Então não valem o esforço — comentou o bárbaro no mesmo tom.

A shemita o fuzilou com o olhar. Em seguida aquiesceu, como se acabasse de perceber algo.

— Bem, tu não tens como saber, afinal — sussurrou. — Não importa. Vamos voltar ao *Tigresa*.

Conan obedeceu em silêncio, porém curioso com as palavras da jovem. Se aprendera algo nos meses que passara com Bêlit, fora a ter paciência e esperar pelo momento oportuno.

Assim, assumiu seu lugar na embarcação e começou a remar — lentamente, a princípio, mas mais rápido à medida que deixavam para trás a foz do Estígio. Depois de certo tempo adentraram um pequeno pântano, uma área com manguezais, palmeiras e cipós fechados e repleto de crocodilos e serpentes, atrás do qual se ocultava uma pequena enseada. Conan foi guiando o barquinho com cuidado pelo caminho indicado por Bêlit. Depois de uma curva, avistaram o *Tigresa* ancorado ao longe, a salvo de olhares indiscretos.

Bêlit subiu rapidamente a bordo, com Conan atrás dela. Dois piratas recolheram o bote enquanto os outros puxavam as âncoras e se posicionavam nos remos. Em menos de dez minutos, o navio esbelto alcançou alto-mar e baixou as velas. O vento estava a favor deles — soprava do noroeste, e o velame do barco corsário o capturava com eficácia. Içaram todas as bujarronas, e foi como se o *Tigresa* alçasse voo.

Era possível ver com clareza a galé estígia ao longe, ficando maior a cada segundo.

— Recolher as velas! — gritou Bêlit de imediato aos homens que corriam até as varas de abordagem. — Mantenham distância!

Conan a encarou, o cenho franzido.

— Por que esperar? — perguntou.

— Tenho meus motivos, meu amor. Suspeito das intenções dessa galé e quero confirmar as suspeitas. Quanto mais longe estivermos de Jemi, mais os estígios demorarão para descobrir o que aconteceu. Deixe que pensem que o barco sumiu no sul misterioso.

O cimério aquiesceu enquanto a jovem ia até o timão e o agarrava com as mãos firmes. Acima deles, o vento soprava estável. O barco seguia para o sul em um bom ritmo, sempre mantendo distância da galé estígia. Conan não tinha muito o que fazer, então foi até a cabine para olear as armas e limpar a cota de malha. Meia hora depois, subiu ao convés. Hesitou por um instante na porta da cabine e, levado por um impulso repentino, pegou o arco aquilônio e a aljava. Era o mesmo arco que Tito, o capitão do *Argus*, dera ao bárbaro para que combatesse Bêlit e sua tripulação. Dedicou menos de um segundo à reflexão sobre as reviravoltas irônicas que a vida com frequência sofria e saiu da cabine.

Embora ele mesmo classificasse o arco como uma arma indigna de um homem, cheio de desprezo, Conan sem dúvida gostara de usar aquele durante a abordagem do *Argus*. Havia algo surpreendentemente satisfatório na disciplina exigida no processo de escolher um alvo, calcular a distância e a direção do vento e soltar a corda no momento adequado, uma elegância mortal que ele não apreciara até então. Talvez pois, durante sua breve passagem pela milícia turânia, só usara a arma em treinamentos, e nunca em situações reais.

Aproximou-se sem pressa da popa, com a espada no cinto, o arco em mãos e a aljava pendurada no ombro. O sol estava quase a pino, cada vez mais perto do meio-dia, e Bêlit seguia controlando o leme.

— Vem, meu leão — disse a shemita ao se dar conta da presença dele. — Já que está disposto a passar por todas as funções da tripulação, talvez seja o momento de aprender a guiar a embarcação.

Deu um passo para o lado e deixou que o cimério assumisse o controle do timão. Começou a lhe dizer como funcionavam as coisas, mas não tardou a perceber que ele não precisaria de muitas explicações. Conan era um aluno muito dedicado em tudo que se empenhava a aprender e, antes de conhecer Bêlit, nos dias passados no *Argus*, observara com atenção como controlavam o leme — embora o do *Argus* não passasse de um grande remo, e o timão do *Tigresa* o tivesse desconcertado um pouco até que acabasse deduzindo o funcionamento do grande volante.

Naqueles meses com a pirata shemita, ele analisara com atenção cada manobra da capitã ao timão e chegara a várias conclusões que agora se dispunha a colocar em prova.

Ligeiramente inseguro a princípio, não demorou a ganhar segurança depois de calcular de forma instintiva a resistência do leme e o modo com que a trajetória da embarcação se ajustava a cada movimento. Navegavam seguindo a costa, que tinha contornos bem regulares, de forma que não havia necessidade de mudanças bruscas de direção. O vento também se mantinha estável, e era necessário tão somente dirigir o navio, que respondia a cada gesto das mãos do cimério como uma amante bem-disposta. Logo entendeu por que Bêlit assumia o controle do leme ao sinal da menor oportunidade, e por que custava tanto ao timoneiro lhe ceder o posto. A sensação de poder era intoxicante.

— Nada mal — disse a pirata ao lado dele, impressionada. — Nada mal.

— É fácil — resmungou Conan, modesto. — Contanto que tenhamos vento em popa, o tempo se mantenha e o rumo continue estável.

Bêlit assentiu, mas o bárbaro se deu conta de que o fizera de forma distraída — outra coisa chamava a atenção da shemita. Ela tinha os olhos fixos na direção da terra firme, mordia o lábio como se desejasse algo e seus olhos refletiam um brilho sonhador. Passavam perto da foz de um rio largo e sombrio, as margens cobertas por uma selva colorida e misteriosa.

— Este é o rio Zarjiba, cujo nome significa "morte" — disse ela de imediato, como se falasse consigo mesma e tivesse repetido aquelas palavras centenas de vezes. Piscou os olhos e se virou para o cimério com a expressão sonhadora. — As águas dele são venenosas. Vês como são escuras e turvas? Só répteis venenosos vivem neste rio. Os locais o evitam. Certa vez, uma galé estígia adentrou nele para fugir de mim e a perdi de vista. Ancorei aqui mesmo, e vários dias mais tarde vimos o navio voltando pelas águas negras com o convés deserto e manchado de sangue. Só havia um homem a bordo; ele perdera a razão e acabou morrendo pouco depois, delirando de febre. A carga estava intacta, mas a tripulação se desfizera como fumaça em silêncio e mistério.

Ela respirou fundo, como se despertasse de um feitiço. Sorriu com ferocidade e voltou a olhar para o cimério.

— Meu amor, creio que há uma cidade rio acima — disse. — Os marinheiros que se atreveram a entrar nele contam sobre muralhas e torres gigantescas vistas de longe. Nada é páreo para nós dois juntos. Algum dia, vamos voltar e saquear a cidade.

Conan concordou, como lhe cabia. Ao longo daqueles meses, acostumara-se com o fato de que era ela quem planejava e dirigia os ataques, e ele quem levava os planos a cabo. Não se importava muito com para onde navegavam ou contra quem lutavam, contanto que navegassem e lutassem. Para ele, parecia uma boa vida.

Um homem civilizado teria certas dúvidas, perguntaria a si mesmo sobre seus verdadeiros sentimentos por Bêlit. Afinal, a pirata não lhe dera muitas opções: morrer como o restante da tripulação do *Argus* ou se tornar amante dela. Naquelas circunstâncias, um hiboriano se veria acometido com frequência pela incerteza, questionaria de vez em quando a decisão tomada e se perguntaria até que ponto aquelas eram a vida e a companheira que desejava.

Conan, no entanto, não olhara para trás sequer uma vez. Tomara uma decisão e seguia sem dúvidas ou vacilações pelo caminho que se abria diante dele. Vivia uma vida plena de sol a sol — cada dia era como nascer de novo, e a mulher que tinha ao lado fazia seu sangue ferver. O que mais poderia pedir?

Depois do meio-dia, o sol começou a descer pelo céu. À esquerda do navio, a terra estava coberta por um luxurioso manto verde do qual, de vez em quando, escapavam os gritos dos macacos ou o canto dos pássaros multicoloridos.

Adentravam no coração dos reinos da Costa Negra.

Bêlit enfim deu a ordem de largar panos, depois de confirmar suas suspeitas e chegar à conclusão de que não valia a pena esperar. O *Tigresa*, com o velame enfunado pelo vento do norte, deslizou pela água como se mal a tocasse. Logo se aproximaram da outra galé.

Conan deixou o timão a cargo de um dos piratas e foi para a proa, caminhando a passos largos. Deteve-se de imediato. Bêlit parou alguns passos atrás. A jovem o olhava de forma estranha, como se quisesse contar algo a ele mas não tivesse certeza de que aquele era o momento.

— Assim como eu supunha, estão vazios — disse, enfim. — E, se estão indo assim, tão a sul, só pode ser por uma razão: não vão fazer comércio, e sim carregar. Um carregamento em carne e osso. Escravos. Vão destruir algumas das aldeias costeiras e levarão os mais jovens e robustos da população até Estígia.

Conan deu de ombros.

— Por que os estamos seguindo então? — perguntou. — Não vamos conseguir um espólio que valha a pena.

Bêlit seguiu caminho sem responder. Conan foi atrás dela.

— Me chamam de Rainha da Costa Negra, leão meu. Não é um título vazio. Nenhum estígio traficante de carne vai passar impune por meus domínios.

Conan ainda não entendia tudo. Lembrava-se do que o capitão do *Argus* lhe dissera quando haviam passado pelas paliçadas incendiadas.

— Eu achava que você mesma...

— Não trafico carne, digam o que que disserem os argivos — interrompeu o bárbaro. — As aldeias da costa me pagam um tributo em troca de proteção. Te asseguro que as que não me pagam recebem o que merecem, e delas não sobra pedra sobre pedra. Mas também cumpro minha parte do trato. Retribuo traição com sangue, e lealdade com proteção, mesmo que isso custe minha vida. Não será um espólio de ouro e seda que conseguiremos hoje, meu amor, e sim um de carne e sangue.

O cimério concordou com a cabeça, enfim entendendo tudo. Estava prestes a dizer algo, mas um grito do vigia o interrompeu. Chegavam cada vez mais perto da galé, e logo estariam a uma distância que permitiria atirar flechas nela. Bêlit deu meia-volta e examinou o próprio navio de forma rápida e minuciosa ao mesmo tempo. Comprovou que todos estavam a postos e, depois de fazer um gesto para Conan, seguiu para a proa.

Os estígios tinham se dado conta de que estavam sendo perseguidos e haviam baixado todas as velas à disposição — não adiantara muito, porém, e nem mesmo os remos manejados pelos escravos ajudavam. O *Tigresa* diminuía a distância entre os barcos a uma velocidade vertiginosa.

Da popa da galé irrompeu uma saraivada inofensiva de flechas, que caíram na água a alguns metros da proa. Conan testou a força e a direção do vento e, depois de hesitar alguns instantes, colocou uma flecha no arco e o tensionou.

Permaneceu naquela postura durante um tempo interminável, como se tivesse virado uma estátua. Em seguida, soltou a corda e o projétil atravessou o ar entre as embarcações, um veloz arauto de morte que foi recebido com um grito de agonia. Um corpo caiu da amurada da galé.

A tripulação do *Tigresa* rugiu em reação ao tiro certeiro, e Conan sorriu como um lobo prestes a se banquetear. Preparou outra flecha, escolheu com cuidado o alvo e disparou mais uma vez. Não foi menos certeiro do que da primeira.

As flechas estígias começaram a alcançar o *Tigresa*, mas já chegavam sem força. As de Conan, por outro lado, eram invariavelmente precisas, e todas encontravam um alvo. Matou meia dúzia de inimigos antes de estarem a uma distância suficiente para que os arcos estígios causassem algum dano.

Mas já era tarde para eles. Veloz como um guepardo em plena corrida, o barco de Bêlit alcançou a galé, alinhou-se com a embarcação a estibordo — destruindo os remos estígios no processo —, e uma profusão de quase vinte ganchos de abordagem voou pelo vão entre os dois navios.

Com um rugido feroz, os tripulantes do *Tigresa*, comandados por Conan e Bêlit, saltaram para a abordagem. Foi uma matança vertiginosa e inevitável. Os estígios não eram rivais à altura dos corsários de pele da cor do ébano.

Conan limpou o sangue das armas nas roupas de um dos mortos, embainhou a espada e o grande facão, deu meia-volta tomando o cuidado de não escorregar no convés cheio de sangue e fluidos e olhou ao redor. A matança terminara. Bêlit e quatro ou cinco de seus homens se aproximavam do passadiço de popa em busca de possíveis sobreviventes da tripulação.

O cimério olhou o que havia embaixo o convés e se deu conta de que os escravos contemplavam com expectativa os salvadores acidentais, sem saber que destino os aguardava. A maioria tinha a pele negra, embora aqui e ali fosse possível ver algum de tez mais pálida. Pareciam relativamente aliviados, mas a pergunta que havia por trás de todos os olhares era a mesma: será que tinham trocado um destino atroz por outro não menos terrível?

O próprio Conan fora escravo dos hiborianos algum tempo antes. Fugira para o sul, em direção aos reinos hiborianos, e a breve experiência só servira para deixar clara uma coisa: qualquer destino era preferível a ser escravizado. Isso não despertou sua compaixão pelos homens acorrentados aos remos, mas o fez compreender melhor alguns dos olhares que lhe disparavam. De toda forma, disse a si mesmo, as coisas não dependiam dele, e sim de Bêlit.

Um grito repentino de surpresa o fez desviar a atenção da fileira de remos. Ao se virar, viu que na popa se abrira uma porta, e um estígio de ar régio e postura altiva saíra para o convés com um grande cajado na mão. Não parecia estar nem um pouco incomodado por estar cercado por meia dúzia de selvagens. Seu jeito pomposo não era o de alguém que temia a morte ou a escravidão, e sim o de alguém convencido de que ainda podia sair vivo da situação.

Os olhos do estígio foram tomados por um brilho fugaz de alerta quando viu a mulher que capitaneava o grupo. Sua boca se curvou em uma careta de desprezo enquanto assentia em silêncio. Em seguida, deixou cair no convés o grande cajado que carregava e tirou o lenço que envolvia sua cabeça, preso por uma cinta de ouro que terminava em uma cabeça de serpente.

Exibiu o crânio raspado e pálido quase com orgulho, como se fosse um estandarte. Depois deu um passo adiante e contemplou a todos com uma única olhada sarcástica.

— Ora, ora, se não é a escória negra se atrevendo a atacar os superiores... — Virou o rosto para Bêlit. — Suponho que sejas a vadia shemita que os capitaneia.

Um dos corsários, enlouquecido pelo insulto a sua deusa, saltou em direção ao estígio com a lança em riste. O homem não fez qualquer esforço para se esquivar, nem pareceu se mover. Ainda assim, a lança passou a largo dele sem sequer o tocar e acabou cravada nas tábuas da parede da cabine. Confuso, o corsário se deteve de súbito.

O estígio abriu a mão direita e a estendeu quase com relutância. Mas o gesto foi enganoso — a palma golpeou o peito do pirata com uma velocidade vertiginosa e se afastou com a mesma rapidez.

O corsário deixou escapar um breve gemido de lamento e olhou para o tórax, incrédulo. Seus olhos ficaram vidrados de imediato e ele tombou; já estava morto antes que seu corpo inerte batesse no convés. No peito, mais negra ainda do que a própria pele do homem, era possível ver claramente a marca de uma mão, os cinco dedos perfeitamente destacados.

— A mão negra de Set! — rugiu Bêlit. — Para trás, meus guerreiros! Não deixeis que ele os toque!

O estígio sorriu em um esgar zombeteiro.

— Não és tão burra afinal de contas, vadia — sibilou. — Deixe que eu dissipe ainda mais sua ignorância. É Ptortekmi de Luxur que mandará sua alma negra ao submundo, onde vagarás para sempre desprovida de memória.

Com a mão estendida, rodeado por um semicírculo de corsários que não se atreviam a ficar ao alcance daquele toque letal, o estígio parecia tão seguro de si que era como se estivesse em Luxur. Olhava de um lado para o outro, e bastava que um dos corsários fizesse um leve movimento para que a mão saltasse veloz na direção de tal pirata. O atacante então retrocedia com um arquejo e o jogo recomeçava.

Mas a dança entrou em uma nova fase quando o estígio levou a outra mão à estola e dali tirou um pequeno recipiente de cristal cheio de um pó negro. Bêlit logo entendeu que se tratava de extrato em pó de lótus negra. Se o estígio jogasse o pote no solo e ele se quebrasse, causaria uma morte instantânea a todos ao redor. Muito devagar, a capitã pirata começou a recuar. Viu que o gesto não passara despercebido a Ptortekmi, e que ele aquiescia com um sorriso maléfico.

— Fuja, vadia shemita — resmungou, venenoso. — Não há lugar no mundo em que possa se esconder...

Algo veloz e dotado do brilho do aço interrompeu seu discurso. Algo que cortou sua mão estendida na altura do punho com a mesma facilidade com que atravessaria o ar.

Incrédulo, Ptortekmi contemplou o antebraço decepado e gotejante. Em sua surpresa não havia espaço para a dor, dado a forma repentina com que tudo acontecera. Olhou para a direita e só então contemplou o gigante de cabeleira negra e olhos azuis que se esgueirara em silêncio ao longo da amurada até, em um salto felino e um golpe certeiro, amputar a mão do homem. O cimério tinha um sorriso feroz no rosto e não parecia menos indômito do que os corsários negros, apesar da cor dos olhos e da pele.

O estígio ignorou a dor que fazia o punho sangrento pulsar e retorceu o rosto em uma careta selvagem enquanto erguia a outra mão, ainda segurando o recipiente cheio de pó.

— Todos vão pagar por...

Conan nunca chegou a saber pelo que pagariam — sua espada traçou um arco no ar e decapitou o homem, cortando a aristocrática cabeça careca em um golpe só. Depois, com um salto, o bárbaro pulou na direção do recipiente que caía da mão morta e o segurou antes que se quebrasse no convés.

Quando se levantou, viu que todos o encaravam com um brilho estranho nos olhos. Estavam imóveis, como se presos por um encantamento. Até mesmo Bêlit, alguns passos afastada, parecia presa no mesmo feitiço. Sem saber muito bem o que lhe dera, Conan embainhou a espada e guardou a pequena urna de cristal, olhando confuso ao redor.

De imediato, um dos corsários se adiantou, brandiu a lança sobre a cabeça e gritou:
— Amra!

O grito encontrou eco imediato nos homens que o rodeavam — meia dúzia de gargantas também rugiram "Amra!" em uníssono. O resto dos tripulantes, surpreendidos pela barulheira no passadiço de popa, largaram o que estavam fazendo e se aproximaram para ver o que acontecia. O olhar deles se alternou entre o estígio morto e o bárbaro imóvel antes de se fixar nos companheiros vociferantes. Em segundos, Conan já estava rodeado por mais de vinte corsários que não paravam de exclamar enquanto erguiam as lanças:

— Amra! Amra! Amra!

Bêlit saiu imediatamente de sua imobilidade. A tripulação ficou em silêncio e abriu caminho para a passagem de sua deusa, que seguia na direção do cimério. Ela se deteve com o corpo quase roçando no de Conan e o encarou com uma alegria feroz nos olhos amendoados.

CAPÍTULO QUATRO
O INQUISIDOR MANCO

Nos dias anteriores ao cataclismo, os horrendos filhos da serpente compartilhavam o mundo conosco. No começo pelo menos toleravam nossa presença, mas não lhes sobrou alternativa senão ir cedendo terreno conforme a humanidade foi se espalhando pelo mundo, civilizando-o e o tornando seu.

Os filhos de Set fugiram para as sombras e se cobriram com escuridão, ali onde nossa vista não alcançava, mas estavam muito longe de estarem mortos ou extintos.

O rei Kull de Valúsia teve de os encarar em batalha de tempos em tempos, várias e várias vezes. Com quatro simples palavras destroçou a ilusão atrás da qual se ocultavam e os forçou a mostrar o verdadeiro rosto.

Ka nama kaa lajerama.

Tudo mudou com o cataclismo que deu nova forma ao mundo e que, segundo alguns, foi enviado por Mitra para eliminar para sempre aquelas abominações anteriores ao homem.

Sabe-se que em Estígia seguem adorando a Set e a seus filhos como se fossem deuses, em um comportamento tão aberrante quanto cheio de ignorância, pois dão natureza divina a seres que não passam de animais.

Recentemente, vêm chegando a nós relatos de crédito duvidoso sobre os gigantes ofídios de inteligência sobre-humana e comportamento maléfico. Mais inverossímil do que tais histórias, porém, talvez seja a que vem da cidade de Numália — onde, diz-se, decapitaram uma enorme serpente com cabeça de gente e rosto de beleza sobrenatural.

— Astreas da Nemédia

Bêlit selecionara para sua tripulação alguns dos remadores mais musculosos e ágeis da galé estígia. Conan não tinha nem ideia do que ela pretendia fazer com os outros até que fundearam certa tarde diante da selva. A pirata deu a ordem de baixarem um bote até a água.

— Vai deixá-los aqui? — perguntou o cimério.

— Já disse — respondeu a shemita, orgulhosa. — Não comercializo gente. Tampouco posso ficar com esses homens a bordo, ociosos. Não me servem de nada. Em terra, pelo menos vão ter uma oportunidade.

— Os homens da Costa Negra, talvez — concordou o cimério. — Mas e os hiborianos?

— Vão ter uma oportunidade — repetiu Bêlit, como se não ligasse muito para o assunto. — Mais do que teriam naquela galé estígia, isso eu garanto. E, se sobreviverem, ajudarão a espalhar a fama do *Tigresa* e sua tripulação.

Contra isso, Conan não tinha como argumentar. Pouco mais de vinte homens desembarcariam, e entre eles havia cinco ou seis de pele clara. O bárbaro chegou à conclusão de que, de fato, eles podiam se considerar sortudos. Talvez não sobrevivessem, mas então viver ou morrer dependeria apenas deles mesmos — de sua própria força, vontade e habilidade. Era o mínimo que podiam pedir. E, qualquer que fosse o destino deles, pelo menos morreriam como homens livres.

Apoiado no passadiço, contemplou o grupo com um interesse distante enquanto pensava na seletividade dos escrúpulos de Bêlit. Ela não deixara nem mesmo um sobrevivente entre os estígios da galé, mas não permitira que tocassem um dedo em nenhum dos remadores — uma tripulação mista, formada em sua maioria por homens negros de diversos reinos do sul e um ou outro hiboriano. Tampouco tinha cogitado vendê-los, fosse no norte ou no sul, embora tivesse certeza de que a maioria dos tripulantes não fosse achar nada ruim receber os benefícios de uma negociação como aquela. Ao soltar aqueles homens na selva quase sem recursos, ela sem dúvida os estava condenando a uma morte mais do que provável — mas, para a pirata, o simples fato de ter poupado suas vidas e não os ter vendido como escravos era mais do que suficiente. E Conan não discordava totalmente dela.

Fazia tempo que notara que Bêlit reservava um lugar especial em seu coração para os estígios: um lugar escuro e gélido em que não havia piedade ou misericórdia. Não tinha certeza sobre o motivo por trás daquele ódio implacável e frio, e não fizera esforço nenhum para averiguar. Quando o momento adequado chegasse, ela com certeza contaria tudo a ele.

Uma comoção no grupo que esperava para desembarcar atraiu sua atenção. Um dos hiborianos estacara e olhava para o cimério como se visse algo familiar nele. Tinha por volta de uns quarenta anos — talvez um pouco menos, considerando como a vida no mar envelhecia os homens. Ostentava um porte esbelto, olhos cinzentos e gélidos e um rosto fino. Deu meia-volta na hora e começou a caminhar na direção do passadiço de popa. Conan notou que ele mancava.

— Que Mitra condene minha alma! — exclamou de imediato, sem desviar os olhos do cimério. — Conan!

Um dos corsários já se aproximava do homem com a intenção de puxá-lo de volta ao grupo, mas o bárbaro fez um gesto com a mão e o pirata se deteve.

— Você sabe meu nome — disse, zombeteiro. — Significa que tem um ouvido bom.

— Não é o caso — respondeu o homem, com a mesma tranquilidade com que certamente discutiria filosofia em um salão de mármore. — Se confiasse nos meus ouvidos, chamaria o senhor de Amra, como nossos amigos ornados de plumas. Mas és Conan, da Ciméria. E, se minha memória não falha, há uns seis anos eras um ladrão mais entusiasmado do que hábil.

O bárbaro apertou os olhos, fazendo esforço para lembrar. Logo teve certeza de que o semblante altivo e o rosto talhado a cinzel lhe eram familiares. Tentou lembrar onde estava seis anos antes. O homem levou a mão à coxa direita, marcada por uma grande cicatriz. Foi o que faltava para despertar a memória de Conan.

— Pelos ossos de Crom! Demetrio! Demetrio da Nemédia!

O outro concordou com a cabeça.

— Antigo inquisidor da polícia da cidade de Numália, como com certeza deve se lembrar — respondeu. — Um dia cometi o erro de investigar um roubo na propriedade de Kallian Público. Quem dera tivesse ficado em casa naquela tarde...

Conan assentiu e soltou uma gargalhada.

— Numália! O museu! — exclamou, rindo. — Quase tinha me esquecido.

— Não foi tão fácil para mim esquecer, isso eu garanto ao senhor. O beijo da tua lâmina me deixou uma marca difícil de não lembrar.

O cimério deu de ombros.

— Você entrou no meu caminho...

— Um erro que, acredite, não voltarei a cometer.

Conan ouviu passos atrás de si. Ao se virar, viu Bêlit se aproximando. A shemita apoiou um braço no ombro do amante e disparou um olhar questionador a ele.

— O Demetrio aqui é um velho conhecido — explicou o bárbaro. — Quase me prendeu por assassinato há seis anos... ou pelo menos tentou. — Virou-se para o hiboriano. — Mas como um inquisidor nemédio foi parar em uma galé estígia?

Foi a vez de Demetrio dar de ombros.

— Longa história — afirmou. — E creio não ter tempo para contá-la. — Apontou por cima do ombro, na direção dos marinheiros que começavam a descer até o bote. — Ao que parece, a liberdade me aguarda. E, sem dúvida, uma morte repentina. Ou pelo menos espero que seja repentina. Odeio esperas longas.

Conan voltou a rir. Olhou para Bêlit. Pela expressão, ela entendia o que o cimério pedia, mas não parecia muito disposta a ceder.

— És meu amante e ninguém ousará colocar em dúvida teu direito de estar aqui — começou a capitã. — E demonstraste com distinção que és um membro valioso da tripulação. Mas ele... — Contemplou com frieza o nemédio, examinando o homem de cima a baixo em uma única olhada implacável. — Não nos serve de nada. Quais são as habilidades dele?

Conan considerou a pergunta por um instante.

— Sobreviveu servindo em uma galé estígia — respondeu. — E isso já significa muito, especialmente para um hiboriano. Indica que ele é adaptável e mais durão do que parece à primeira vista. Além disso, adoro como é ousado. Indica que está disposto a fazer o que for necessário para continuar vivendo. — Hesitou por um instante e baixou a voz. — Nunca tinha pensado nisso até hoje. Quando nos encontramos, eu era jovem demais para ligar para essas coisas. Mas ele foi justo comigo e averiguou a verdade em vez de me usar como bode expiatório e resolver os próprios problemas. É um comportamento que não vejo muito entre os povos civilizados.

Bêlit se inclinou na direção do antigo inquisidor. Voltou a examinar o homem de cima a baixo, como se ele fosse uma mercadoria de valor duvidoso.

— O que sabes fazer, nemédio?

Demetrio a cumprimentou com uma mesura educada da cabeça.

— Minha senhora. Como é óbvio, sei remar, atividade que aperfeiçoei ao longo de dois anos. Também sou capaz de empunhar uma espada de forma competente se necessário, embora prefira sair das situações de formas menos violentas; acaba sendo mais seguro, especialmente para mim. Tenho um conhecimento razoável das leis e dos regulamentos da maioria das nações hiborianas. E sou um bom contador. — Deu de ombros mais uma vez, consciente de que as cartas que o destino lhe dera não eram lá muito promissoras. — Sei muito bem que nenhuma dessas habilidades é muito útil a bordo de um navio corsário. Assim sendo, agradeço a liberdade que nos concede, e me arriscarei pela selva junto aos outros.

Conan notou que Bêlit gostara da resposta. O homem fora honrado e astuto o bastante para impressionar a capitã com uma descrição detalhada e exagerada das próprias habilidades.

— Não vá ainda — disse a pirata, em um tom de ordem. O resto dos resgatados já estava no bote, e o corsário que esperava por Demetrio parecia impaciente. A shemita se virou para Conan. — O que achas?

O bárbaro aquiesceu.

— E você?

— Ele é inteligente. E prudente. E um hiboriano sobrevivendo dois anos em uma galé estígia de fato é um ótimo sinal. — Franziu o cenho, indecisa. — Para ser sincera, um bom contador a bordo não cairia mal. A papelada é a parte mais entediante da pirataria, e confesso que não acharia nada ruim poder delegar tal função.

— Deixe ele ficar, então.

Ela ainda não parecia de todo convencida. Por um instante, pareceu que ordenaria ao corsário que levasse Demetrio com o resto dos homens, mas mudou repentinamente de ideia.

— Tu serás responsável por ele. Como se ele fosse...

— Meu bichinho de estimação?

Ela assentiu.

— Que seja, então. Aceito. — O cimério deu meia-volta e analisou com interesse o rosto de Demetrio. Ele não parecia ter pressa alguma nem por ir nem por ficar. A impressão era que poderia passar o dia inteiro no ponto em que estava. — Tem interesse em um trabalho?

Ninguém na tripulação achou ruim a nova incorporação. Fora uma decisão de sua deusa e a aceitaram como tal, assim como tinham aceitado o guerreiro bárbaro como consorte da shemita. Naturalmente, davam-se conta de que o homem não era nem um marinheiro nem um guerreiro; portanto, sua posição na complexa e caótica hierarquia do *Tigresa* nunca representaria uma ameaça para eles — assim como acontecia com N'Yaga, o velho xamã. A deusa e seu leão tinham adotado o contador como mascote, e os corsários o tratavam como tal: com certa condescendência, mas sem hostilidade.

Ele não sabia distinguir o gurupés do timão ou uma bujarrona de outra vela, mas tinha jeito com os números e não tardou a abrir caminho em meio à bagunça da contabilidade da embarcação corsária. Logo se jogou de cabeça na tarefa de colocar certa ordem na montoeira de papeladas e números e, depois de três dias, entregou a Bêlit um balancete perfeitamente redondo — e, acima de tudo, compreensível. A pirata assentiu, como se não esperasse outra coisa, mas no fundo ficou impressionada.

De modos sempre educados, como se não tivesse deixado sua Nemédia natal, tratava a todos com a mesma cortesia um tanto distante e adornada de uma leve ironia. A ironia escapava a quase todos os corsários, e aqueles que a captavam não parecia ofendidos — era como se percebessem que era destinada mais ao próprio Demetrio do que aos outros. Ele não se negava a encarar tarefa alguma pela qual o deixavam encarregado, por mais minúscula ou humilhante que parecesse, algo que muito contribuiu com que os corsários o aceitassem de bom grado.

Era um ótimo contador de histórias, talento que demonstrou certa noite no convés. Se tinha uma coisa de que corsários gostavam era uma boa história de amor e paixão; se fosse truculenta e envolvesse feitiçaria, melhor ainda. Como eram provenientes de diferentes tribos e reinos, falavam entre si em uma língua franca cuja base era o kushita, salpicada de termos estígios, shemitas e hiborianos. Era mais ou menos o mesmo dialeto curiosamente funcional que se falava na galé estígia, portanto Demetrio não tinha problema algum para entender os outros homens ou se fazer entender.

Naquela noite, depois que o narrador da vez terminou a própria história, Demetrio saltou para o centro da roda com um pigarro e uma das sobrancelhas erguida de leve. Perguntou com educação se podia participar daquele torneio verbal sem vencedores e, achando graça, os homens responderam que sim.

Para a surpresa de todos, a história que saiu de seus lábios foi de como e em que circunstâncias conhecera Conan seis anos antes. Mesmo com um pouco de relutância, os espectadores piratas logo foram cativados pelo relato. Conan escutava do passadiço, com Bêlit a seu lado, e parecia absorto nas palavras do nemédio.

A história começara para Demetrio com um alarme disparado no templo de Kallian Público, um enorme museu privado no qual o dono acumulava maravilhas provenientes de todas as partes do mundo. Demetrio não tivera dúvidas e acompanhara o grupo de guardas que adentrara o museu — onde tinham encontrado o proprietário morto com o peito destruído com selvageria, o guarda noturno tremendo de puro medo e um jovem bárbaro que o fitava com um olhar irritado.

— Assim que o vi, entendi que me enxergava como um patife. Não sabia quanto tempo antes ele deixara as montanhas da Ciméria, mas não devia ser muito porque não parecia ter a menor ideia de como as coisas funcionavam em um lugar civilizado. Parecia, inclusive, incapaz de mentir. Mas também soube de imediato que ele não era o assassino. Era evidente que não tinha entrado no museu para fazer coisas boas, mas também que não tinha matado Kallian Público. Me dei conta de que aquele homem não hesitaria em me contar caso de fato fosse o assassino. E confesso que isso me assustou.

O nemédio continuou a história. Foi desenrolando a trama com habilidade, enchendo-a de comentários pessoais e pequenos detalhes. À medida que os acontecimentos no museu de Kallian Público ficavam mais sinistros, os corsários pareciam mais e mais fascinados. Quando chegou a parte em que todos fugiram a cavalo, deixando o cimério frente a frente com o misterioso ser saído do sarcófago em forma de terrina, todos já prendiam a respiração.

— Saí mancando do lugar como pude, meus amigos — disse Demetrio. — E, quando voltei no dia seguinte, asseguro aos senhores que teria preferido estar do outro lado do mundo. Acho que os calmantes que me ministraram por causa do ferimento me deram a coragem necessária para voltar. Mas nem as drogas foram suficientes para impedir que eu começasse a gritar ao ver o que havia em meio às colunas.

Olhou para o público, já ávido pelas suas próximas palavras.

— De um dos lados do local, junto a um biombo caído, havia uma cabeça de beleza sobre-humana, um rosto cujas feições eram tão lindas que não pareciam deste mundo. Uma lâmina afiada havia separado aquela cabeça do corpo... Que, por sua vez, estava a alguns passos para o lado, todo torto e rígido: mais de seis metros de uma serpente gigantesca que alguém tinha massacrado e que, sem dúvidas, era a responsável por ter matado Kallian Público. Mas a espada do cimério foi mais rápida, e separou a linda cabeça do monstruoso corpo.

Fez uma pausa enquanto todos ao redor relaxavam, trocavam olhares e assentiam, satisfeitos.

— Nunca soube qual tinha sido o fim daquele bárbaro... até alguns dias atrás. Conhecer o homem me custou esta deficiência vitalícia, não minto, mas se não o tivesse conhecido talvez terminasse estrangulado por aquela monstruosidade filha de Set. Assim, considero que a ferida na coxa foi um preço pequeno a se pagar.

Ergueu a taça em um brinde brincalhão na direção de Conan. Este devolveu o gesto, sem ligar para o êxtase com que lhe miravam os corsários.

— E como acabou tão longe de Nemédia? — perguntou Bêlit.

Demetrio sorriu, satisfeito com a atenção que a pirata lhe dedicava. Tratava todo mundo de forma cortês, mas com a capitã sempre se esforçava para usar seus modos mais educados, às vezes até exagerando.

— Ah, senhora... — começou. — Essa sim é uma história longa, além de tediosa. Posso contar como foi em outra ocasião, se assim desejares e quando estiveres precisando de um bom remédio contra a insônia. Mas basta dizer por agora que o magistrado da cidade quis botar uma pá de cal sobre o assunto e me neguei a obedecer. Meu prestígio como inquisidor estava em jogo, afinal de contas. O resultado é que de repente me vi sem emprego ou amigos que pudessem me ajudar, algo ruim no mundo hiboriano. A série de acontecimentos que se iniciou aí é tão absurda que garanto que, se não tivessem ocorrido comigo, eu os acharia extremamente cômicos. Claro que o humor é uma questão de ponto de vista, dizem.

O grupo de pessoas ao redor do narrador foi se dispersando aos poucos. Os corsários olhavam sorridentes para ele, e um apertou seu ombro em sinal de reconhecimento. Demetrio não soube, mas foi naquele momento que de fato ganhou seu lugar na tripulação.

CAPÍTULO CINCO

REIS DE ASCALÃO

No sul remoto se ergue o misterioso reino de Estígia, e em suas fronteiras ao leste vagam clãs de nômades selvagens que se autodenominam Filhos de Shem.

— A Era Hiboriana

N'Yaga, o xamã do *Tigresa*, esquadrinhava minuciosamente os papiros roubados da galé estígia. Com a mão esquerda seguia com cuidado cada hieróglifo enquanto usava a direita para anotar com rapidez o significado em uma folha de papel velino, usando uma caligrafia que lembrava o percurso de uma miríade de formigas. Terminou o papiro em que estava e passou para o próximo.

Nesse momento, a porta da cabine se abriu e Conan entrou. O ancião e médico bruxo saudou o bárbaro com um sorriso e continuou a tarefa. Conan não estranhou encontrar N'Yaga ali: o xamã costumava usar a cabine da capitã para trabalhar quando não havia ninguém nela, e o cimério se adaptara ao estranho costume com a mesma indiferença com a qual se adaptara a muitos outros. Depois de quase um ano a bordo do *Tigresa*, o navio virara seu lar fazia tempo. Aceitara o velho xamã como um excêntrico parente distante, cujas extravagâncias contemplava com tolerância, e aprendera a não interferir em seus assuntos. Sua desconfiança natural pela magia logo se dissipara ao ver como as poções de N'Yaga operavam milagres em feridas que, em mãos menos hábeis, poderiam significar a morte.

Conan tirou a túnica empapada de suor e vestiu uma limpa enquanto N'Yaga continuava com o trabalho.

— Escritura estígia? — perguntou o cimério.

O velho assentiu, sem tirar os olhos do trabalho.

— Ouvi dizer que os estígios usam figuras para se comunicar — comentou Conan ao espiar os papiros. — Eu nunca tinha acreditado, até agora.

N'Yaga pousou a pena na mesa e ergueu o olhar.

— Cada povo tem seu próprio método de registrar informações — disse. Sua voz era rouca e tinha um tom paciente, o tom de alguém acostumado a falar com pessoas que sabem menos do que ele. — Se não me engano, vocês, cimérios, usam runas. Cada uma tem um som concreto associado a ela — acrescentou, e Conan assentiu. — Em Khitai usam caracteres complicados, e cada um representa uma ideia com a maior precisão possível. O sistema estígio segue um método intermediário aos outros dois, de certo modo, embora seja bem menos preciso do que o kithânio. Todos os sistemas têm vantagens e desvantagens. Admito que alguns são mais práticos do que outros; de fato, a leitura hiboriana talvez seja a mais...

— O senhor conhece todos eles? — interrompeu Conan, que já recebera muito mais informação do que desejava.

— Só alguns — respondeu N'Yaga, sem ligar para os modos bruscos do cimério. — O suficiente, espero.

O bárbaro pensou por alguns instantes e depois assentiu.

— Interessante — disse, com a voz distraída.

E, sem mais, deu meia-volta e abriu a porta da cabine. Deteve-se na soleira e viu o velho xamã voltar ao trabalho como se nunca tivesse sido interrompido.

Navegavam de novo rumo ao norte, em direção à rota que os mercadores argivos percorriam. Tinham precisado se afastar da costa mais do que o habitual para encontrar um vento adequado e agora avançavam em um ritmo bom, sempre em busca de um novo alvo.

Desde o ocorrido na galé estígia, a reputação de Conan como guerreiro crescera a limites quase lendários, especialmente depois que Demetrio contara a eles como o cimério decapitara a serpente humana de Set. Os homens o chamavam de "Amra", o leão — alcunha que o cimério aceitou com um estoicismo selvagem e que passou a usar daquele ponto em diante como uma bandeira. O fato de que ainda compartilhara o trabalho dos tripulantes e que se mesclara aos corsários da Costa Negra como se fosse um deles só ajudou no processo de ser de fato aceito como um tripulante, e não como uma mera consequência de seu relacionamento com a altiva deusa que seguiam. Bêlit sempre mantinha uma relação um tanto distante com os membros da tripulação, exceto no caso do velho xamã, mas Conan não demorara a perceber que, se quisesse sobreviver por si, esse não poderia ser seu caminho.

Por outro lado, o processo não fora muito difícil. A despeito da distinção na cor da pele, os corsários não eram diferentes de qualquer outro povo não civilizado que conhecia: eram rápidos para se entregar tanto à ira quanto ao afeto, e retribuíam as ofensas com um rancor que ia além da morte e os favores com uma lealdade impossível de se comprar com dinheiro. Como alguém de prazeres simples e modos diretos, Conan se sentia mais à vontade entre eles do que entre qualquer outro povo civilizado que já conhecera.

Sem deixar de ser Conan, o amante pálido da deusa pálida se transformou em Amra, o guerreiro feroz que os guiava em combate, sangrava ao lado deles como se fosse apenas mais um guerreiro, comia e bebia por três e era capaz de vencer qualquer combate corpo a corpo.

Os dias passavam, prazerosos, e Conan às vezes se perguntava se tinha encontrado seu lugar definitivo no mundo. Era difícil imaginar uma vida melhor: espólios abundantes, liberdade para ir e vir e uma tigresa feroz como companheira. O que mais poderia querer?

Demetrio dava graças a Mitra todos os dias por continuar com vida. Mesmo assim, quando se sentia mais sarcástico, perguntava-se qual parte daquilo ele devia a Mitra e não a si mesmo. Afinal de contas, fora a ousadia dele que o salvara de uma morte quase certa na selva; e, antes disso, fora sua obstinação em não morrer que o ajudara a não se render diante da comida escassa, do trabalho excessivo e das chibatadas frequentes em sua vida como escravo na galé.

Mas fosse mérito dele mesmo ou de Mitra, o que sabia era que não estava em uma situação ruim. Era peculiar, claro, assim como fora peculiar tudo o que encontrara desde que se vira forçado a partir de Nemédia e procurar uma vida cada vez mais ao sul.

Como todos os hiborianos, sempre considerara os nativos da Costa Negra apenas selvagens vestidos com penas, mais próximo de animais do que de homens. Aquele preconceito não demorara em desaparecer durante seus anos na galé estígia. Independentemente da cor da pele, seus companheiros de labuta eram homens, e portanto tinham ilusões, sonhos e desejos como qualquer outro homem, e eram assolados pelos mesmos medos e regidos pelas mesmas esperanças.

Primitivos? Talvez, mas o contador não demorara muito para passar a apreciar aquela simplicidade como algo útil, talvez até mesmo necessária para sobreviver e seguir adiante dia após dia.

Sua sorte mudara, aparentemente para melhor, embora sua nova situação também não fosse livre de riscos e complicações. Ele suara para encontrar seu lugar naquela tripulação, e não era um lugar ruim.

Tentara agradecer o que o cimério fizera por ele, mas Conan respondera a suas palavras com um grunhido e um dar de ombros. Pressentia que o bárbaro era muito mais sofisticado do que ele próprio acreditava. Já estava claro que não era mais o jovem recém-chegado à civilização que conhecera em Numália, embora ainda fosse uma criatura feroz, sempre inclinada à violência, rápida e selvagem como um furacão. Mas também era evidente que aprendera algumas coisas sobre o mundo civilizado e as incorporara a seu caráter da mesma forma com que fazia quase tudo: sem pensar demais e sem dar muita importância à questão.

Já quanto à tigresa shemita que capitaneava o barco, Demetrio não sabia muito bem o que pensar. Ela mudava de humor com uma facilidade impressionante, e o nemédio tinha certeza de que ela poderia muito bem tê-lo deixado ir embora com a mesma facilidade com que decidira aceitar o homem a bordo. Sem dúvida era uma criatura volúvel e de temperamento tão feroz quanto o cimério. Ela também era... bem,

Demetrio preferia não pensar naquilo. Passara dois anos sem companhia de mulher alguma, e era inteligente o bastante para compreender que qualquer coisa que pensava estar sentindo era apenas fruto daquela abstinência.
 Ainda assim...

 — Vais me trair?
 Os olhos amendoados da shemita, desconfiados e sempre ferozes, estavam fixos nos de Conan. Os dois repousavam juntos na cama, suados e saciados depois de fazer amor. A pergunta saiu dos lábios de Bêlit quase aos borbotões, como se tivesse escapado sem querer de sua boca.
 — Trair você? Do que está falando, mulher? — Conan não podia ter ficado mais surpreso com a pergunta.
 — Os homens te idolatram — disse ela, agora medindo cada palavra. — E te aceitam como se fosses um igual. Em combate, te seguem em direção à morte sem sequer questionar. Enxergam a ti como um líder natural. Agora tens Demetrio para contar e embelezar teus feitos. Se há algo que os homens odeiam é seguir uma mulher. Se aceitam me seguir é porque, além das baboseiras de N'Yaga, já demonstrei que não tenho rival. Tu...
 Conan balançou a cabeça, incrédulo. Analisou o rosto da shemita e entendeu que não era uma brincadeira. A preocupação dela, por mais que parecesse absurda, era genuína.
 — Bobagem — grunhiu, incapaz de dizer qualquer outra coisa.
 — Não é. Me seguem porque até agora proporcionei bons espólios a eles, e porque acreditam em partes no que N'Yaga contou sobre minha natureza divina. Mas, sendo eu deusa ou não, já me viram sangrar e suar, e sabem que é possível me matar. Ninguém ousaria fazer algo assim, mas talvez seguissem um líder adequado caso este decidisse tentar. Estás preparando um motim?
 Sem responder, Conan se afundou na cama. Vinha de um mundo duro, inóspito e sempre às voltas da guerra e da pilhagem, em que as mulheres lutavam lado a lado com os homens, em que elas trabalhavam e sofriam junto aos demais e estavam acostumadas a fazer sua voz ser ouvida nas assembleias da tribo. Sempre o surpreendia como as mulheres hiborianas tinham pouca autoridade sobre si mesmas: para conseguir o que queriam, tinham de recorrer a truques e fingimentos. Com frequência ele se sentira desconcertado — não só pelo jeito de ser das mulheres hiborianas, mas também porque os homens não se davam conta de como eram manipulados.
 Fora um sopro de ar fresco encontrar alguém como Bêlit, que não exigia ser tratada como um bibelô de porcelana delicada e que, quando queria algo, dizia sem meias palavras e esperava que o resto do mundo atendesse a seus desejos. Que não exigia ser protegida ou afastada de seu caminho, que se jogava de cabeça na batalha sem hesitar e que lutava com a mesma intensidade e raiva do que qualquer homem.
 Não lhe passara pela cabeça que os outros talvez não pensassem como ele; que, no

fundo, talvez os corsários ficassem ressentidos por serem comandados por uma mulher. Não percebera neles mais do que adoração pelo que consideravam sua deusa, mas agora compreendia que uma coisa não precisava ter relação com a outra.

Limpou com um pano o suor que lhe escorria pelo peito e pelos braços. Depois pegou a jarra de vinho ao lado da cama e se serviu de uma taça. Cravou os olhos azuis nos da shemita, tentando entender o que se passava em sua mente e o porquê.

— Fui desleal a você em algum momento? — perguntou, com a voz rouquenha. — Dei ordens como se fossem minhas, ou as dei deixando claro que só transmitia sua vontade? Em algum momento minei sua autoridade ou seu status de deusa? Tentei convencer os homens de que estariam em situação melhor seguindo apenas a mim?

Ela negou com a cabeça. Parecia estar travando uma batalha contra si mesma, uma guerra feroz entre a desconfiança que aprendera a sentir em relação a qualquer homem e o amor e a confiança que sentia por ele.

— Talvez não importe — disse, depois de um tempo. — Talvez baste seres como é...

Conan não disse nada. Bêlit se levantou, saiu da cama e se sentou, ainda nua, em uma grande cadeira de vime que N'Yaga costumava usar quando estava na cabine. Conan ficou olhando para ela, encantado diante daquelas pernas fortes e bem torneadas, dos braços nos quais músculos despontavam, da cintura fina, dos quadris largos, dos peitos pequenos sempre empinados em desafio, dos mamilos grandes e escuros, do colo altivo, da mandíbula firme, do nariz fino e resoluto, dos olhos amendoados e desconfiados, da cabeleira negra e desgrenhada.

Meneou a cabeça. Tinha de ser louco para querer desafiar uma mulher daquela, pensou com seus botões, assim como para se render a ela sem restrições. Nunca aceitaria ser marionete de ninguém, assim como jamais se contentaria em ter um boneco obediente a seu lado. Ainda assim, ela não tinha de fato se entregado sem pestanejar a ele no convés do *Tigresa* no mesmo dia em que haviam se conhecido? Não dera tudo o que tinha, sem ocultar nada, sem deixar nada para si? Será que merecia menos do que uma entrega total daquele que era seu companheiro?

— Sou seu homem — disse, como se alguém arrancasse as palavras de seu peito e as jogasse no ar. — Compartilho com você tudo o que tenho. E, por Crom, se a esta altura não me conhece o suficiente para dissipar essas dúvidas, é melhor que cada um siga seu caminho.

Bêlit encolheu as pernas junto do corpo e as abraçou. De imediato, o gesto a fez parecer uma menininha desamparada. Conan jamais a vira daquela forma: fora testemunha de seu caráter inconstante, de suas mudanças bruscas de humor, de sua ferocidade, de seus modos indômitos e de seu comportamento temerário. Mas era a primeira vez que a via tão frágil, tão indefesa. Respirou fundo e, antes que pudesse pensar no que dizer, as palavras saíram de sua boca aos borbotões.

— Nunca senti por ninguém o que sinto por você — disse. Soou quase surpreso, como se estivesse ciente de tais emoções pela primeira vez. — Você faz com que valha a pena levantar da cama todas as manhãs e voltar a ela todas as noites. Luta como se amasse, e ama como se lutasses. Nunca conheci uma mulher como você, maldição, e acho que nunca mais vou conhecer. Nunca vivi uma vida como a que levo a seu lado.

Não quero mudar nada disso.
Ele então se levantou e caminhou até a jovem. Com uma delicadeza bruta e indecisa, puxou as mãos dela e as acomodou contra o peito.

— O que há aqui dentro bate por você — acrescentou, em um sussurro rouco. — Sou seu. Se não acredita em mim, caramba, mande que me amarrem à quilha e me entreguem aos malditos tubarões.

Em silêncio, ela acarinhou o enorme tórax de Conan. Em seguida, abraçou sua cintura e o puxou para perto. Apoiou a cabeça na barriga do cimério e ele sentiu contra a pele o sorriso nascendo naquele rosto tenso.

— Eu já sabia — murmurou ela. — Bêlit, a tigresa, sabia. A Rainha da Costa Negra não duvidava de que era seu. Mas a garotinha cujos pais reinaram em Ascalão não conseguia acreditar. Tinha medo de que tu também partisses e desaparecesses, como todos os outros.

Conan se inclinou e a pegou no colo como se ela não pesasse nada. Voltou com ela até a cama e a depositou no leito com uma suavidade sem precedentes. Em seguida, deitou-se ao lado dela.

— Não sabes muito a meu respeito, meu amor — murmurou Bêlit, com a cabeça repousada no peito do cimério. — E, na verdade, tampouco sei eu sobre ti.

Conan deu de ombros. O que mais precisava saber? Estavam juntos, no lugar em que gostariam e com quem queriam. O que mais faltava?

— Sabe o que precisa saber — respondeu ele. — Nasci na Ciméria. No mundo todo, nunca vi um lugar mais sombrio do que aquele, tão coberto de colinas e repleto de árvores estranhamente tenebrosas, onde mesmo de dia tudo parece escuro e ameaçador. Até onde a vista alcança, não é possível ver nada além de uma paisagem de morros intermináveis e o céu quase sempre cinzento. O vento, que com frequência carrega chuva, granizo ou neve, é frio e cortante, e geme de forma funesta entre os paredões montanhosos e através dos vales. Há pouca alegria naquela terra. Não sinto falta alguma dela. Parti quando tinha dezesseis anos, primeiro em direção ao norte e depois ao sul, fugindo dos hiperbóreos em direção a Zamora. Desde então, fui ladrão, matador de aluguel e mercenário. Não tem muito mais o que saber sobre mim.

Ela sorriu.

— Tenho certeza de que não é verdade, mas não importa. Não tenho pressa. Tem algo que quero contar a ti, para que compreendas...

— Não precisa...

— Shiu — disse ela, tapando com os dedos as palavras já prestes a sair da boca de Conan. — Quando nos conhecemos, disse a ti que meus pais eram rei e rainha de Ascalão. Não era mentira, não fazia parte da lenda que N'Yaga construiu ao meu redor para que me considerassem a filha de um deus, ainda que sem dúvida o velho xamã tenha aproveitado para emaranhar esta meada da história a seus embustes. Até os cinco anos, fui uma princesinha mimada de Ascalão, a principal das cidades de Shem, perto demais de Estígia para nosso bem.

"Meu pai era rei. Não sei se um bom ou um mau rei. Era meu pai, e era também o centro de meu universo. De qualquer forma, sei que ter sido um bom ou um mau rei nada teve a ver com como perdeu seu reino. Para os estígios, Ascalão era um ponto estratégico importante, e precisavam que o trono da cidade fosse ocupado por uma marionete — coisa que meu pai, bom ou mau governante, não foi, e jamais estaria disposto a ser.

"Pagaram a conspiradores e agitadores. O ouro é algo que abunda aos porcos estígios. Destruíram e sabotaram. Botaram no rei a culpa de tudo o que eles mesmo arruinaram. Depois, quando uma marionete com algumas gotas de sangue real nas veias apareceu à frente de um exército diante dos portões da cidade depois de ter sido encontrado pelos malditos, os habitantes de Ascalão o acolheram como um libertador e pediram a cabeça do rei anterior."

Bêlit encarava o teto, os olhos cintilantes e o cenho franzido. Tinha o corpo rígido e os punhos cerrados.

— Mas ele não estava mais ali. Ele, minha mãe, eu mesma e um punhado de súditos reais havíamos deixado a cidade na tarde anterior, avisados por um amigo fiel sobre o que estava prestes a acontecer. Escapamos nos esgueirando pela escuridão e levamos conosco tudo o que podíamos. Apenas um reflexo pálido do que tínhamos, mas suficiente para começar uma vida nova longe dali.

"Fugimos para o oeste, até Argos, e lá meu pai fretou um barco e zarpou com todos os que o haviam seguido em seu exílio. Não sei por que optou por partir pelo mar, nem o que esperava encontrar quando zarpou na direção sudoeste. Ele nunca me contou. No terceiro dia de viagem, divisaram uma vela. Era um barco de corsários negros. A embarcação em que estávamos tentou fugir, mas não conseguiu. Nos abordaram, e a luta foi atroz. Meus pais tentaram impedir que eu olhasse, mas de uma escotilha vi o brilho das espadas e senti o sabor metálico que impregnava o ar por causa do sangue derramado.

"Os corsários degolaram os tripulantes e logo invadiram nossa cabine, que era a do capitão. Meu pai sem dúvida seria morto; o destino meu e de minha mãe teria sido pior, disso tenho certeza. Mas então N'Yaga interveio."

— N'Yaga?

Bêlit assentiu.

— Sim. Não era tão velho na época, embora para mim sempre tenha parecido ter mil anos. Era mais jovem e mais ágil. Com a autoridade decorrente de ser xamã e curandeiro do barco corsário, se interpôs entre eles e nós e disse que não deviam tocar um dedo em nós.

— Por quê?

— Naquele momento, não sabíamos. Não compreendíamos o idioma, mas ficou claro que N'Yaga tentava convencer os demais a não nos machucarem. O capitão corsário acabou concordando e, assim que o fez, o resto dos homens também cedeu. Só então N'Yaga se virou para nós. 'São shemitas', disse, em nossa língua. 'Por que estavam em uma embarcação argiva?'

"Meu pai hesitou, como se estivesse guardando um segredo e não quisesse revelá-lo tão cedo. 'Tua vida depende de mim', disse o xamã. 'Se fores sincero comigo, garanto que não farão nada contigo.'

"Algo no rosto de N'Yaga deve ter convencido meu pai, pois de imediato toda a sua resistência desapareceu e ele disse: 'Sou Numkarrak, antigo rei de Ascalão. Essas são minha mulher e filha. Estamos em tuas mãos'.

"N'Yaga assentiu, como se as palavras confirmassem suas suspeitas. 'Então me digam aonde estão indo'.

"Meu pai fez um sinal para minha mãe e ela me levou para o outro lado da cabine. Vi meu pai conversar com N'Yaga por um tempo, em voz baixa. Em determinada altura, notei que os olhos de N'Yaga brilhavam de entusiasmo. Meu pai fez um gesto para a direita, apontando um enorme baú. Eu o conhecia bem: tinha tentado abrir a fechadura várias vezes, mas ela nunca tinha cedido. Naquele momento, meu pai abriu a arca para N'Yaga, que soltou um grito ao ver o que havia em seu interior. Em seguida se acalmou, porém, e disse: 'Incorporarei tua família a meu clã. Nada acontecerá com ela, e os três serão bem recebidos. Tens minha palavra'.

"Naquele momento, eu não entendia quase nada do que estava acontecendo. Estava assustada, aterrorizada — era uma princesa que tinha perdido tudo e agora seguia em direção a uma terra estranha. Tinha visto morrerem ao meu redor quase todas as pessoas que conhecia, entre gemidos de dor e gritos de súplica. Tudo o que me rodeava era desconhecido, bárbaro, hostil. Eu não sabia, mas aquele encontro foi o primeiro passo no caminho que me levou a ser o que sou hoje, a Rainha da Costa Negra — mais temível ainda do que a deusa da morte, segundo afirmam meus inimigos."

Ela sorriu, feroz, antes de continuar:

"Mas aquela garotinha continua aqui, entendes? A garotinha assustada que havia perdido tudo não foi embora. Ela está aqui dentro, aprisionada e muda. E, às vezes, é ela quem controla as rédeas de quem sou."

Conan não disse nada. Estava morrendo de vontade de fazer mil perguntas. Por que N'Yaga poupara a vida dela? O que havia por trás do propósito do pai? O que ele procurava ao se lançar ao mar e navegar em direção ao sul? O que havia dentro do baú? Aonde os corsários negros os haviam levado? Como...?

Mas não fez nenhuma delas. Limitou-se a abraçar Bêlit até que a jovem adormecesse. Quando ela abriu os olhos, muitas horas mais tarde, Conan continuava ali, olhando para ela com uma ternura enigmática. Não parecia nem ter se movido a noite toda. Tampouco tinha a aparência de quem dormira.

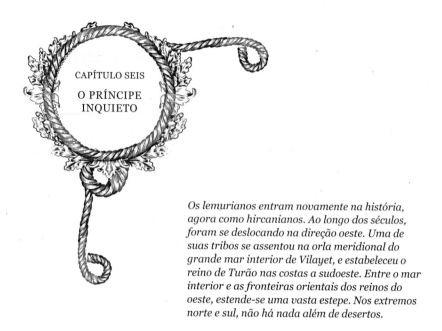

CAPÍTULO SEIS

O PRÍNCIPE INQUIETO

Os lemurianos entram novamente na história, agora como hircanianos. Ao longo dos séculos, foram se deslocando na direção oeste. Uma de suas tribos se assentou na orla meridional do grande mar interior de Vilayet, e estabeleceu o reino de Turão nas costas a sudoeste. Entre o mar interior e as fronteiras orientais dos reinos do oeste, estende-se uma vasta estepe. Nos extremos norte e sul, não há nada além de desertos.

— A Era Hiboriana

O *Tigresa* cruzava o mar, e as aldeias da Costa Negra tremiam de medo. Os tambores soavam na noite e anunciavam que a diaba do mar encontrara um parceiro, um homem de ferro cuja ira era mais feroz que a de um leão ferido. Os escassos sobreviventes das embarcações estígias destroçadas maldiziam Bêlit e o guerreiro branco de afiados olhos azuis. Os príncipes estígios demorariam para esquecê-lo, e as lembranças se converteriam em uma árvore de amargos frutos carmesim nos anos seguintes.

O hircaniano magrelo que fazia uma reverência diante do príncipe Yezdigerd não sabia de nada disso — e, mesmo que soubesse, teria se importado bem pouco. O que acontecia no oeste remoto não poderia ter menos importância para ele. Fora convocado com um propósito claro, e todo o resto não tinha relevância alguma.

— Que o Tarim fortaleça tua estirpe, ó príncipe, e mantenha teu braço firme até o fim de teus dias.

O interlocutor respondeu à cortesia formal com um gesto da cabeça e um grunhido que poderia significar qualquer coisa. Ele era alto e robusto, tinha cintura fina e ombros largos. Uma cicatriz descia de sua bochecha direita, terminando onde nascia o volumoso e bem recortado bigode que cobria seu lábio superior. Seus olhos refletiam uma expressão permanente de desconfiança, como se todo o mundo conspirasse contra ele.

— Não é habitual ser convocado por um membro da família real — continuou dizendo o outro. — Menos habitual ainda chamarem um dos nossos. Agradeço a honra. Sem dúvida este momento entrará em nossos anais, seja qual for o resultado de nosso encontro.

— Me poupa do falatório — disse enfim Yezdigerd, príncipe de Turão. — Tenho um trabalho que tua gentinha pode realizar melhor do que ninguém. Não te iludas.

O outro homem voltou a inclinar a cabeça, de modo que o príncipe não viu o meio-sorriso de desprezo que tomou seu rosto ossudo. "Me insulte o quanto quiser, príncipe", parecia dizer o sorriso, "mas é o senhor quem está requerendo nossos serviços, e não o inverso".

— Vós, os hashins, existis porque sois um mal necessário. Nunca te esqueças disso.

— Não esqueceremos, meu príncipe. — "Principalmente a parte do 'necessário'", acrescentou para si mesmo.

A expressão no rosto de Yezdigerd se suavizou, como se estivesse relaxando depois de ter deixado clara a posição de cada um.

— Necessito de um homem de confiança que possa viajar até o fim do mundo se eu assim ordenar — disse. — Precisa buscar um objeto e o trazer a mim com a mais absoluta discrição. Nada deve se interpor em seu caminho. Nada — reforçou o príncipe, em um tom áspero.

O interlocutor refletiu por alguns instantes.

— Temos homens assim, meu príncipe. O que o senhor bem sabes, caso contrário nem teria mandado nos chamar — respondeu. — Também sabes que nossas tarifas dependem da distância a ser viajada, da dificuldade da jornada e do valor do objeto a ser recuperado.

— Não vou barganhar como um mercadorzinho vagabundo — rebateu Yezdigerd, fechando a expressão. — Ofereço cem mil qanats de ouro. — Fez uma pausa cuja intenção era ser dramática. — Vale a pena aceitar.

— Uma oferta generosa. Até demais, tenho certeza. No entanto, como posso avaliar tua generosidade sem saber mais detalhes?

Tranquilo e relaxado, como se não soubesse que sua vida podia ser ceifada com um único gesto da mão de seu interlocutor, o homem cravou o olhar no príncipe Yezdigerd e não o afastou.

— Não testes minha paciência, vagabundo.

— Não foi minha intenção, meu príncipe. E se meu jeito ofende ao senhor, por favor, não hesite em separar esta cabeça insolente do corpo. Só lamento não ter mais de uma vida para lhe oferecer. Considere com cuidado o que disse, devo insistir. Não posso julgar a dificuldade do trabalho sem ter mais detalhes. E, sem uma avaliação adequada, não posso aceitar a tarefa.

— Vai aceitar fazer o que quer que eu peça, ou juro por Tarim que reunirei minhas tropas e reduzirei a cinzas aquela vossa maldita montanha!

Não muito tempo antes, um simples príncipe sequer sonharia em ameaçar os hashins daquela forma. Era pior ainda o fato de que não fora uma ameaça vã: Yezdigerd tinha poder militar suficiente para os erradicar por completo, como bem entendesse. As coisas tinham mudado muito nos últimos tempos — e não exatamente para melhor.

— Não tenho dúvidas de que o senhor poderias — retorquiu, em tom apaziguador.

— E tenho certeza de que teu pai, o rei Yildiz, aprovaria tua decisão.

— Insolente...

A simples menção ao rei, porém, tranquilizou o príncipe de imediato. Inquieto no divã, examinou de forma comedida o enviado dos hashins. Não se deixava enganar pelo aspecto esfarrapado, pelos modos obsequiosos ou pela aparência inofensiva daquele homem. Sabia que ele poderia matá-lo se assim quisesse, sem se importar se sairia vivo ou não dali. Também sabia que o que ele pedia não só não era descabido como também era necessário.

— Preciso que alguém vá até a cidade sem nome dos magos, na Estígia. Deve passar despercebido. Irá encontrar com Tot-Amón, bruxo do Círculo Sombrio. Este confiará a ele um objeto em troca de outro que darei a teu homem. Tu deves me trazer tal objeto.

— Objeto este que é...?

Yezdigerd apertou os punhos até os nós dos dedos ficarem brancos. Conter-se e não chamar os guardas exigiu toda a sua determinação. Não podia se deixar levar por sua personalidade. Não em um momento como aquele. Não com aquele maldito vagabundo. O outro o tinha na palma da mão — os hashins eram os únicos que poderiam levar a cabo a missão com possibilidade de sucesso. E o interlocutor sabia muito bem. Algum dia, quando fosse rei, massacraria aquela escória em sua montanha, mas no momento precisava dele.

— O Olho de Tarim — disse, entredentes.

O hashin assentiu.

— Entendo, meu príncipe — disse enfim. — E sim, temos uma pessoa com as características adequadas. Nós, hashins, aceitamos a missão por cem mil peças de ouro... — Vacilou por uns instantes, enquanto pesava até onde poderia forçar a situação. — E a gratidão eterna do futuro rei de Turão.

Yezdigerd aquiesceu. Fez o gesto de forma forçada, como se uma mão o tivesse agarrado pelo cangote e o obrigado a mover a cabeça contra sua vontade.

— Terás tal gratidão — grunhiu, em uma voz quase inaudível.

Enquanto o homem se levantava, fazia uma referência e deixava o cômodo, Yezdigerd não tirou os olhos dele, como se quisesse registrar suas feições na memória. Sabia que era uma bobagem, que a mesma pessoa que em um momento se apresentava a ele como um mendigo meio desdentado podia se transformar em questão de minutos em um saudável cortesão, e que ele não seria capaz de enxergar além do disfarce nem se conhecesse o verdadeiro rosto que se ocultava atrás dele.

O enviado dos hashins deixou o palácio trinta minutos mais tarde. Não o fez de mãos vazias. Esgueirou-se de forma furtiva no meio da noite sem lua e saiu da cidade sem que ninguém desse conta de sua presença, mais uma sombra misturada às outras sombras da noite.

Um cavalo o esperava a cerca de uma hora de distância do caminho, em um bosquinho de árvores raquíticas cujos ramos nus pareciam membros retorcidos de um homem torturado.

Só então, depois de se assegurar de que ninguém o seguia, o hashin pareceu relaxar. Suas feições se suavizaram e suas rugas desapareceram; ele tirou a dentadura falsa e a peruca e as guardou nos alforjes, fazendo o mesmo com os farrapos que vestia. Endireitou a postura, assumindo seu tamanho normal, e deixou de ser um homenzinho encarquilhado e miúdo. Era alto, com quase uma cabeça mais que o príncipe. Pegou e vestiu as roupas de viagem, cinzentas e sem destaque, a roupa que um comerciante não muito próspero usaria para transitar por aquelas paragens.

Pegou algumas tâmaras dos alforjes do cavalo e as engoliu com rapidez, como se a comida fosse algo ruim, mas necessário. Em seguida, acendeu um candeeiro abafado, assegurou-se de que a luz não se projetaria muito para longe e colocou no chão o objeto que o príncipe lhe dera.

Desfez o embrulho com extremo cuidado e contemplou o conteúdo.

Cinco páginas. Cinco páginas de metal provenientes do Livro de Skelos. Cinco páginas que refletiram a luz do candeeiro em um clarão maligno enquanto os dedos trêmulos do hashin seguiam a indecifrável escritura que as cobria.

Era tentador. Tinha cem mil qanats de ouro e cinco páginas originais do Livro de Skelos. Por que cumpriria a tarefa? Na verdade, por que sequer voltaria à montanha? Com tudo aquilo em mãos, poderia...

Meneou a cabeça. Nada. Não podia nada. Não temia a ira de Yezdigerd e, até onde sabia, um bruxo estígio o trairia sem nem pensar duas vezes. Com o que tinha em posse, poderia comprar um pequeno país, com certeza; inclusive, se usasse bem as cartas em sua mão e tivesse paciência, poderia criar o próprio império. Por que não?

Mas de que serviria ter o mundo se lhe faltava o mais importante? Não tinha muitas certezas na vida, mas uma delas era que só na montanha dos hashins crescia o lótus cinzento. A outra era que, sem a fumaça produzida pela queima das sementes da planta, a vida não valia ser vivida, o mundo era uma utopia, e o poder não passava de uma ilusão vazia.

Ser imperador não valeria de nada. Ser o dono do mundo seria inútil. Nenhuma daquelas coisas acalmaria sua sede ardente, seu desejo hediondo pelos vapores do lótus cinzento. Só eles faziam com que sua vida parecesse real e o mundo tivesse consistência.

Suspirou, voltou a embrulhar as páginas de ferro e as prendeu ao lombo do cavalo. Em seguida, apagou o candeeiro e montou na cela.

Seguiria para a montanha — de volta para a montanha e para o lótus cinzento. De volta à única realidade que merecia ser chamada assim.

CAPÍTULO SETE
BRUXO E ESCRAVO

Jemi, a das negras muralhas,
às margens do rio adormecida
em seu tranquilo berço de prata
em pedra e silêncio esculpida.

Luxur, de bastiões altivos,
de veículos e lanças abarrotada
onde o rei de olhar sombrio
estabelece sua extensa morada.

Sujmet, que abre caminho
para uma agreste e ignota parte
ponta de lança bravia
que nunca se quebra ou se parte.

E, no leste escuro e distante,
coberta de sombra e medo,
fica a cidade dos magos,
seu nome e local em segredo.

— Canção popular estígia

Às margens do rio Estígio, que ficava em um vale cuja localização poucos conheciam, erguia-se uma cidade. Jemi era, sem dúvida, o centro comercial e religioso de Estígia, e era em Luxur que ficava o poder político. Mas os verdadeiros governantes da terra vermelha viviam naquela cidade anônima às margens do rio que dava nome ao país e frutos à terra. Não eram nem sacerdotes, nem comerciantes, nem políticos e nem militares. Dedicavam a vida a analisar as leis do universo e buscar atalhos nas trilhas dos cosmos. Eram bruxos do Círculo Sombrio, e aqueles que sabiam de sua existência não mencionavam tal nome em voz alta.

Quase na beira do rio havia uma construção que não era nem especialmente majestosa, nem imponente demais. Em forma de mastaba, era bem mais baixa do que as outras que a cercavam, e suas paredes careciam de ornamentação. Não havia afrescos ou hieróglifos adornando a porta. Tampouco havia guardas no umbral. Não eram necessários.

Ali vivia Tot-Amón, o maior dos bruxos estígios. Ninguém detinha aqueles que se atreviam a se aventurar além do umbral. Mas era melhor que estes tivessem certeza da legitimidade do propósito que os levava até ali.

Mesmo neste caso, era provável que a pessoa não saísse mais.

Em uma sala de teto alto no centro da mastaba, iluminada apenas por dois círios que ladeavam um espaço com aparência de trono, estava sentado um sujeito muito alto de feições aquilinas, rosto pálido como uma máscara fúnebre e olhos negros como pedaços de carvão. Vestia uma túnica com capuz, igualmente negra, e tinha os dedos entrelaçados diante do corpo. O efeito era surpreendente, pois cada mão parecia o total oposto da outra: a direita era pálida e retesada, enquanto a esquerda era enegrecida e enrugada. Diante dele, em um braseiro, queimava um incenso cuja fumaça criava redemoinhos caprichosos que se enroscavam ao redor da pessoa no trono.

Seu peito não se movia, mas o homem não estava morto; tampouco estava totalmente vivo, mas sim no meio do caminho entre os dois reinos. Perdida nos devaneios dos vapores de lótus, sua alma vagava muito além dos abismos do tempo e do espaço. Em momentos como aquele, seu corpo não passava de uma carcaça de olhos desfocados, um vasilhame vazio à espera de alguém que o enchesse ou o partisse. Não precisava de proteção, no entanto. Os hieróglifos gravados nas paredes da sala impediam a entrada de qualquer pessoa não autorizada e, como se não fosse suficiente, a enorme serpente enrolada aos pés do trono daria conta de qualquer intruso que ousasse colocar os pés além da soleira.

Um ruído veio do outro lado da porta, o som de pés calçados. Logo depois, a enorme placa de pedra se deslocou para o lado, e um gigante de pele da cor do ébano entrou no cômodo. Vestia apenas sandálias e um saiote de seda, e tampava a boca com um pano úmido. Como o amo, tinha a cabeça raspada ao estilo da nobreza estígia.

Chegou ao lado da pira e apagou o incenso com dedos hábeis e calejados. Em seguida, ajoelhou-se até tocar o chão com a testa.

A serpente enrolada ao redor do trono erguera a cabeça ao ver o homem entrar, mas continuava imóvel, sem dar o menor sinal de que atacaria, como se a presença do gigante no local fosse normal. Ainda assim, não desviava os olhinhos malignos do enorme homem, e um sibilo cruel escapava de tempos em tempos do focinho bamboleante.

Conforme os vapores dos lótus iam perdendo o efeito, o corpo no trono começou a se mover. O peito se encheu e se esvaziou — devagar a princípio, até a respiração alcançar um ritmo normal. Os olhos perderam um pouco do aspecto baço e, enfim, os dedos das mãos se desentrelaçaram.

Tot-Amón piscou e olhou ao redor.

— Por que interrompeste meu sono? — perguntou, com uma voz que parecia um grasnado.

— Me perdoe, amo, mas quem o senhor esperava acabou de chegar. Está aguardando ser recebido. O senhor me pediu para que o trouxesse à sua presença assim que chegasse, independentemente do que estivesse fazendo.

Tot-Amón franziu o cenho e assentiu. O homem escravizado se aprumou um pouco, mas continuou de joelhos.

— Faz com que ele entre — disse o bruxo, enfim.

O servo se inclinou mais uma vez, até roçar o chão com a testa, e depois se levantou. Voltou caminhando de costas, sem tirar os olhos do bruxo, e por fim atravessou a porta.

Tot-Amón ajeitou a túnica e acariciou com a estranha mão esquerda a cabeça erguida da serpente, como se estivesse acarinhando um gato gigante. A cabeça em forma de cunha fitou o homem com malícia e depois desceu até o chão, onde se acomodou sobre o próprio corpo enroscado.

O serviçal voltou pouco depois acompanhado de outro sujeito. O manto deste, sujo de lama e poeira, sugeria uma viagem longa e cheia de incidentes. Levava uma bolsa pendurada ao ombro e uma espada de feitio hircaniano pendurada no cinto.

O outro homem acompanhou o recém-chegado até o trono. Se o último sentiu alguma surpresa ao ver a enorme serpente enroscada e aparentemente adormecida ali, não deu sinal algum. Parou alguns passos à frente do braseiro e fez uma mesura à guisa de cumprimento. O servo ficou de um dos lados do trono, perto de um dos círios. Tot-Amón, imóvel como uma estátua, não disse nada.

— O príncipe Yezdigerd saúda Tot-Amón do Círculo Sombrio e lhe deseja felicidades — saudou o hircaniano com a voz rouca.

— Espero que não seja a única coisa que me traz — grasnou o bruxo.

O recém-chegado conteve um sorriso e levou a mão a um dos flancos. Tateou a bolsa.

— Creio que Tot-Amón achará satisfatório o presente enviado pelo príncipe.

— Não me importa no que tu crês — disse Tot-Amón, impaciente. — Deixa-me ver.

Com uma reverência, o hircaniano abriu a bolsa e tirou o estranho conteúdo de dentro dela. Desfez o embrulho e, com extremo cuidado, foi depositando no chão cada uma das páginas de metal.

Só então Tot-Amón se dignou a descer do trono. E o fez de forma pausada, lenta, como se planejasse cada gesto. Com a expressão desdenhosa, contemplou o hircaniano, cuja altura ele superava em pouco mais de uma cabeça, e parou diante das cinco lâminas metálicas. Com um gesto da mão esquerda, elas começaram a flutuar devagar até se deterem na altura do peito do bruxo.

Ele examinou o presente em silêncio durante um bom tempo, os olhos fixos nos caracteres arcanos gravados nas lâminas de metal. Às vezes abria e fechava a boca sem emitir som algum. Os carvões que eram seus olhos arderam de repente com uma luz avermelhada que pulsava no ritmo de sua respiração.

Enfim assentiu, satisfeito, e contemplou de novo o enviado de Yezdigerd. Catalogou-o de imediato como um hashin, e não voltou a pensar nele.

— Teu príncipe cumpriu a parte dele do trato — disse, voltando a se sentar. — Cinco das páginas perdidas do Livro de Skelos em perfeito estado. — Hesitou alguns instantes e levou um indicador grande e ossudo aos lábios finíssimos. — São os originais — murmurou em seguida, como se estivesse falando consigo mesmo. — Ou cópias tão antigas que é impossível distingui-las das originais. Ninguém hoje em dia seria capaz de fazer uma réplica tão perfeita. Me pergunto como Yezdigerd conseguiu algo assim.

O hashin pigarreou, incomodado. Era evidente que preferia se afastar ao máximo dali o quanto antes.

— Sou apenas o mensageiro, excelência — disse.

A voz dele sobressaltou o bruxo, que encarou o hashin como se estivesse se perguntando o que fazia ali.

— Não falei contigo, escória da montanha — disse, com desprezo. Virou para o próprio servo. — Paga a ele e deixa que volte à sua terra poeirenta — acrescentou, indiferente.

O enorme homem de pele negra se aproximou do hircaniano e lhe estendeu um cofre quadrado de madeira lacada um pouco maior do que sua mão. O enviado de Yezdigerd o pegou e o abriu com cuidado. De imediato, um resplendor carmesim banhou seu rosto macilento e sujo. Dentro do cofre havia um enorme rubi de forma hexagonal. Não parecia refletir a parca luz do cômodo, e sim brilhar com uma luminescência própria. O hircaniano pensou ver, sob a superfície do rubi, formas borradas e distantes, como nuvens girando lentamente em uma dança incompreensível — mas, de alguma forma, perversa. Fechou a tampa e olhou para o bruxo.

— Parece tudo em ordem — disse.

Tot-Amón, sem dirigir a menor atenção a ele, voltou a se levantar, recolheu as lâminas flutuantes de metal e, com elas em mãos, voltou a se sentar no trono. Depositou as páginas sobre os joelhos e só então se dignou a olhar para o hircaniano.

— E está — respondeu, com a voz fria. — Um bruxo do Círculo Sombrio não dá sua palavra em vão. Prometi o Olho de Tarim a teu senhor em troca destas páginas, e é isto que estou entregando. — Sem aguardar resposta, dirigiu-se ao serviçal. — D'Rango, mostre o caminho a ele. Terminamos aqui.

O hircaniano hesitou alguns instantes, mas bastou olhar de relance para o rosto fino e cruel do bruxo para desistir de qualquer pretensão de discutir. Guardou o cofre na bolsa e, com um gesto da cabeça, deu meia-volta e caminhou na direção indicada pelo homem escravizado. Os dois passaram pela porta e desapareceram dos pensamentos de Tot-Amón.

Este, completamente absorto nas páginas de metal do Livro de Skelos, começou imediatamente a traçar novas maquinações e elaborar novos planos. Ideias que até aquele momento não tinham passado de sonhos loucos e impossíveis começaram a tomar forma e consistência. Um esquema foi germinando em sua mente, um caminho tortuoso cheio de ramificações inesperadas que não demorou a crescer como uma árvore de inúmeros galhos.

Sorriu.

Durante anos fora o mais poderoso entre seus iguais, seus planos sempre atravancados demais, e com muita frequência, pelas alianças entre seus companheiros. Embora nenhum dos outros bruxos sozinho chegasse a seu nível, três ou quatro unidos pelo mesmo propósito bastariam para fazer frente a ele e frustrar seus planos, como acontecera tantas vezes no passado.

Aquelas cinco páginas perdidas lhe davam o elemento central de que necessitava para se libertar daquele maldito cabresto, para deixar de ser o mais poderoso entre muitos e ser, enfim, o único. Ainda estava muito longe de compreender a linguagem arcana das inscrições, mas seu instinto lhe dizia que finalmente encontrara a chave para descobrir os mistérios e decifrar os segredos do Coração de Arimã — a ignota pedra preciosa vinda do outro extremo do universo, responsável pela queda do Império de Aqueronte em tempos remotos. A localização atual do Coração de Arimã era um dos segredos mais bem guardados do mundo hiboriano, mas Tot-Amón a descobrira vários anos antes. Se ainda não tomara para si a poderosa pedra, era tão somente porque, até aquele momento, não sabia como dominar seu poder. Mas aquelas cinco páginas podiam mudar tudo.

Não seria naquele dia, nem no seguinte. Talvez não fosse nem naquele mesmo ano ou naquela mesma década. Estava muito longe de seu objetivo, e tinha a consciência de que traduzir aquelas páginas demoraria muito e não seria simples. Além disso, teria de agir com muito cuidado para que os demais bruxos não suspeitassem de nada.

Mas era apenas uma questão de tempo. E isso era algo que ele sempre tivera de sobra.

D'Rango guiou o estrangeiro pela mastaba sem que o último suspeitasse que o caminho pelo que seguiam, aquele labirinto de corredores estreitos, não era o mesmo que haviam percorrido na ida — e que, na verdade, não estavam indo na direção da saída, e sim adentrando mais e mais na construção.

Absorto em sua missão, nem prestava atenção nos lugares por onde passava, e muito menos no servo. Em sua mente, só havia espaço para o momento em que voltaria à montanha e o Ancião o recompensaria com uma nova dose de lótus cinzento, uma nova porta para o paraíso. Foi seu último erro.

Entendeu que algo estava acontecendo quando a passagem desembocou em um corredor sem saída e D'Rango se deteve, apoiou-se na parede e ficou encarando o homem.

— O que houve? — perguntou.

Todo o seu corpo ficou tenso de repente. Armas ocultas surgiram de suas roupas, e ele se preparou para cobrar caro por sua vida.

D'Rango não pôde sequer admirar a rapidez e a disciplina do hashin enquanto depositava a tocha em um suporte na parede. Sabia bem o que aqueles homens eram, e quão letais podiam se provar. Não tinha nenhuma intenção de deixar o outro se aproximar.

— Não vais sair vivo daqui — disse, com a voz tranquila. O tom era o de quem poderia muito bem estar avisando ao amo que o jantar estava servido.

A reação do hircaniano foi tão veloz quanto a de um filho de Set. Nem a serpente mais ágil o superaria em rapidez, e D'Rango compreendeu de imediato que talvez, apesar de tudo, tivesse subestimado o inimigo.

Teve tempo apenas para apertar uma protuberância oculta na parede. A ponta afiada da lâmina do hashin já quase tocava o peito do serviçal quando o solo cedeu sob os pés do atacante, e ele despencou no que parecia um abismo sem fundo de paredes lisas e escorregadias. Teve tempo de proferir um último xingamento antes de o solo voltar ao lugar, sepultando para sempre o homem na escuridão.

D'Rango inspirou fundo, e só então percebeu que prendia a respiração. Fora por pouco, muito pouco. Se o hashin tivesse sido um pouco mais rápido, ele agora teria um punhal cravado no coração, e todos os planos cuidadosamente traçados teriam ido para as cucuias. Agradeceu em silêncio aos genitores por terem tido misericórdia dele, apesar de não merecer. Enxugou o suor da testa e pegou a tocha. Testou com o pé a firmeza do solo e gesticulou com a cabeça enquanto fazia alguns cálculos.

Três dias. Três dias deveriam ser suficientes para que o fundo frio, úmido e envenenado do fosso acabasse com a vida do hircaniano — isso supondo que não tivesse morrido na queda. Depois, poderia entrar e recuperar o cofre das mãos mortas do homem. Sim, três dias seriam suficientes.

Mas, por desencargo de consciência, esperaria quatro.

CAPÍTULO OITO
O ESCRAVO FUGITIVO

Aos genitores invoco,
os genitores.
Da terra os trago,
a terra.
Da terra aos genitores
invoco.
Da terra suplico
seus dons.
Aos genitores me entrego
e, humilde,
seu favor solicito
e suplico.

— Feitiço wazuri

D'Rango foi recolher o cofre no quarto dia, como planejara. Arrancou o objeto dos dedos mortos e curvados do hircaniano, limpou-o e saiu do fosso através da mesma porta lateral pela qual entrara. Não se atreveu a abrir o pequeno baú, com medo de que aquele simples ato alertasse seu amo, então o deixou em seus aposentos e voltou aos próprios afazeres como se nada tivesse acontecido.

Quando Tot-Amón o convocou, várias horas mais tarde, D'Rango teve certeza de que o bruxo descobrira o que fizera e o chamava para castigá-lo. Mesmo assim, manteve-se impassível e se dirigiu à sala central da mastaba com o passo tranquilo. Arriscara-se e talvez fosse se dar mal, mas não se arrependia de nada; deixar aquela oportunidade passar teria sido impensável.

Teve de conter um suspiro de alívio quando o amo se limitou a passar para ele alguns recados triviais, sem que nada em sua expressão altiva demonstrasse a menor suspeita. D'Rango passou o resto do dia ocupado com suas tarefas, contando as horas de forma impaciente. Ao anoitecer, como sempre se assegurou de que o amo tivesse lótus negro suficiente para alimentar seus sonhos e se retirou para seus aposentos.

Esperou por duas horas. Quando teve certeza de que o transe de Tot-Amón era profundo o bastante, preparou um farnel com água, provisões e seus escassos pertences, guardou o cofre entre eles e se dirigiu à saída.

Ninguém tentou detê-lo. Outros servos cruzaram com ele e se limitaram a supor que cumpria uma missão do amo. Saiu para o ar frio da noite e, pela primeira vez em muito tempo, respirou saboreando cada inspiração. Era lua nova, e não era possível ver nada além de alguns passos, mas os sentidos de D'Rango estavam aguçados e ele conhecia o caminho. Começou a andar.

Ao amanhecer, já se encontrava no extremo meridional do vale fluvial em que repousava a cidade sem nome dos bruxos. Calculava que ainda passariam algumas horas antes que sua ausência fosse notada, então ajeitou o farnel no ombro e apertou o passo. Queria chegar às colinas antes do meio-dia. Precisava ter uma boa visão dos arredores para fazer o que pretendia.

O sol despencava no céu quando ele irrompeu no cume da colina mais próxima. Tomou fôlego e olhou ao redor. Sim, era suficiente. Teria de ser — não podia se dar ao luxo de esperar mais.

Do ponto em que estava, podia ver o caminho pelo qual viera, a cidade esparramada perto do rio — que parecia um brinquedo sinistro àquela distância —, e boa parte do deserto que começava na outra margem.

Bastaria. Teria de bastar.

Ele se sentou e abriu o farnel. Pegou uma bolsinha de couro, desamarrou o cordão com os dedos trêmulos e tirou de lá de dentro vários ossinhos entalhados com estranhos caracteres. Sopesou os objetos com cuidado, reconfortado pelo toque frio e suave. Passara muito tempo desde a última vez que os usara — tempo demais, talvez.

A magia dele não era comparável à de Tot-Amón. Nem tinha essa pretensão. Bastava direcionar os esforços do bruxo na direção errada, fazê-lo procurar em lugares inadequados. Tinha a consciência de que, se Tot-Amón se empenhasse, descobriria sem esforço a artimanha, mas confiava no fato de que a fuga de um simples escravo teria pouca importância, e que o bruxo não centraria toda a atenção nele.

D'Rango se sentou com as pernas cruzadas, chacoalhou os ossinhos na mão e os jogou no chão. Formaram um círculo quase perfeito. Assentiu, satisfeito. Aquele era um bom sinal. Os genitores abençoavam seu propósito. Pousou a palma no interior do círculo de ossos, com os dedos cravados na terra, e começou a murmurar em um tom grave e monótono que foi ganhando ritmo pouco a pouco.

Depois estendeu a mão na direção do sol do meio-dia e, em silêncio, expôs suas intenções. Visualizou em detalhes o que pretendia e voltou a pousar a palma no solo, entre os ossinhos, o olhar fixo adiante.

Com a mão livre, desembainhou uma faca e fez um corte grande no antebraço. Um rastro de sangue desceu pela pele escura, espalhou-se pelo dorso da mão e se dividiu em cinco fluxos que seguiram o traçado dos dedos até gotejar na areia entre as pecinhas. O solo parecia sorver o sangue com avidez, como faria um moribundo perdido no deserto — e D'Rango se deu conta de que os genitores estavam satisfeitos e tinham decidido conceder a ele seu desejo.

A areia parou de beber o sangue tão repentinamente quanto começou. D'Rango estancou o sangramento, recolheu os ossos — que pareciam manchados de carmesim — e os guardou na bolsa.

Cravou o olhar diante dele, esperando. Não precisou aguardar muito.

Devagar, as pegadas na areia começaram a desaparecer, como se ele nunca tivesse passado por ali. Primeiro as mais próximas, que delatavam sua subida à colina; depois, lentamente, as mais distantes. Era como se o tempo estivesse correndo para trás, como se uma força invisível desfizesse seus passos e apagasse seu rastro.

O processo continuou até que a distância o impedisse de distinguir o que havia. Mas sabia que os genitores continuavam trabalhando e que não descansariam até completar a ilusão.

Depois de alguns minutos, considerou a missão completa. Os rastros de sua fuga tinham sido apagados... Balançou a cabeça. Na verdade, se os genitores tivessem atendido corretamente o pedido, tais rastros haviam sido modificados: para cada pegada real que desaparecia, uma nova surgia na direção oposta.

Os genitores tinham sido generosos — talvez mais do que D'Rango merecia, depois de tanto tempo sem consultá-los. Tinham atendido seus desejos, e tinham feito isso com discrição. A magia utilizada, magia de terra e sangue, era tão sutil que passaria despercebida aos olhos de todos, especialmente porque ninguém suspeitava que D'Rango tinha a menor habilidade mágica. Quando se dessem conta da fuga, seguiriam as pegadas falsas até o outro lado do rio e na direção do deserto.

Nessa ocasião, ele já planejava estar muito longe dali.

Não se atreveu a examinar o conteúdo do cofre até o dia seguinte, quando chegou às margens de uma sufocante selva de onde irrompiam gritos de macacos e cantos de acasalamento de pássaros multicolores. O ar parecia pesado e úmido. Os arredores fervilhavam de seres vivos, ocupados com coisas que seres vivos faziam: comer, reproduzir-se, manter o território. A mudança na percepção do homem, depois do tempo passado na estéril cidade dos bruxos, era quase intoxicante. Cada golfada de ar que inspirava estava cheia de vida, ansiosa por se perpetuar. Era como se tivesse amputado um membro algum tempo antes, e ele agora estivesse crescendo de volta. Era quase doloroso.

Sentou-se em uma clareira junto a um tronco caído e tirou o cofre do farnel cheio de pertences. Abriu a pequena arca e contemplou o conteúdo, impressionado. Um resplendor avermelhado banhou seu rosto cor de ébano enquanto fitava, abaixo da superfície do enorme rubi, as sombras de vários tons que se agitavam em uma dança inquietante. Às vezes ele parecia vislumbrar algo além das sombras dançantes, imagens que pareciam fazer parte de outros mundos, outras terras, talvez outros tempos.

Enfim, depois de tanto tempo. Enfim. A profecia estava a ponto de se cumprir... Contanto que ele não falhasse na missão.

Para os hircanianos, talvez aquele fosse o Olho de Tarim, a relíquia perdida de seu deus vivente, o emblema da autoridade dos reis de Turão. Sem dúvida, batia com a descrição tradicional da joia que era passada de pai para filho: um rubi um pouco maior do que a palma de uma mão, entalhado em formato hexagonal e com um brilho interior surpreendente, como se não se limitasse a refletir a luz dos arredores, e sim gerasse um fulgor próprio.

Sim, sem dúvida coincidia com a descrição do Olho de Tarim. E era muito provável que fosse — Tot-Amón não costumava se enganar no que tangia àquele tipo de assunto. Mas o fato não tinha importância alguma.

Fechou a tampa da urna e a guardou de novo entre os pertences. Ergueu o olhar e viu que faltava pouco para anoitecer. Olhou ao redor até se deparar com o que procurava; subiu em uma árvore perto da clareira e se ajeitou em um leito improvisado na forquilha entre dois galhos.

Foi adormecendo aos poucos, dominado por um sono agradável e sossegado, enquanto repassava com calma o que o levara até ali e os anos de espera paciente até conseguir o que procurava.

Logo foi sugado para um sono povoado de imagens de um passado remoto. Em sua mente, viu-se afundando no mar da remota Lemúria, no extremo oriental do mundo; viu os sobreviventes sofrendo sob o domínio de amos não de todo humanos, e os viu se livrar de tal jugo em uma orgia de sangue e destruição para depois seguir na direção do ocidente. Viu a relíquia que haviam arrebatado dos senhores: um enorme rubi cor de sangue em forma de coração que derramava uma luz avermelhada no ritmo do que pareciam batidas do coração. Viu partirem a pedra preciosa ao meio às margens do mar de Vilayet, viu como cada metade fora talhada de novo, viu como o que fora um coração se convertera em dois hexágonos gêmeos que tinham ido parar em posse dos dois líderes principais do clã. Viu como o clã se dividira, cada metade seguindo um comandante, cada metade tomando um caminho — uma seguindo na direção norte e a outra na direção oeste.

O povoado que se estabeleceu no norte converteu a pedra preciosa no símbolo da monarquia, e a fez adornar o trono dos reis por muitas gerações — até que um ladrão ousado a roubou e desapareceu com ela. Para onde foi, nunca se soube.

Já o outro rubi seguiu caminho em direção ao oeste.

CAPÍTULO NOVE
O PACTO COM OS GENITORES

É mais fácil partir aço do que quebrar um pacto de sangue e de terra.

— Antigo provérbio cimério

No terceiro dia de fuga, D'Rango percebeu que tinha algo de errado com ele. Durante toda a manhã sofrera com náuseas, e à tarde começara a suar e tremer. Sentia a boca seca e uma ardência intensa na garganta. Seu passo, antes firme, convertera-se em um perambular cambaleante, cada vez mais lento.

Tinha comido apenas as provisões que levara consigo e racionara cuidadosamente a água do cantil; não provara nenhum dos frutos que vira durante o avanço e não se aproximara das poças de chuva que encontrara ao longo do caminho. Explorou o corpo em busca de picadas de algum animal, mas não encontrou nada.

Parou em uma clareira enquanto tentava em vão acalmar os tremores que sacudiam seu corpo. Podia perceber que estava febril, queimado por um fogo fervente que o consumia, tornando cada vez mais difícil focar a visão. Era impossível negar as evidências: de alguma maneira, ele fora envenenado.

Tentou comer, mas foi incapaz de engolir o alimento que os dedos trêmulos levavam à boca, e as náuseas iam de mal a pior. Compreendeu que era muito possível que não chegasse ao lugar ao qual se dirigia — o mais provável era que morresse no caminho e que a relíquia que levava acabasse perdida a seu lado para sempre na selva.

Não podia permitir que aquilo acontecesse. Tinha de seguir adiante e cumprir sua missão.

Ainda tremendo e lutando contra os calafrios que lhe sacudiam o corpo, pegou de novo a bolsinha de couro e dispôs com cuidado os ossos a seu redor. Apertou as mãos no solo fofo até seus dedos desaparecerem na terra. Respirou fundo, fechou os olhos e ergueu o rosto na direção do céu crepuscular.

Um murmúrio rouco e rítmico escapou da garganta do homem. Absorto no ritual, ele se esqueceu por completo do corpo febril e tremelicante e abriu a mente para a presença dos genitores.

Tal presença não demorou. Surgiu da terra na forma de um sussurro grave e mineral, como se o próprio solo estivesse falando. O homem notou um leve movimento contra os joelhos e lhe pareceu que, vindo de baixo, alguém tateava e testava a resistência do solo.

"Estamos aqui, filho. Te escutamos."

Ele fora envenenado. Seu corpo estava lhe traindo, impedindo que ele levasse a cabo a missão. Precisava de ajuda.

"É fato", responderam. "Estás morto."

Morto? Não, ainda não estava morto. Ainda tinha algum tempo. Não podia ser... Não, não estando tão perto de...

"Estás, sim. Estás morto há muito tempo. Morreste há vários anos, filho. Teu corpo só está se dando conta disso agora."

Ele entendeu tudo de repente. De fato, fora envenenado. Mas não durante a fuga, e sim muito tempo antes. Talvez no mesmo dia em que começara a servir Tot-Amón. Provavelmente recebera uma dose de veneno residual e durante todos aqueles anos tinham lhe administrado o antídoto na comida ou bebida sem que tivesse percebido. No exato momento em que abandonara o serviço e deixara para sempre a cidade dos bruxos, ele condenara si mesmo à morte.

Seria um comportamento típico daquele maldito estígio. O seguro perfeito, na verdade. Se algum de seus escravos conseguisse fugir, morreria em poucos dias sem o antídoto.

Perguntou aos genitores se podiam ajudá-lo.

"Estás morto, filho. Nada podemos fazer para impedir. As coisas vão seguir seu curso, como deviam ter feito anos atrás."

Os genitores eram poderosos, mas não a ponto de conseguir deter a mão gelada da morte. Sua essência era a da terra, e estavam submetidos às leis dela. Não podiam fechar a porta da morte, assim como não podiam deter o deslocamento do sol no céu ou transformar a noite em dia.

Mas, se não podiam salvar D'Rango, será que poderiam ao menos adiar o inevitável, retardar o processo? Se não podiam impedir que o veneno destruísse seu corpo, será que poderiam fazer com que a morte chegasse mais devagar? Só um pouco, só o necessário para cumprir sua missão.

"Podemos fazer o que nos pede, filho. A guerra de teu corpo está perdida, mas podemos prolongar a batalha. Se fizermos isso, porém, o preço será alto."

Não importava o preço. Não, contanto que pudesse cumprir a missão. Todo o resto era supérfluo. Coisas demais dependiam de seu sucesso.

"Se retardarmos tua morte, ela será total, completa e definitiva quando ocorrer. Passarás além de nós, e perderás teu vínculo com a terra. Tua essência cruzará o véu. Não poderemos retê-la. Tu não te unirás a nós."

D'Rango mordeu o lábio trêmulo. Morrer era uma coisa — não tinha medo da morte. Mas não poder se unir depois aos genitores, não poder alimentar com sua essência a grande cadeia que remontava a seus primeiros antepassados...

"Serás um espírito cinzento em uma terra cinzenta. Sem memória, sem vontade. Perdido para sempre nas margens do rio do esquecimento, sem nunca poder atravessar para o outro lado. Pensa bem, filho, pensa bem. Se seguires tal caminho, não haverá como voltar atrás. Estarás perdido para sempre."

Pensar? O que havia para pensar? Durante toda a vida fora treinado com um propósito único — fora educado para o que estava fazendo, sem dúvidas nem vacilos, entregue a um desígnio superior. Não cumprir sua missão seria renunciar a si mesmo, negar o que era e o que fora. Preferia a morte definitiva, o esquecimento eterno.

"Tens certeza, filho? Uma vez iniciado o processo, não há como voltar", insistiram os genitores. A voz rouca e profunda estava repleta de preocupação, e nela bailavam um amor desgarrado e uma sensação de perda total.

Sim, ele tinha certeza, não poderia ter mais. Retesou a mandíbula e aquiesceu devagar.

"Que seja assim, então", disse a voz terrosa, cheia de uma tristeza infinita. "Se assim queres que seja, assim será."

Sentiu que algo entrava em suas veias, algo ardente e aguçado que percorria veloz os caminhos de seu corpo e o preenchia de uma força nova e desconhecia. O processo durou apenas alguns segundos; D'Rango se levantou em um salto potente e se pôs a correr.

Sentia-se ágil, vigoroso, cheio de uma força imparável. Sabia que aquilo não duraria e que, de certo modo, o processo estava consumindo seu próprio corpo. A partir daquele momento, seu destino estava traçado. Estava nas mãos dos genitores, e sabia que eles o sustentariam tanto quanto possível.

Não tinha tempo a perder. Não podia se dar ao luxo de parar, descansar ou comer. Precisava chegar o quanto antes à costa, atravessar o mar e entregar o conteúdo do cofre. Todo o resto não tinha importância.

As tribos daquela parte da selva ainda se lembrariam do Caminhante anos depois e criariam histórias e lendas sobre a passagem dele por suas terras.

As variações da lenda seriam quase infinitas, mas em todas o Caminhante cruzava a selva em busca de seu destino e nada o detinha: nem as flechas das tribos hostis, nem o ataque dos predadores; nem incêndios, nem inundações, nem terremotos. Seguia caminho dia e noite, sempre no mesmo ritmo decidido e regular, com os dentes cerrados, um farnel nas costas e o olhar perdido em lugares além do universo, em golfos distantes e baías feitas de noite e povoadas de mistério e terror.

Em algumas versões, o Caminhante era um arauto de morte e destruição; em outras, um mensageiro benévolo dos grandes poderes que espalhava conhecimento e sabedoria por onde passava. Em várias delas, encontrava o amor e descansava por alguns meses sozinho antes de seguir seu caminho sem voltar a olhar para trás. Em outras ainda, criava impérios sangrentos que afundavam na morte e na destruição que ele deixava por onde passava.

E havia uma em que ele simplesmente era um homem empenhado em cumprir uma missão, decidido a levá-la a cabo ao custo da própria vida e da própria alma.

CAPÍTULO DEZ
CONTABILIDADE CRIATIVA

Desde tempos remotos, a natureza corrupta dos guardas das fronteiras é algo conhecido. Ela já foi discutida, já foi objeto de controvérsias e tópico de piadinhas, mas nunca foi colocada em dúvida. Quando, em uma das primeiras obras de Utarco, um herói tenta subornar um oficial aduaneiro e ele se mostra incorruptível, a reação do público de Tarântia foi unânime: risos de zombaria e incredulidade. Utarco passou quase dez anos longe dos palcos depois daquilo — e, quando voltou, deixara de ser um autor trágico para se transformar em um eficaz roteirista de comédias bufa cruéis. Em todas elas — às vezes em papéis de certa importância, às vezes em aparições fugazes — há sempre um guarda das fronteiras que sofre uma chacota sem comparação.

De fato, sua obra mais popular, A conspiração de Messântia, fala sobre um oficial de aduanas de Argos preso entre dois grupos rivais de contrabandistas. O oficial está prestes a causar uma guerra civil porque se mostra incapaz de decidir de qual dos lados aceitará um suborno, até que um colega mais sagaz resolve tudo se deixando subornar pelos dois grupos.

— História do teatro aquilônio

Durante aqueles meses, não se passara despercebido a Conan que Bêlit não se desfazia da totalidade das mercadorias. A maioria do espólio acabava nas mãos de algum comerciante sem escrúpulos como Publio, mas uma pequena parte ficava nos porões do *Tigresa*, cuidadosamente armazenado e sempre sob vigilância. O cimério se perguntava qual seria o destino daquela parte da carga, composta por algumas das melhores peças de ouro e de prata e pelo mais fino marfim, mas nunca perguntou nada a Bêlit.

Os dias ficavam mais curtos conforme o verão agonizava devagar no colo de um outono tranquilo e cálido. Com o vento em popa e uma tripulação bem treinada e sem medo da morte, o *Tigresa* continuava sendo o terror daqueles mares, e não lhe faltou espólios abundantes nas semanas seguintes.

Em algumas ocasiões, mercadores se rendiam a eles quando viam o característico estandarte rubro, preferindo se entregar e serem degolados ou abandonados em uma costa desconhecida a enfrentar Bêlit e Amra e morrer no fio de suas espadas.

Era arriscado, porque o humor de Bêlit era tão variável quanto o tempo, e ela podia passar da clemência à ânsia sanguinária em menos de um segundo. Conan desfrutava como ninguém de uma boa luta, mas degolar pessoas que já tinham se rendido era uma tarefa tediosa, indigna e não muito agradável — e não vinha ao caso o fato de aqueles ratos merecerem, já que eram incapazes de vender a própria vida a um valor mais alto. Que tipo de deuses eram os deles que não lhes tinham soprado valor suficiente nos pulmões ao nascer?

Não tardou para convencer Bêlit a não só poupar a vida dos tripulantes dos navios mercantes hiborianos que se rendiam sem luta como também a abandoná-los em um bote com provisões suficientes para chegarem a um lugar civilizado. A shemita compreendeu logo que um único sobrevivente aterrorizado espalharia sua fama melhor do que vinte tripulações degoladas, e aceitou a proposta do amante sem discutir. No entanto, Conan nunca conseguiu convencê-la a respeitar as tripulações estígias. O ódio de Bêlit nesse caso era inabalável, e o cimério a conhecia o suficiente para saber em que pontos podia pressioná-la e convencê-la e em quais daria de cara com uma muralha de ferro.

O porão se encheu de novo em pouco tempo. Conan não podia evitar o pensamento sombriamente sarcástico de que o espólio crescia no mesmo ritmo em que a tripulação decrescia.

Os corsários da Costa Negra eram bons lutadores, e não era como se tivessem piorado depois que o cimério os ensinara algumas técnicas hiborianas de luta. Mas era inevitável que alguns perecessem em batalha e, à medida que as semanas se passavam e se transformavam em meses, a tripulação do barco pirata ia se reduzindo.

Havia mãos suficientes para manobrar a embarcação e para lutar caso necessário, mas o bárbaro compreendeu que, mais cedo ou mais tarde, chegaria o momento de recrutar novos tripulantes. Inclusive, talvez fosse bom descansar e esperar certo tempo antes de voltarem ao mar.

Antes disso, retornaram a Argos e desembarcaram de novo na enseada meio oculta não muito longe de Messântia. Como na vez anterior, Conan acompanhou Bêlit junto a uma dezena de homens, boa parte das mercadorias... e Demetrio, que insistiu em ir com eles no último momento.

— Tenho certeza de que és uma negociadora de primeira, senhora — disse, quando Bêlit lhe perguntou por que queria se juntar a eles. — Mas, se me perdoas a impertinência, conheço bem esses argivos e sei de alguns truques que usam na hora de barganhar. Talvez minha ajuda caia bem. Além disso — acrescentou, como se a ideia tivesse acabado de lhe ocorrer —, pisar em terra firme vai fazer bem para meus pobres pés.

Como sempre, ele se dirigia a Bêlit de um jeito pomposo e esquisito que divertia e adulava a pirata em igual medida. Assim, a contragosto, ela consentiu que ele fosse junto.

Formavam uma expedição curiosa, que mais parecia estar indo à guerra do que a um encontro comercial. Bêlit, Conan e os corsários estavam armados até os dentes e se moviam como se a qualquer momento pudessem ser surpreendidos por uma emboscada.

Demetrio levava na cintura um florete avantajado, fino e bem afiado que Bêlit lhe dera de presente depois de uma das últimas abordagens. Fizera isso com um sorriso de zombaria, convencida de que ele pouco poderia fazer com aquela agulhona exagerada. Demetrio aceitara a arma com toda a seriedade e uma reverência elaborada. Desde então, sempre carregava a lâmina consigo.

Era noite alta quando chegaram ao lugar da transação. Como na vez anterior, Publio e seus homens não demoraram a aparecer. O ajudante dele ostentava uma cicatriz no rosto e não parecia muito feliz por estar ali. Bêlit conteve um sorriso ao vê-lo e, sem enrolação, cumprimentou Publio.

— Que excelente espólio nos traz desta vez! — disse o comerciante rechonchudo. — É sempre um prazer fazer negócios contigo.

A um sinal, seus homens inspecionaram as mercadorias e foram calculando seu valor. A noite estava quente e sem lua, e as estrelas surgiram desafiadoras além do círculo de luz das tochas. Bêlit vigiava com atenção os homens de Publio, sempre desconfiada. Não viu nada fora do normal, mas aquilo não a fez se sentir mais tranquila. Logo notou um movimento com o canto do olho e, ao se virar, deu-se conta de que Conan desaparecera com dois de seus homens.

Não falou nada e voltou a focar a atenção nas mercadorias. Seu corpo ficou imperceptivelmente tenso, porém; com um sinal dissimulado, advertiu ao resto de seus homens que ficassem atentos. Não tinha a menor ideia de por que Conan se afastara, mas sabia que, se algo chamara a atenção de seus aguçados sentidos de bárbaro, era melhor ficar alerta.

A inspeção terminou e os servos prestaram contas a Publio, que assentiu sem tirar o sorriso do rosto. Bêlit viu que calculava mentalmente e, como sempre, dividia o valor pela metade.

— Sem dúvida é um carregamento excelente — disse o comerciante, antes de oferecer um valor que, sob todas as óticas, era baixo demais.

Bêlit abriu a boca, pensou melhor e, com um sinal, pediu que Demetrio assumisse a barganha. Este, depois de uma ligeira mesura, deu um passo à frente.

Se Publio se surpreendeu, não deu sinal algum. Dedicou toda a atenção à réplica elegante de Demetrio e considerou, com o que parecia uma sinceridade total, a contraproposta feita pelo nemédio.

— Sem dúvidas queres quebrar minhas pernas, amigo — disse. — Ou então esteve longe da civilização por tanto tempo que desconhece o valor de mercado destes bens.

Seja como for, eu estaria louco ou seria insensato se aceitasse o que me propões. Teria de fechar meu negócio e despedir meus criados.

Propôs um novo valor, ao qual Demetrio reagiu com um sorriso e desprezou com um discurso cortês que apenas ocultava uma mente afiada e uma disposição inflexível. Pela primeira vez, Publio considerou a possibilidade de que seus lucros naquela noite não fossem tão elevados como de costume. O maldito Demetrio era bom e dava a impressão de ser capaz de adivinhar até que ponto Publio estava disposto a chegar com um só olhar.

A negociação se prolongou por vários minutos, chatos e repetitivos para a maioria dos presentes. Poucos compreendiam a verdadeira luta que estava sendo travada entre o argivo e o nemédio, e estes deram valor ao equilíbrio justo entre os dois. Duas mentes comerciais da melhor qualidade estavam sustentando um embate que nada deixava a desejar aos torneios aquilônios de cavalaria.

Enfim chegaram a um acordo. Publio ficou moderadamente satisfeito: o nemédio o obrigara a baixar as expectativas, mas o lucro obtido seria mais do que suficiente. Uma avaliação rápida da expressão ao mesmo tempo cortês e brincalhona de Demetrio o fez compreender que o oponente estava ciente do que se passava em sua mente e de que cedera no preço que desejava — nem um dracma a menos.

Inclinou a cabeça na direção do homem, em um gesto de cortesia profissional.

— Teu negociador é duro, mas justo, Bêlit — disse.

Estava prestes a acrescentar algo quando, de repente, cerca de vinte sujeitos armados irromperam na clareira e cercaram a todos. O oficial que os comandava deu um passo adiante.

— Em nome da autoridade portuária de Messântia, estão todos presos. Andem.

Publio praguejou. Guardas da aduana! Aquilo era absurdo: pagava um bom suborno todos os meses para evitar que se intrometessem em seus assuntos.

Bêlit levou a mão à espada e seus homens sacaram as lanças, dispostos a vender caro a própria vida. A pirata só precisou dar uma olhada nos arredores para perceber que não sairia dali com vida caso resistissem. Eram mais de vinte homens armados com bestas e equipados com armaduras. Mas se entregar era uma sentença de morte tão certa quanto.

Publio tentava desesperadamente pensar em um modo de sair bem daquela situação — mas, por mais que a avaliasse, não via escapatória. Perguntou-se qual de seus competidores o delatara, mas o pensamento era fútil em um momento como aquele. Não tinha a menor intenção de acabar pendurado na extremidade de uma corda em um cadafalso em Messântia, muito menos cravejado por meia dúzia de virotes ali mesmo.

— Capitão, este é um mal-entendido intolerável — começou a dizer. — Estou aqui em meio a uma negociação legítima...

As palavras foram interrompidas pela ponta de uma espada brandida a centímetros de seu torso rechonchudo. Publio engoliu em seco e se calou.

— Larguem as armas — disse o capitão, virando-se para Bêlit. — Ou não sairão vivos daqui.

Não sairiam vivos de maneira alguma, decidiu a pirata, e era melhor deixar aquele mundo lutando do que ser transformada em um pêndulo humano em uma forca. Sem pensar duas vezes, Bêlit sacou o sabre e avançou correndo.

Alguém saltou das sombras de repente, caiu sobre o capitão e lhe abriu a cabeça em um golpe só. Quase ao mesmo tempo, duas lanças se cravaram nas costas de dois soldados, e um rugido sanguinário ecoou pela clareira.

Os soldados, privados de imediato de seu comandante, hesitaram por apenas um segundo — o momento de vacilação, porém, selou seu destino. Os corsários se atiraram sobre eles e os oponentes se enfrentaram em uma feroz luta corpo a corpo em que bestas eram inúteis.

Conan parecia estar em todos os lugares ao mesmo tempo. Movia-se com a velocidade de uma pantera encurralada e nunca se expunha por inteiro no campo de visão dos inimigos. Sua espada era como uma chama cristalizada e letal, capaz de eviscerar um sujeito, cortar a perna de outro e decapitar um terceiro em um único movimento fluido.

O espetáculo sangrento não durou muito.

Publio e seus homens ficaram imóveis durante a luta toda, espectadores mudos e aterrorizados do que não demorou a se transformar em um massacre. Conan, Bêlit e os corsários eram arautos enlouquecidos da morte, e Demetrio não ficava atrás. Com uma elegância tranquila e uma economia de movimentos mortífera, o nemédio acabou com a vida de três soldados, e estava prestes a se jogar sobre um quarto quando percebeu que tudo acabara.

Sem se abalar, limpou a lâmina do florete nas roupas de um dos inimigos mortos e depois a embainhou com um olhar de zombaria, como se dissesse a si mesmo que a agulhona fizera um bom trabalho, afinal de contas. Cruzou os braços e contemplou Publio e seus homens de cenho franzido.

No solo jaziam uns trinta cadáveres e seis homens feridos. Os corsários sobreviventes executavam com indiferença os últimos enquanto Bêlit se voltava para Publio com os olhos flamejantes de raiva.

O comerciante recuou sem perceber.

— Juro que não tenho nada a ver com isso...

Ficou em silêncio ao compreender que palavra alguma o faria sair dali com vida. Fechou os olhos e se preparou para o golpe que o mandaria para o submundo.

— É verdade, senhora. — Ouviu uma voz educada e cortês dizer. — Publio não ganharia nada nos traindo. Pelo contrário, só teria a perder.

O comerciante arriscou abrir um olho. Bêlit ainda tinha a espada erguida, mas havia uma sombra de dúvida em sua expressão. Publio entendeu que o melhor que podia fazer era permanecer imóvel e em silêncio e deixar que a pirata chegasse por si mesma a uma conclusão.

— Os argivos podem perdoar muitas coisas — insistiu Demetrio com a voz tranquila, quase servil. — Mas nunca que um deles faça negócios com os corsários da Costa Negra. Se os soldados tivessem se dado bem, o comerciante seria enforcado ao nosso lado.

Bêlit respirou fundo e expirou devagar. Em seguida, com uma lentidão exasperadora, embainhou a espada.

— Mas alguém decerto os avisou — disse.

Conan se aproximou deles. Quase não dera atenção ao brilho repentino e fugaz que vira entre a vegetação. Poderia ter dezenas de origens, e a última coisa que queria era alertar Bêlit sem necessidade. Mas, pensando em retrocesso, fizera certo ao ir ver o que era levando N'Gora e Kombe consigo. Era impossível saber se a luta teria o mesmo destino se o bárbaro tivesse permanecido no círculo da luz das tochas. Talvez vencessem de uma forma ou de outra, mas a um custo maior em vidas.

— Que tal um competidor? — sugeriu, intervindo na conversa. — Ou algum dos seus servos?

Publio piscou, ainda assombrado diante do fato de que, depois de tudo, talvez fosse sair vivo daquela situação.

— Posso garantir que nenhum dos meus competidores sabe nada sobre nosso acordo, Bêlit — disse, tomando cuidado para que a voz não saísse trêmula. — Não daria àqueles vira-latas a menor possibilidade de acabarem comigo.

— Teus servos, então — disse a pirata.

Publio olhou ao redor com os olhos semicerrados. Tinha certeza de que Tiberio, seu secretário, estava acima de qualquer suspeita: estava envolvido demais nas atividades criminosas de Publio para o delatar e esperar sair ileso. Quanto aos demais... Eram servos de confiança, bem tratados e bem pagos, mas no fundo Publio não sabia nada sobre a real lealdade deles. Qualquer um poderia tê-lo vendido por um valor adequado.

O comerciante deu de ombros.

— Não tem como saber — respondeu.

— Talvez haja uma forma de descobrir — interveio Demetrio. Virou-se para Bêlit. — Me deixa falar com eles.

A pirata franziu o cenho.

— Não temos muito tempo — começou. — Quando os soldados voltarem, vão avisar o resto da guarnição, e outros homens virão atrás de nós. Melhor matar todos eles e ir embora.

Publio engoliu em seco, sem saber muito bem se aquele "todos" também o incluía.

— Preciso só de alguns minutos, senhora — insistiu Demetrio.

Bêlit não pareceu convencida.

— Deixe que ele faça do jeito dele — sugeriu Conan, em um tom conciliador. — É um homem sagaz. E, se não der certo, sempre podemos voltar ao seu plano.

A shemita assentiu meio a contragosto. Demetrio inclinou a cabeça em agradecimento e se aproximou dos servos. Interrogou os homens com rapidez, fazendo algumas poucas perguntas a cada um. Parecia mais interessado na reação de cada um a elas do que na resposta que davam.

Terminou o processo e se aproximou do lugar onde esperavam Conan, Bêlit e o comerciante aterrorizado.

— Foram dois, está muito claro — disse, em voz baixa. — O terceiro e o sétimo daqui para lá. — Sorriu diante dos olhares perplexos de seus interlocutores. — Um está tranquilo demais, o outro nervoso demais. — Olhou para Publio. — Chama um deles. Só um.

— Qual?
Demetrio pensou por um instante.
— O terceiro.
Publio concordou com a cabeça e chamou em voz alta:
— Aertes, vem cá!
O homem interpelado abandonou o grupo e foi caminhando na direção deles. Parecia tranquilo, como se não tivesse relação alguma com o ocorrido. Ao ver a cena, o que estava em sétimo na fila começou a tremer e deu um passo adiante, mas logo retrocedeu e passou a olhar para os lados como um animal encurralado.
O outro servo quase chegara até onde os piratas estavam quando o companheiro dele não conseguiu mais se segurar e saiu da fila.
— Seu desgraçado, não vou assumir a culpa sozinho!
O outro parou no lugar, deu meia-volta e o olhou com desprezo.
— Não sei do que está falando — disse, em um tom frio.
— Não vou deixar que jogue toda a culpa em mim, Aertes. Não vou assumir isso sozinho!
— Chega, idiota — grunhiu o outro, entredentes.

O interrogatório dos dois traidores não demorou muito. Nem foi preciso usar tortura. A falsa postura de segurança de um veio abaixo quando viu a expressão feroz no rosto de Bêlit, e o outro estava com os nervos à flor da pele desde o primeiro momento. Esperavam fazer fortuna: acabariam com um comerciante corrupto que negociava com corsários, contribuiriam com a captura de Bêlit e, de quebra, ajudariam com a prisão do assassino do magistrado da corte alguns meses antes — ao que parecia, um dos criados reconhecera Conan durante uma das negociações anteriores. Em vez disso, a única coisa que salvou os dois homens de uma morte lenta e dolorosa foi a pressa que todos tinham de ir embora dali.
Finalizada a execução, Publio ordenou ao resto dos funcionários que tomassem conta da mercadoria e pagou a Bêlit o valor combinado. Ela pegou as bolsinhas de ouro sem dizer nada e as passou para Demetrio, que as aceitou como se estivesse tudo nos conformes e as guardou entre as próprias roupas.
— Como vais transportar tudo? — perguntou a shemita.
— Não posso levar a mercadoria até a cidade. Não poderei por algum tempo — respondeu o comerciante. De novo se comportava com sua compostura habitual, como se nada tivesse acontecido. — Quando voltar, estarei sob suspeita, então nos próximos meses meu comportamento terá de ser exemplar. — Abriu um sorriso repentino. — Sorte sua faltar tão pouco para se retirarem para tua base de inverno — disse. Ao ver que Bêlit não devolvia o sorriso, fechou o próprio. — Vou deixar tudo isso em um dos meus armazéns nas periferias da cidade, depois introduzo as mercadorias pouco a pouco. Isso sem dúvida me fará perder parte dos lucros, mas posso recuperar um tanto depois.

— Tenho certeza — respondeu Bêlit. Ela enfim se dignou a sorrir, embora o sorriso tenha saído meio enviesado.

— Deveríamos dar um fim nos cadáveres — interveio Conan. — Quanto mais demorarem para saber do ocorrido, melhor para todos. Inclusive, é melhor que nunca encontrem os corpos. Qualquer suspeita recairia sobre Publio.

Bêlit estava de acordo, mas não seria uma tarefa fácil se livrar de tantos cadáveres.

— Uma fogueira? — sugeriu. Depois balançou a cabeça, respondendo a si mesma. — Isso nos delataria mais rápido do que se nós mesmos nos entregássemos. — Fez um gesto de negativa mais uma vez. — Tens razão, meu amor — acrescentou, virando-se para Conan. — Mas não vejo como podemos nos desfazer deles. São muitos.

— Me deem um bom rolo de corda e algumas pedras — intrometeu-se Demetrio de imediato. — E claro, vou precisar que me ajudem a arrastar os corpos. — Apontou para a esquerda, onde a terra terminava de forma abrupta e um penhasco descia direto até o mar. — Vamos amarrar todos como se fossem gomos de linguiça e atirá-los do precipício. Não precisaremos sequer jogar um a um: quando os primeiros caírem, o peso deles arrastará os demais. As correntes marinhas farão o resto.

Conan assentiu, sorrindo, reconhecendo de pronto as vantagens do plano do nemédio. Sem nem esperar ver o que os demais achavam, botou as mãos na massa.

Meia hora mais tarde, depois de se desfazerem dos cadáveres, corsários e comerciantes já se afastavam em silêncio.

Publio ainda encarou por um tempo o local por onde Bêlit e seus homens tinham desaparecido antes encolher os ombros, dar meia-volta e ordenar a Tiberio que seguissem caminho.

— Vamos, temos muito o que fazer antes do amanhecer — afirmou.

Os demais seguiram as ordens com diligência. Tiberio ia na frente e o comerciante robusto fechava a retaguarda. Publio olhou para trás mais uma vez e suspirou.

— As coisas vão ficar interessantes — murmurou para si mesmo. — Talvez até demais.

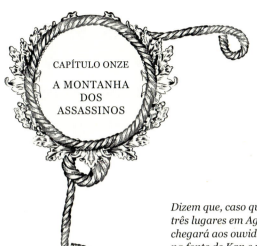

CAPÍTULO ONZE
A MONTANHA DOS ASSASSINOS

Dizem que, caso queira contratar os hashins, há três lugares em Agrapur em que sua mensagem chegará aos ouvidos deles: no bazar de tecidos, na fonte de Kan e no mercado de escravos. Basta sussurrar, enquanto perambula por um desses pontos, que requer os serviços do grupo: um dos agentes ouvirá e entrará em contato em algum momento.

Há outros locais e outros métodos de contato. A sabedoria popular afirma que, na realidade, basta expressar seu desejo de contratar um deles em qualquer localidade, seja em voz alta ou aos sussurros — os hashins têm agentes por todos os lados e, mais cedo ou mais tarde, ouvirão seu pedido e lhe procurarão, perguntarão mais sobre a tarefa com a qual deseja encarregá-los e determinarão o preço.

A sabedoria popular exagera, como de costume. Mas é certo que a eficaz rede de espiões dos hashins se estende por todo o Turão e boa parte dos territórios limítrofes. Também têm formas de saber quando sua presença é requerida que, de fato, parecem quase sobrenaturais.

De uma forma ou de outra, quando chegarem a um acordo, assegure-se de pagar o preço combinado, e o faça de forma pontual e sem barganhar. Não é preciso sequer detalhar as consequências caso aja de outra forma.

— As sociedades secretas

O corvo não trazia boas notícias. Selim estava atrasado. Tinha de ter chegado dois dias antes ao ponto de encontro determinado, um oásis a um dia de marcha da cidade dos bruxos, e ainda não tinham tido sinal algum dele.

Aruk Darek, o Velho da Montanha e chefe dos hashins, queimou a mensagem e devolveu o corvo ao viveiro enquanto se perguntava o que fazer. Ainda não decidira quando chegou ao pátio onde os jovens treinavam suas habilidades de camuflagem.

Um indivíduo alto e delgado, cujas feições pareciam entalhadas, examinava com frieza as tentativas dos rapazes, analisando-os de forma implacável. Tinha a face esquerda marcada por um emaranhado confuso de cicatrizes; seus olhos, negros como dois pedaços de carvão, pareciam capazes de ver através das paredes.

Aruk hesitou uns instantes antes de se aproximar dele. Ao vê-lo, o homem fez um gesto com a mão esquerda, e vinte aprendizes abandonaram seus esconderijos e se colocaram em formação no centro do pátio.

— Preciso falar contigo, velho amigo — disse Aruk. — Vamos dar uma volta.

O outro homem concordou com a cabeça. Dirigiu um último olhar aos garotos no pátio e passou a acompanhar o passo de Aruk.

— Selim deveria ter voltado ao ponto de encontro há dois dias — sussurrou o Velho da Montanha. — É possível que tenha sido apenas atrasado por algo, mas temo pelo pior.

Seu interlocutor não disse nada. Avançavam por um grande corredor escuro que desembocava aos pés de uma torre.

— A missão dele era de vital importância. Foi o príncipe Yezdigerd em pessoa que nos contratou. Não podemos nos arriscar a fracassar; não só pelo descrédito que isso provocaria, mas também pois o príncipe não é conhecido por sua paciência ou capacidade de perdoar os erros.

Chegaram à construção. Escadas em caracol levavam aos andares de cima, e os dois homens começaram a subir. Na metade do caminho, Aruk já arfava, apoiando uma das mãos no ombro do acompanhante.

— Nossa existência é tolerada pois somos úteis. Na base de nosso poder está o anonimato. Somos sombras. Não temos exércitos. Um príncipe de Turão que se considere ofendido poderia tornar as coisas muito complicadas para nós. Talvez até mesmo...

Aruk ficou em silêncio até chegarem ao topo da torre. Saíram para um espaço circular cercado por ameias, de onde era possível ver o vale que se esparramava lá embaixo. Um amplo jardim de oliveiras se estendia de um dos lados, uma plantação de videiras do outro. Um caminho estreito serpenteava entre ambos na direção da montanha.

— Meu predecessor descuidou demais de certas coisas — disse Aruk, enquanto se aproximava da amurada e deixava o olhar vagar pela paisagem. — Sabes que tento arrumar algumas delas desde que me encarreguei de tudo, mas...

— Mas nossa localização já não é segredo nenhum — interrompeu o outro, falando pela primeira vez. — Deveríamos ter partido há tempos. Começado do zero em outro lugar, um realmente desconhecido a terceiros.

— Kerim, meu amigo, sei que esse sempre foi teu desejo. E talvez tenhas razão. Mas não é fácil encontrar um lugar onde é possível cultivar o lótus cinzento. E havia outras prioridades.

Kerim al Dashen meneou a cabeça. Um brilho ameaçador tomou seus olhos escuros.

— Nossa principal prioridade deveria ser nossa sobrevivência — disse, em um tom neutro. — Mas tu eres o Velho da Montanha, sabes o que é melhor para nós.

Aruk aceitou a reprovação implícita nas palavras do amigo com um gesto da cabeça.

— Seja como for, a missão de Selim não pode fracassar. Yezdigerd conta com ela para eliminar os obstáculos em seu caminho até o trono. E não devemos nos transformar em um desses obstáculos.

Kerim não disse nada. Também se aproximou do beiral e contemplou o vale que se estendia além da montanha. Seus pensamentos, porém, estavam em outro tempo e em outro lugar. Estavam em uma ocasião que ocorrera sete anos antes, quando o Velho da Montanha anterior morrera subitamente e Aruk assumira seu lugar. Também estavam no papel que ele mesmo, Kerim, ocupara na ascensão do amigo. Naquela época, ambos tinham o mesmo ideal: voltar a fazer dos hashins o que tinham sido no passado — uma força nas sombras, independente do vai e vem da política e dos desejos dos poderosos. Um poder em si mesmo, oculto aos olhos dos demais, mas sempre presente.

Na época, os dois queriam isso. Mas quase oito anos tinham se passado, e o resultado estava muito distante de seus sonhos. Turão os tolerava no momento, mas a qualquer instante o Rei dos Reis poderia decidir que eram um empecilho maior do que qualquer benefício que alegavam e acabar com eles. Se sete anos antes tivessem começado os preparativos para procurar outro lugar e voltar às sombras, se não tivessem se empenhado em se aferrar a um local cômodo e conveniente demais... Se Aruk, em vez de entrar no jogo da política, tivesse se dedicado por completo à manutenção da sobrevivência dos hashins...

— Tens razão — disse em voz alta, sem trair seus pensamentos em momento algum. — A missão precisa ter êxito.

— Então estamos de acordo. E tu és o mais capaz de assegurar que assim seja.

Kerim aquiesceu. Ambos sabiam que era verdade, e não havia espaço para a falsa modéstia entre eles. Repassou os diferentes perigos que poderiam surgir em seu caminho e calculou de quantos recursos precisaria.

— Necessitarei de cinco homens. Eu mesmo os escolherei. — Na realidade, já os escolhera. O resto era mera formalidade. — Partirei esta noite.

Recuperaria a ninharia que Yezdigerd encarregara a eles, a pedra preciosa que legitimaria seu caminho até o trono em detrimento dos irmãos. Ajudaria o ambicioso príncipe a ser o novo rei de Turão. E depois...

Olhou para Aruk. A sobrevivência dos hashins era a única prioridade, e o Velho da Montanha atual era incapaz de garanti-la. Kerim pressentia que o outro não duraria muito no cargo.

Tal como dissera, partiu na mesma noite. Iam com ele um executor veterano com o qual compartilhara outras missões e quatro jovens que ele mesmo treinara, os quais encaravam os desejos de Kerim como se fossem a vontade dos deuses. Não tinham muita experiência em campo, o que era compensado pela mente flexível e alerta, pelo corpo ágil e bem treinado e, sobretudo, pela lealdade inquestionável de cada um.

Eram bons hashins, fiéis e obedientes, e talvez alguns não voltassem da missão — risco que sempre precisava considerar, mas que em momentos como aquele era especialmente doloroso. Se as coisas tivessem sido feitas na hora certa...

Mas Kerim abandonou aquela trilha de pensamentos e se concentrou na missão. Naquelas circunstâncias, nada mais importava.

Se alguém os visse, não destinaria um segundo olhar ao grupo. Aparentavam ser seis viajantes como outros quaisquer, de aspecto pouco próspero e comportamento nada ameaçador. Não tinha nada neles que os denunciasse como um grupo de hashins — sequer pareciam estar armados, pelo menos à primeira vista.

Cavalgaram sem descanso por quatro dias e três noites. Trocavam as montarias esgotadas por outras descansadas, pagando com dinheiro vivo nos estábulos. Entraram no deserto ao anoitecer do quarto dia, enquanto a temperatura despencava ao redor e o ar se povoava de fantasmas inquietos e ruídos sinistros.

Fantasmas. Eles mesmos eram fantasmas, dizia Kerim a si mesmo. Ou tinham sido certo tempo antes, quando tinham poder de verdade e a vontade deles decidia o destino dos impérios. Quando os demais eram marionetes involuntárias de seus desejos, e o mero nome "hashin" despertava o terror no coração dos mais corajosos.

Tais tempos voltariam, dizia Kerim a si mesmo, ao adentrarem o deserto. De um modo ou de outro, voltariam.

CAPÍTULO DOZE
PARA O SUL

Teus olhos surpresas derramam,
e em teus dedos há mistérios disfarçados.
Na curva de teu ventre, aninhados,
em promessas os segredos se transformam.

As palavras de tua boca saltam
como carícias longínquas e impacientes
e há em teu rosto distâncias tão rentes
que em silêncio a teus espaços me sujeitam.

Há momentos na beira do abismo
e lugares em que o tempo não é o bastante.
Há futuros sem entrada nem saída.

Mas, oculto em teu doce cataclismo,
me entretenho em desenhar-me em teu semblante.
e me meter aos borbotões em tua vida.

— A canção de Bêlit

— É simples — dizia Demetrio, apoiado indolentemente na amurada. — Não basta olhar, é preciso ver. Todos levamos nossa vida gravada em nós, de um modo ou de outro. Nos nossos olhos e nas nossas mãos, em todo o nosso corpo, no que dizemos e no que calamos, e também na forma com que nos movemos ou ficamos parados. Um observador treinado consegue olhar para qualquer pessoa e dizer qual é seu ofício... ou até mesmo a qual ofício ela já se dedicou antes.

— Me dá um exemplo — disse Bêlit, no timão. A presença, a voz tranquila e os modos de Demetrio a divertiam.

— Aqui? — Demetrio fez um gesto para abarcar os arredores. — Confesso que aqui é um pouco mais difícil. Teus homens vêm dos reinos bárbaros do sul, e não sei muito sobre os costumes deles ou o que fazem para ganhar a vida. Então temo que posso falar pouco sobre isso. — Fez uma pausa deliberadamente dramática. — Claro, qualquer um vê que M'nengo foi pescador antes de virar pirata, que Narene ainda é virgem e que Nuyigo morre de vontade de voltar para esposa e aos três filhos, dos quais nunca fala.

Bêlit olhou para ele com um sorriso de espanto no rosto.

— Como sabes?

— Ora, senhora, é evidente. Tenho certeza de que não passou batido a ti... Parece bobo demais detalhar as minúcias que me levaram a tais conclusões.

— Não testa minha paciência, Demetrio — respondeu ela. Apesar das palavras, porém, não havia nada de ameaçador em sua voz.

— De forma alguma foi minha intenção, senhora. Bem, os calos nas mãos de M'nengo são característicos daqueles que pescam com redes, seja na Costa Negra ou nos mares do norte. Que Narene ainda não se deitou com nenhuma mulher salta aos olhos quando ele ri das piadinhas sexuais escabrosas mais alto do que todos os outros, e como pavoneia sua experiência em momentos aleatórios... especialmente em momentos aleatórios. Reconheço que as relações familiares de Nuyigo são um pouco mais difíceis de deduzir, mas não muito. Ele poucas vezes participa dos papos sobre libertinagem e, quando falam dele, ele se limita a ficar ao longe com o olhar sonhador. É evidente que está pensando em alguém e, dado que não parece fazê-lo com tristeza, eu diria que tal pessoa também o espera. E, quanto aos três filhos, basta prestar atenção na forma com que sempre reparte a parte dele do espólio: em uma bolsa maior e em outras três menorzinhas.

Bêlit aplaudiu, encantada com a explicação. Naqueles momentos não parecia uma pirata, e sim uma garotinha recém-chegada à puberdade, repleta de entusiasmo, cheia de ânsias de viver e se divertir. Demetrio se assegurou mais uma vez de que não a desejava, de que nunca a desejara e de que jamais a desejaria, e retribuiu o sorriso da shemita com outro.

Abaixo deles, no convés, Conan treinava os corsários nos estilos hiborianos de luta, e o fazia com a eficácia e a ferocidade que lhe eram características. Demonstrava como um só homem poderia vencer outros três se aproveitando das fraquezas do grupo e de sua falta de coordenação como unidade. Logo era o último em pé enquanto os três atacantes, deitados no chão, contorciam-se de dor. O cimério os ajudou a se erguer e Demetrio se deu conta de que, com uma frase ou duas, ele convertia a derrota dos piratas em algo estimulante. Um simples "Foi melhor, N'Gora, quase conseguiu me derrubar dessa vez!" fazia maravilhas no moral dos derrotados, enchendo-os de orgulho e desejo de melhorar.

O desgraçado era bom. Continuava sendo um selvagem, é claro, mas não era nem de longe o jovem ingênuo e direto demais que conhecera em Numália seis anos antes. Uma camada fina de civilização cobria sua natureza bárbara, e ele aprendera algumas sutilezas e truques — mas bastava que o verniz fosse raspado um pouco para que o bárbaro surgisse de imediato e assumisse as rédeas.

Na realidade, dizia Demetrio a si mesmo, a única diferença entre Conan e os corsários era a cor da pele. Isso e o fato de que gozava dos favores da criatura que, naquele exato momento, manejava o timão com uma graça indiferente — e que, o homem jurou a si mais uma vez, não fazia seu sangue ferver, nem despertava desejo algum nele.

— No que estás pensando? — perguntou Bêlit, interrompendo seus devaneios.

— No destino, senhora — respondeu Demetrio, agradecido pela interrupção. — Se seis anos atrás teu Amra não tivesse tentado roubar um museu em Numália, era possível que eu não estivesse aqui agora. O mais provável é que eu estivesse morto, estrangulado por uma horripilante serpente com cabeça humana. Quando nos conhecemos, confesso que o maldisse, a ele e aos deuses que tinham me colocado em seu caminho. Afinal, foi a espada dele que me deixou manco. Mas, com o tempo, aprendi a ver o homem como uma bênção. Melhor manco e vivo do que inteiro e morto. E, se não o conhecesse, talvez não estivesse aqui a bordo do *Tigresa*, e sim agonizando na selva. — Levou uma mão ao queixo. — Quem é capaz de dizer o efeito de nossos atos? Como imaginar que o que fizemos em outra época sem sequer pensar pode mudar para sempre nossas vidas ou a dos demais?

— Você pensa demais.

Quem falou foi Conan, que subia até o passadiço, sorridente e suado. Demetrio notou como os olhos da tigresa shemita tinham se iluminado ao ver o bárbaro, e soube que aquele olhar jamais seria direcionado a outra pessoa que não ao cimério.

Que se danasse, pensou. Afinal de contas, não sentia nada por Bêlit, certo?

— É apenas um mercador argivo. Vamos deixá-lo passar. Que deem graças a Bel, deus dos ladrões, pela sorte com a qual acabaram de ser agraciados.

Conan balançou a cabeça, não muito de acordo.

— Não gosto disso.

— Nossa tripulação está muito reduzida, meu amor, e a estação de tufões se aproxima. É hora de voltarmos ao nosso porto de inverno e passar algum tempo ali. A carga desse mercador tampouco faria grande diferença, considerando o que já lucramos nesta temporada. — Fez uma pausa e cerrou os dentes. — Garanto que, se fosse uma galé estígia, não a deixaria passar impune.

— Disso não tenho a menor dúvida — disse Conan, com um sorriso lupino no rosto.

— Este ano obtivemos um bom espólio — disse ela, como se não o tivesse ouvido. — Suficiente para nos garantir alguns meses tranquilos, e para que possamos recrutar novos homens dentre os melhores. — Ficou na ponta dos pés e lhe deu um beijinho fugaz, quase malandro. — Confesso que tenho vontade de voltar para lá e descansar. Creio que vais gostar.

— Do quê? — perguntou Conan.

Ele sabia que Bêlit recrutava seus corsários em um arquipélago distante ao sul da Costa Negra, então supunha que passariam lá o inverno. Não esperava grandes coisas — certamente não mais que um casebre ou uma cabana. Tampouco precisava de muito além disso, não enquanto ela estivesse a seu lado. Mas as últimas palavras de Bêlit o tinham deixado intrigado. As saudades que pintavam os olhos amendoados da shemita não pareciam corresponder ao que uma tribo do sul poderia oferecer.

— Tu verás quando chegarmos — respondeu ela, com um sorriso brincalhão. — Tu verás.

Seguiram para o sul durante vários dias, a costa sempre a bombordo, coberta por um manto verde e luxuriante. Aqui e ali era possível vislumbrar uma aldeia costeira; Conan se deu conta de que, ao vê-los, os locais se aglomeravam na praia, talvez esperando que desembarcassem e desejando que passassem reto.

Aportaram alguns dias mais tarde. A princípio o cimério achou que tinham chegado ao destino, mas o *Tigresa* apenas parou para repor a água e as provisões e seguiu caminho. Não passou despercebido o evidente alívio dos aldeões ao notarem que o barco seguiria sem maiores incidentes.

Para o sul, sempre para o sul, tanto que Conan temeu que o mundo fosse acabar e acabassem caindo pelas cataratas — que, segundo os aesires, eram a borda do universo conhecido.

— Bobagem — disse Demetrio quando Conan externou seus pensamentos. — Tais cataratas não existem. O mundo é redondo como uma maçã. Ou como uma bola.

O bárbaro franziu o cenho.

— É, Conan. Pensa — insistiu o nemédio. — Na verdade, tua experiência no mar deveria ser útil nesse quesito. Qual é a primeira coisa que vemos desaparecer quando um barco se distancia no horizonte? O casco. E o que aparece primeiro quando ele se aproxima? As velas. Isso indica que o mundo é curvo, pois se fosse reto não daria tal impressão de afundamento. Simplesmente veríamos o barco cada vez menor, até que não passasse de um pontinho ao longe. O que ocorre é que o diâmetro do planeta é tão grande que a nós, em nossa pequenez, ele parece reto.

O cimério considerou as palavras de Demetrio. Fazia sentido, mas...

— Talvez seja curvo de um lado e reto do outro.

O nemédio negou com a cabeça.

— Não, pois não importa a direção em que o barco vai. O efeito é sempre o mesmo, vá ele para o oeste, para o sul ou para o norte. Quando se afasta, é como se descesse por uma ribanceira, e quando se aproxima é como se estivesse subindo por ela. Só há um formato que permitiria tal comportamento em qualquer direção: a esfera.

Conan coçou a cabeça.

— Mas que diabos! — praguejou. — O que diz faz sentido, mas... Então, por que os que estão do outro lado não caem?

Demetrio não conseguiu segurar a gargalhada. Poucos anos atrás, aquilo renderia ao nemédio um soco, mas o cimério já se acostumara havia certo tempo com a surpreendente falta de cortesia que se manifestava nos habitantes do dito mundo civilizado.

— Bem — continuou Demetrio, voltando à seriedade. — Se for pensar assim, os que vivem do outro lado poderiam fazer a mesma pergunta, questionando por que nós não caímos. Há um filósofo nemédio que afirma que "para cima" é sempre na direção do céu, e "para baixo" sempre na direção do centro da esfera, e que certas forças sempre nos puxam contra o centro da esfera sem importar em que parte de sua superfície estamos.

— Isso me soa tão disparatado quanto algumas coisas que ouvi nos templos da cidade dos ladrões, em Zamora. Sempre achei que aqueles sacerdotes estavam malucos e que não faziam mais do que jogar palavras ao vento.

— Talvez. Nunca estive em Zamora e, pelo pouco que sei, não é um lugar que me apetece. Mas crê em mim, o mundo é redondo como uma bola. Todas as evidências que temos apontam nessa direção.

O cimério chacoalhou de novo a cabeleira negra, confuso. O que Demetrio dissera soava correto, por mais disparatado que pudesse parecer. Tinha certeza de que o nemédio não estava tirando sarro dele, e sim sendo sincero.

Mas, afinal, por que não? Por que seria mais absurdo pensar que o mundo era uma bola do que supor a existência de uma borda da qual a água caía eternamente?

Fosse o mundo um disco ou uma bola, um quadrado ou um pepino, dava na mesma. Contanto que o vento soprasse em popa, o *Tigresa* singrasse veloz as águas e houvesse vítimas para saquear, o resto não importava muito.

No dia seguinte se depararam com uma ilhota. Bêlit reassumiu o timão e guiou o barco na direção dela, como se quisesse fazer a embarcação encalhar nas costas arenosas. Desviou quase no último instante, e deixaram para trás a rocha solitária.

Foi apenas a primeira. Logo estavam cercados por dezenas, talvez centenas de ilhas. Tinham todos os tamanhos e formas possíveis; algumas não passavam de pedregulhos ou faixas miseráveis de areia, outras eram enormes penhascos crispados formando falésias de pedra que pareciam muralhas criadas pelos deuses, outras ainda eram cobertas de bosques e praias amplas. Ilhas redondas, largas, achatadas, cheias de arestas...

Era como navegar por um labirinto. Conan logo percebeu que, na realidade, era de fato isso. Bêlit estava concentrada no timão do *Tigresa*, e às vezes murmurava como se estivesse contando. O cimério compreendeu que o caminho aparentemente errático que o barco seguia por entre as ilhas e ilhotas era na verdade o único percurso seguro, o único que aproveitava as correntes adequadas e evitava os baixios e bancos de areia ocultos. Qualquer embarcação que adentrasse aquelas águas sem a informação necessária estaria condenada a virar um naufrágio cedo ou tarde.

Horas depois, viu a bombordo a primeira torre de vigia, um cilindro esbelto de pedra no alto de um penhasco, sobre o qual vislumbrou um resplandecer metálico. Cintilava de forma tão rítmica e precisa que não tinha como ser algo natural — e, ao erguer o olhar, Conan comprovou que o vigia do *Tigresa* respondia aos sinais da torre com outros, sem dúvida usando um espelho.

O cimério franziu o cenho ao se dar conta de que quem ocupava o posto de vigia era N'Yaga, o velho xamã. Só então entendeu uma das formas do poder de Bêlit sobre os corsários: ela era a única que sabia a rota através do labirinto de ilhas; o xamã, fiel a Bêlit de forma feroz, era o único conhecedor do código luminoso. Assim, ficava claro que, sem eles, seria impossível aos homens voltar para casa e desfrutar de suas riquezas. Certamente o velho homem contara à tripulação que eram as habilidades divinas dela que os guiava e os mantinha a salvo naquelas águas traiçoeiras — o que não era de todo falso.

A noite caiu, e o *Tigresa* virou a estibordo antes de ancorar a pouca distância de uma pequena ilhota. Ali esperaram amanhecer.

O dia seguinte de viagem prosseguiu sem incidentes. Aqui e ali se viam obrigados a usar os remos quando o vento não era adequado, e algumas vezes Conan teve a sensação de que passavam perto demais dos recifes. Mas o *Tigresa* continuava seu caminho com firmeza e determinação, e nenhum dos corsários parecia nem um pouco preocupado — era como se tivessem feito aquela rota dezenas de vezes, o que decerto era verdade.

As ilhas que os rodeavam não tardaram a ficar cada vez maiores. Novas torres de vigilância foram surgindo no caminho, e de novo o navio trocou sinais com elas.

Ao meio-dia, na direção da proa, vislumbrou além das ilhas uma forma distante — e, pelo que parecia, imensa. À medida que se aproximavam, foi se dando conta de que era a costa de uma ilha nova, muito maior do que qualquer outra. O bárbaro a princípio achou que aquele lugar era o destino deles, mas não demorou para se dar conta de que do litoral irrompiam altos penhascos que subiam em direção ao céu e terminavam em picos afiados. Não parecia haver lugar para aportar, como se a área fosse uma gigantesca fortaleza natural.

O *Tigresa* deu uma guinada, deixando a ilha a estibordo. Avançaram por um canal amplo, empurrados tanto pelo vento como pela corrente rápida, sempre em direção ao sul. A forma próxima da ilha continuava sendo uma aglomeração intransponível de penhascos e montanhas.

A noite já caía quando chegaram à parte meridional da ilha e viraram para o oeste. Pouco depois giraram de novo para o norte, e o *Tigresa* adentrou uma grande baía flanqueada por picos elevados.

Bem diante deles se abria o estuário de um rio largo, e era possível ver uma porção considerável de terra plana iluminada pela luz do sol poente. Conan viu vários barcos atracados em um cais enorme, além de um par de galeões que pareciam vigiar a entrada do porto. Um pouco além, pensou divisar uma cidade. Naquele momento, o sol terminou de ser tragado por um dos picos à esquerda e, por todo o porto, luzes começaram a se acender.

Não, aquilo não parecia nem um pouco uma aldeia na selva.

Atracaram e soltaram âncora. As tripulações dos outros barcos, compostas por homens de pele tão negra quanto a dos piratas do *Tigresa*, saudaram os recém-chegados com efusividade e trocaram comentários brincalhões com os corsários. Uma pequena multidão começava a se reunir no cais, curiosa com a chegada de um novo navio. Ficava claro que conheciam o *Tigresa*, assim como seus tripulantes. Se alguém ali se surpreendeu ao ver dois homens brancos a bordo, não demostrou.

Bêlit soltou o timão e se aproximou de Conan.

— Bem-vindo a Nakanda Wazuri, meu amor. Este é meu lar. E espero que seja o teu a partir de agora.

PARTE DOIS

A TERRA NEGRA

CAPÍTULO UM
O BRUXO ENGANADO

No extremo oriente, os lemúrios, quase reduzidos a um estado de bestialidade pela brutalidade da escravidão, rebelaram-se e acabaram com seus amos. São selvagens que vagam pelas ruínas de uma civilização outra. Os sobreviventes de tal civilização, os que conseguiram escapar da fúria dos antigos escravizados, dirigiram-se ao oeste. Lá, depararam-se com um misterioso reino pré-humano, conquistaram-no e impuseram a ele a própria cultura, modificada pela influência do povo derrotado. Hoje, o novo reino é conhecido como Estígia e, embora a antiga linhagem pré-humana tenha sido aniquilada, alguns indivíduos não só sobreviveram como também são adorados.

— A Era Hiboriana

Totmés ergueu o olhar dos documentos que estava lendo, subitamente alerta. Era jovem, com não mais de vinte anos, e tinha a pele pálida e a cabeça raspada e oleada — o que, à luz da única vela do aposento, fazia o homem parecer muito mais velho do que de fato era.

Alguém abriu a porta do quarto. Quem entrou poderia muito bem ser uma versão quarenta anos mais velha do jovem acólito, não fosse a evidente diferença de estatura. Vestido com um manto negro cujo capuz lhe caía às costas, Tot-Amón contemplou com interesse os aposentos do discípulo enquanto este se levantava e fazia uma reverência. Era a primeira vez que entrava ali desde que aceitara Totmés como pupilo, e se surpreendeu ao ver como o espaço correspondia a suas expectativas.

O jovem aprendiz conteve um calafrio, que sentia sempre que o olhar recaía sobre a escura e retorcida mão esquerda de Tot-Amón. Diziam que o aspecto dela era resultado da empreitada que, em sua juventude, levara Tot-Amón a possuir certo anel de poder; diziam também que fora a posse de tal anel que dera ao bruxo a posição de proeminência de que gozava no Círculo Sombrio. Totmés, que jamais vira anel algum nos dedos do mestre, duvidava da veracidade da história.

— Mestre... — começou.

— Estás comigo há dez anos — disse o bruxo, seco. — Cumpriste bem tuas obrigações e te dedicaste aos estudos. Crês que estás pronto para deixar de ser um aprendiz, e que há tempos chegou o momento de eu validar-te como adepto das artes arcanas.

Totmés não respondeu, mas a expressão em seu rosto dizia com clareza o que pensava.

— Segue-me. Talvez tenhas a oportunidade antes do que imaginavas.

Sem esperar para ver o que o discípulo faria, Tot-Amón deu meia-volta e saiu do cômodo. O corredor amplo estava completamente escuro, mas o bruxo avançava com a mesma indiferença com que andaria por um caminho bem iluminado. Atrás dele, Totmés tentava aparentar tanta segurança quanto o mestre.

Em momentos como aquele, sua mente fervilhava e seu coração batia em um ritmo quase desenfreado. Durante os dez anos que passara a serviço de Tot-Amón, o jovem aprendera a esperar o inesperado vindo do amo, e não tinha a menor ideia de qual novo desafio o esperava. Tot-Amón era um mestre rígido, que não se importava em aplicar dor quando a ocasião requeria, tampouco de colocar o aprendiz em situações perigosas caso considerasse que este — se saísse com vida — aprenderia uma lição bastante valiosa. Raras vezes o avisava de antemão que iria lhe encarregar de algo — o fato de que fora a seus aposentos pela primeira vez em todo aquele tempo indicava que, qualquer que fosse a tarefa, não seria algo banal.

Percebeu que tinham chegado ao fim do corredor e que o bruxo descia pelas escadas à direita. Conteve outro calafrio e seguiu o homem enquanto se perguntava que criatura inominável trazida de além dos abismos da noite os aguardava nos subterrâneos.

Ambos caminhavam em silêncio e na mais completa escuridão. Uma das primeiras coisas que Tot-Amón lhe ensinara fora a memorizar todos os corredores e recônditos da mastaba aos quais o jovem tinha acesso. Sussurros distantes enchiam o ar, e algo inquieto e furtivo deslizava perto deles. Totmés ouviu um silvo ameaçador às suas costas e fez tudo o que pôde para continuar caminhando a passos firmes e estáveis. O suor escorria em abundância por sua cabeça raspada à medida que o silvo se aproximava, até que sentiu uma respiração fria e pegajosa na nuca.

— Não — disse Tot-Amón, apenas.

Tanto o silvo quanto a respiração desapareceram de súbito.

Tot-Amón se deteve. Ergueu a mão e, a um gesto seu, a tocha na parece se acendeu de repente. Totmés piscou, tomado pela surpresa, e viu que estavam nas masmorras.

O bruxo abriu a porta de uma cela e entrou, seguido do discípulo. Acorrentado à parede e completamente nu, havia um homem esbelto e alto com o rosto coberto de cicatrizes.

— Olha bem para ele — ordenou o bruxo. — Diz o que vê.

Totmés se aproximou do prisioneiro. Notou que ele estava desperto e lúcido, e que não fora submetido a tortura alguma. Parecia um hircaniano, dadas as feições, e aparentava ter uns cinquenta anos. Tinha um corpo musculoso e flexível e um olhar alerta no rosto. Em seguida, o aprendiz examinou os trapos que antes o vestiam, então largados em um monte no chão junto das armas que carregava.

— Um hashin — disse, enfim.

Tot-Amón assentiu, satisfeito.

— Ele e outros cinco se esgueiraram para dentro da cidade ao cair da noite, e depois se infiltraram aqui dentro. Creio que pensavam que a presença deles tinha passado despercebida.

Totmés hesitou por um instante.

— E os outros?

— Estão mortos — disse Tot-Amón. — A esta hora, devem estar sendo digeridos por alguma das minhas mascotes.

Totmés já vira algumas das criaturas. Engoliu em seco e tentou não pensar naquilo.

— Mas mantivestes o chefe deles vivo — disse, com toda a compostura que foi capaz de reunir.

— Bom, meu discípulo. Muito bom. — O sorriso que cruzou o rosto de Tot-Amón o fez parecer uma múmia velha. — Estou curioso para saber o que os trouxe até aqui. Depois, poderemos nos beneficiar da presença dele.

Totmés olhou para o prisioneiro e compreendeu de repente que ele não os via nem ouvia. Preso em um feitiço, acreditava estar sozinho na escuridão da cela.

— O que queres de mim, senhor? — perguntou o aprendiz.

— No momento, nada demais. Por enquanto, apenas observa e presta atenção em todos os detalhes. Conversaremos em seguida.

O jovem assentiu e foi até um canto da cela. Tot-Amón ergueu o braço e sussurrou três sílabas ininteligíveis. De imediato, o prisioneiro ficou ciente de que não estava sozinho. Agitou-se nas correntes e olhou para o bruxo e seu discípulo.

— O que pretendíeis ao entrar em minha casa como ladrões? Por acaso acreditáveis que vossa visita passaria despercebida, hashin?

Kerim al Dashen não respondeu. Contemplou o homem que o interrogava e, em seguida, dirigiu a atenção ao jovem que esperava no canto do cômodo. Examinou com atenção as paredes que o rodeavam e as correntes que o prendiam em busca de algo que o permitisse sair dali com vida. Não pareceu encontrar nada, pois assentiu e fechou os olhos.

— És Tot-Amón? — perguntou de repente, voltando a abri-los.

— Esperavas outra pessoa? — respondeu o bruxo, com desdém. — Por que vieste à minha casa?

Kerim repassou mentalmente o que acontecera nas últimas horas. Seus exploradores tinham voltado com a pior das notícias: havia indícios de quem Selim entrara na cidade, mas não saíra. Embora não quisesse, não lhe restara alternativa a não ser preparar uma equipe de invasão com o intuito de se infiltrar na casa do bruxo e tentar descobrir o que se passara. Ele e seus homens tinham se utilizado de toda a habilidade e sigilo possíveis, mas era evidente que não tinham sido suficientes contra os vigias diabólicos que sem dúvida patrulhavam a morada do mago.

Ele não tinha muitas opções. E morrer não era uma delas, decidiu. De um modo ou de outro, tinha de sair dali com vida. E o futuro dos hashins dependia dele.

Viu que o bruxo o contemplava com um brilho de diversão nos olhos negros, como se estivesse lendo seus pensamentos.

— Vais dizer algo? — perguntou. — O terei de fazer-te falar? Se eu fosse mais novo, teria dito que preferia a segunda opção. Mas cheguei a uma idade em que não gosto de desperdiçar meu tempo.

Kerim engoliu em seco. Sua única defesa em momentos como aquele era a verdade, e não tinha certeza de que seria o bastante.

— Estou procurando um de meus homens — afirmou. — Ele veio ver-te trazendo um presente do príncipe Yezdigerd, e em troca deveria receber algo de ti.

Tot-Amón aquiesceu.

— Lembro disso. E...?

— Selim nunca saiu da cidade.

Viu que aquilo pegou o bruxo de surpresa. Ele recuou um passo e inclinou a cabeça, tentando se lembrar de algo.

— Isso é absurdo — disse, enfim. — Nenhum dos outros bruxos se atreveria a capturá-lo. Sabem bem que não são rivais páreos para mim, e não se arriscariam a despertar minha cólera. Se teu homem não voltou, é porque alguém o interceptou no deserto. E eu não tenho nada a ver com isso. Cumpri minha parte do trato. Não é da minha conta se ele não conseguiu se manter em segurança na viagem de volta.

Kerim negou com a cabeça.

— Ele sequer saiu da cidade — insistiu.

Que cão insolente... Mas a segurança com que falava intrigou Tot-Amón. Soava sincero, disso não havia dúvida alguma. O bruxo conhecia bem as habilidades dos hashins. Se aquele maldito tinha certeza de que seu homem não saíra da cidade, era porque comprovara o fato — olhara debaixo de cada pedra e seguira todas as pistas disponíveis.

O que não fazia sentido algum, pensou. Ninguém na cidade se atreveria a interferir em seus assuntos. Portanto, o hashin só podia estar equivocado, por maior que fosse sua certeza.

Não faria mal algum conferir, porém. Foi até uma das paredes da cela e acendeu uma pira de cobre. Em seguida murmurou algumas palavras e, pouco a pouco, a fumaça começou a tremular e tomar forma, até que o rosto do capitão da guarda apareceu diante dele. O nervosismo do vigia saltava à vista: não era todos os dias que um dos principais bruxos da cidade o invocava daquela maneira.

Tot-Amón o interrogou de forma rápida e implacável. O capitão fez o possível para recuperar a compostura, e logo tratou de consultar os arquivos que o bruxo desejava. A resposta do homem não lhe agradou muito.

Apagou a pira com um gesto e se virou para o prisioneiro. Com efeito, ele tinha razão. O hashin entrara, mas não saíra da cidade. O registro do posto de guarda confirmava o fato. Ele decerto poderia ter escapado da guarda, passando despercebido na saída, mas a troco de quê? Fora até a cidade com um propósito legítimo, e não tinha motivo algum para sair dela às escondidas. A menos, é claro, que a intenção dele fosse justamente sumir sem deixar rastros e provocar algum tipo de conflito entre o bruxo e os hashins. Ambas as partes acusariam uma à outra pela morte enquanto ele, de posse do espólio, poderia usá-lo a seu bel prazer.

— Confiavas nele? — perguntou.

Kerim demorou para responder.

— Tanto quanto é possível confiar em alguém. Ele não tinha motivo para nos trair. Além da boa reputação, tinha uma carreira promissora pela frente.

Tot-Amón assentiu. Consideraria a possibilidade de armadilha do hashin se todo o resto não fizesse sentido. Mas, por ora, recorreria ao caminho mais direto e assumiria que alguém fizera o homem desaparecer antes que saísse da cidade. Meneou a cabeça. Quem ousaria...? Qual de todos os seus rivais se atrevera a...?

A ideia lhe veio de repente, e ele por pouco não a rechaçou de tão absurda que era. Porém...

Coincidências não existiam, disse a si mesmo. Coincidências eram tão somente o universo avisando que algo estava acontecendo.

Seu escravizado D'Rango desaparecera alguns dias depois da chegada do hashin. Fora um escravizado útil e habilidoso, mas Tot-Amón nem se dera ao trabalho de tentar saber o paradeiro do homem. Tinha escravizados mais do que suficientes para atender suas necessidades, e o destino do fugitivo estava selado a partir do instante em que abandonara a mastaba. Àquela altura, já não passava de um cadáver fétido apodrecendo rapidamente à beira de alguma trilha enlameada.

E se não tivesse sido uma simples fuga? E se D'Rango tivesse se aproveitado do momento para levar algo que considerava de valor e que poderia resolver sua vida?

A ideia de que um de seus escravizados ousara roubar um convidado debaixo de seu teto era tão insólita que Tot-Amón demorou para assimilá-la. No entanto, era a única coisa que explicaria o acontecido. Chegou mais perto de Totmés.

— Chama toda a equipe. Manda que procurem um cadáver recente à beira da estrada. Me avisa quando encontrarem algo.

O jovem discípulo assentiu e engoliu em seco outra vez. A simples ideia de voltar sozinho pelos porões o enchia de terror, e viu que o mestre estava ciente disso. Era um teste, compreendeu, e era importante que passasse nele. Deu meia-volta e abandonou a cela enquanto o bruxo se aproximava de novo do prisioneiro.

— É possível que tenhas razão — reconheceu, entredentes. — Neste caso, o assassino já pagou pelo crime. Assim que deixou minha casa, condenou-se à morte.

Kerim deu de ombros — uma proeza, dado que estava acorrentado.

— Teu assassino não me interessa — disse. — Me importo apenas com o que deste a Selim.

— Suponho que tenha sido roubado por ele. Sem dúvida, o item será encontrado junto ao cadáver de meu escravizado fugitivo, a menos que tenha conseguido entregar o item a outra pessoa antes de morrer, ou que seu corpo tenha sido pilhado. — Hesitou por alguns instantes, como se estivesse prestes a tomar uma decisão da qual não gostava. — Se teu homem morreu em minha casa, estava sob minha proteção — acrescentou, medindo cada palavra. — Tot-Amón não dá sua palavra em vão. Eu te ajudarei.

A um gesto, os grilhões que mantinham Kerim prisioneiro se abriram, e o hashin se viu subitamente livre.

— Vem comigo — disse o bruxo. — Podemos conversar com mais conforto em meus aposentos.

Encontraram o cadáver do hashin em um dos fossos. Não havia o menor sinal do cofre ou de seu conteúdo.

— O maldito foi muito astuto — disse Tot-Amón ao saber das notícias. — Esperou que eu estivesse sob o sono do lótus negro antes de agir. Depois, deu um jeito de sair da cidade sem ser visto. — Fez silêncio por um momento e fitou o... *convidado*, decidindo o que deveria contar a ele. — Ele escondeu bem o rastro. As pegadas terminavam a leste da cidade, como se tivesse seguido em direção ao deserto. Na época, foi o que me bastou saber. O maldito me traíra, então não me era mais útil, e sem o antídoto diário o veneno em seu corpo logo o consumiria. — Deu de ombros. — Suponho que nem eu estou isento de erros.

Kerim o escutava em silêncio, ainda não de todo convencido de que sairia dali com vida. Havia uma possibilidade, ao menos, o que era mais do que esperava quando despertara de repente nas masmorras do bruxo. E uma possibilidade era tudo o que um hashin pedia à vida, no fim das contas.

— Ele não foi para o leste, e sim para o sul — continuou Tot-Amón. — Durante todo o tempo em que esteve a meu serviço, soube ocultar muito bem suas habilidades. Não parecia ter sequer uma migalha de magia. E, de certa forma, de fato não tinha. O que ele fez não merece tal nome. Invocar as entidades da terra... Ora! Nenhum bruxo que se preze perderia tempo com elas e suas habilidades limitadas.

— Não tão limitadas, ao que parece — atreveu-se a dizer Kerim.

No mesmo instante, Totmés entrou nos aposentos com uma bandeja contendo comida e bebida. Viu o relâmpago de ira que tomou os olhos do mestre. O hashin fora imprudente, mas tinha razão — no fim das contas, as habilidades escassas das entidades da terra tinham sido mais do que suficientes para embaralhar o rastro do escravizado fugitivo.

O rapaz colocou a bandeja na mesa e recuou dois passos. Mais calmo, Tot-Amón pegou um dos pratos de comida e começou a comer, distraído, indicando a Kerim que também se servisse.

— De qualquer forma, sem dúvidas está morto a uma hora dessas. Não passa de um cadáver em decomposição em meio às selvas ao sul — disse o bruxo. — Não deve ser muito difícil achá-lo. Com certeza, encontrarás o cofre e o conteúdo deste entre os pertences do morto. Caso contrário, suponho que tu serás hábil o bastante para rastrear a pessoa para quem o ladrão entregou o bem, ou quem quer que tenha roubado seus restos mortais.

Kerim assentiu enquanto devorava um pedaço de carne.

— Minha responsabilidade deveria acabar aqui — disse Tot-Amón. — Mas gosto de deixar as coisas quites. Pode ser que tua caçada se prolongue bastante, e uma ajuda não te cairá mal.

De cenho franzido, Kerim o encarou. Será que o bruxo estaria se oferecendo para acompanhá-lo? Se fosse o caso, será que deveria aceitar a oferta? E mais: será que se atreveria a negá-la?

Tot-Amón se virou para o discípulo.

— Irás com ele — disse, em um tom que não abria espaço para a discussão. — Ajudarás Kerim a recuperar sua relíquia. Se tiver êxito, teu período de aprendizado terá terminado. Se falhares, nem se incomode em voltar.

Totmés engoliu em seco e assentiu. Fitou o hashin, que terminara de comer a carne e agora o encarava com olhos que pareciam dois carvões em brasa.

— Assim será, mestre — conseguiu dizer.

CAPÍTULO DOIS
NAKANDA WAZURI

Das poucas lendas e mitos que chegaram ao Ocidente vindos da Costa Negra, sem dúvida a mais singular é a que diz respeito a Nakanda, às vezes também chamada de Wazuri. Conta sobre a existência de um reino insular ao sul das terras exploradas, criado e governado por povos de pele negra, com um nível de civilização e sofisticação comparável, se não superior, ao dos reinos hiborianos. A lenda afirma, além disso, que só é possível encontrar Nakanda se seus governantes assim permitirem.

Trata-se de um evidente caso de contaminação cultural. Seria interessante descobrir se tais lendas existiam antes que a migração dos hiborianos os colocasse em contato com os kushitas, por exemplo. Suspeito que não. É evidente que se trata de uma deturpação, uma adaptação ao folclore local da lenda de Atlântida antes do cataclismo que deu ao mundo sua forma atual mesclada a relatos procedentes de diversas fontes — talvez estígias, inclusive, que fariam referência à lendária Lemúria.

Seria ridículo considerar qualquer alternativa, assim como imaginar a possibilidade de que haja um reino avançado, sofisticado e culto entre povos que seguem adorando os espíritos da terra e endeusam as almas dos antepassados; que sequer encontraram a luz verdadeira de Mitra, e que são incapazes de construir qualquer coisa mais elaborada do que uma cabana ou paliçada.

— Astreas da Nemédia

A bruma sobre o porto se dissipava com rapidez à medida que o sol subia no céu. Conan, debruçado na janela dos aposentos em que o casal fora acomodado na noite anterior, contemplava as manobras de descarga no cais. Gruas enormes depositavam em terra firme as mercadorias dos barcos; dezenas de estivadores perambulavam de um lado para o outro, todos atentos à sua missão, e todos coordenados como um mecanismo bem azeitado.

A maior parte dos trabalhadores tinha a pele negra, embora aqui e ali se visse algum de tez mais pálida. A vestimenta habitual parecia ser uma longa túnica branca adornada com desenhos geométricos, e muitos levavam às costas mochilas da qual assomavam ferramentas metálicas.

O rio desembocava em um estuário amplo sobre o qual fora construído o porto, um enorme espigão de pedra de onde irrompiam vários cais de madeira. À direita, um pouco mais para dentro da costa, era possível ver a cidade. Da janela, Conan não a achou tão diferente das cidades portuárias hiborianas: um labirinto movimentado de casas e depósitos que, à medida que o sol se erguia, enchia-se mais e mais de gente.

Ouviu um ruído atrás de si e, ao se virar, viu Bêlit se aproximando. Deleitou-se ao contemplar o corpo pequeno, forte e delicioso que na noite anterior gemia sob o seu e abriu espaço para que a pirata se acomodasse a seu lado na janela.

— Suponho que não era exatamente isso que esperavas — disse ela.

Conan negou com a cabeça.

— Tudo o que eu sabia sobre os povos da Costa Negra era o que ouvi dos hiborianos — respondeu. — E, para eles, os habitantes daqui não passam de selvagens cobertos de penas. Não muito diferentes dos pictos da minha terra, salvo pela cor da pele. — Deu de ombros. — Ninguém esperaria encontrar mais do que cabanas, muito menos portos ou cidades construídos por eles. Quando me disse que abrigava sua tripulação em ilhas ao sul, obviamente não esperava encontrar nada disto.

Bêlit sorriu.

— O segredo mais bem guardado de Nakanda Wazuri é sua própria existência — afirmou —, embora haja algumas velhas lendas das quais todos nós nos lembramos, pelo menos na Estígia. Alguns rumores também foram sendo levados para o norte com o tempo, mas não são lá muito exatos. Às vezes, acabam contradizendo uns aos outros. De qualquer forma, nenhum hiboriano dá crédito nem à lenda nem aos rumores — acrescentou, com um sorriso brincalhão.

Depois se fez o silêncio. Os dois passaram a fitar o porto e deixaram que o sol da manhã esquentasse seus corpos, cada um perdido nos próprios pensamentos. A bruma terminou de se dissipar e as manobras de descarga chegaram ao fim alguns minutos depois, sob um céu de um azul intenso em que não havia sequer uma nuvem.

O cimério notou que a tripulação do *Tigresa* desembarcava, Demetrio entre eles. Tinha certeza de que o nemédio se sentia tão fascinado quanto ele diante do que via, ainda que mantivesse o habitual semblante intrépido que contrastava com o aspecto alegre e brincalhão dos corsários. Estes sem dúvida estavam em terreno familiar, e dava para ver como se sentiam à vontade. A Conan, o grupo não parecia muito diferente de um de mineiros ou lenhadores voltando à cidade pela primeira vez em meses, dispostos a gastar até a última moeda que haviam ganhado.

— Melhor irmos até lá — disse Bêlit, interrompendo os pensamentos do amado. — Logo levarão nosso carregamento rio acima, e iremos junto.

— É por isso que guardou parte do espólio — disse Conan enquanto examinava as três pilhas de caixotes amarrados e lacrados que uma grua descarregava sobre uma barcaça de fundo plano. — Para pagar uma espécie de tributo, suponho.

Ele vestia uma túnica igual à dos habitantes da cidade, assim como Bêlit. Tinham encontrado as roupas na porta do quarto ao sair, e Bêlit lhe explicara que era esperado que eles as usassem. Conan apenas dera de ombros e pusera o traje, sem dedicar muita atenção ao assunto. Em sua movimentada vida de ladrão, aprendera a se adaptar aos costumes do lugar em que se encontrava.

— Em parte — respondeu a pirata. — Impostos, se assim preferires. O restante é meu.

Chegaram ao local em que a tripulação estava, um anexo portuário que emanava um cheiro intenso de peixe assado. Assim como supusera o cimério, estavam tomando o desjejum. Conan e a pirata os acompanharam e, como de costume, o cimério comeu por três sem ligar muito para os modos.

O grupo de homens já alimentados foi se dispersando aos poucos. Sozinhos ou com outros dois ou três companheiros, os corsários deixaram o porto. Alguns seguiram em direção ao interior da ilha; outros voltaram para o mar, na direção de algumas das ilhas menores. N'Gora, chefe dos lanceiros, foi o último a partir, levando junto o xamã N'Yaga.

Depois de certo tempo, os únicos tripulantes do *Tigresa* ainda no anexo eram Conan, Bêlit e Demetrio — este consideravelmente nervoso, por mais que se empenhasse em manter a habitual pose de indiferença.

— Suponho que não voltaremos a vê-los até zarparmos mais uma vez — disse Conan, fingindo não notar o nervosismo do nemédio.

— A maior parte deles — respondeu Bêlit. — Vão passar a temporada dos tufões em terra firme. Não faltarão oportunidades de trabalho a eles; se forem capazes de administrar bem a parte que lhes cabe do espólio, porém, poderão ficar de folga até a primavera sem problema algum. Mas é raro um homem do mar capaz de se segurar e não gastar tudo em mulheres e bebida já na primeira semana. — Deu de ombros, como se estivesse se lembrando de algo que vira ocorrer muitas vezes. — Quase todos voltarão na primavera, embora alguns talvez se cansem do mar e prefiram não zarpar mais e outros se alistem em navios diferentes. Mas creio que não faltará mão de obra quando começarmos a nova temporada. Não ao *Tigresa*.

Bêlit se voltou para o apreensivo Demetrio, que parecia muito ocupado mirando o horizonte.

— Recebeste tua parte correspondente do espólio — disse. — O que pensas em fazer?

O nemédio olhou para ela e deu de ombros.

— Sou um estrangeiro em uma terra estranha, senhora. Creio que não saberia sequer transitar por um lugar tão extraordinário. Não sei nem por onde começar.

Bêlit trocou olhares com Conan, como se pedisse permissão. O cimério se perguntou o que ela estaria tentando lhe dizer. Sem muita certeza, assentiu. Bêlit tratava

Demetrio de uma forma que surpreendia Conan. Com seus homens ela costumava ser rude, e usava um tom imperioso que não admitia discussão — exceto no caso do velho xamã, que tratava como um familiar próximo. Com o próprio Conan, era... bem, como era. Mas a Demetrio ela dedicava uma cordialidade quase delicada, como se o nemédio fosse uma espécie de mercadoria frágil e valiosa que ela não queria correr o risco de quebrar.

— Serás nosso convidado enquanto estivermos aqui — disse Bêlit, enfim. — Se assim desejares.

O rosto de Demetrio se iluminou, e ele quase fez uma mesura. Conteve-se no último instante e disse:

— Será um prazer. Seguirei a senhora e Amra aonde quer que forem.

— Não a todos os lugares — grunhiu Conan, meio zombeteiro. — Isso eu lhe asseguro.

Uma hora mais tarde, subiam a bordo da barcaça que fora carregada com o conteúdo dos porões do *Tigresa*. Demetrio recebera uma túnica como a que os outros dois vestiam, e Conan levava no ombro uma trouxa com as armas e a couraça que usara naqueles meses. Não sabia muito bem por que incluíra o grande arco aquilônio em sua bagagem. Qualificara aquela arma como indigna de um homem diante de Tito, o falecido capitão do *Argus*, mas nos meses anteriores aprendera a apreciar seu valor — e, sobretudo, dera-se conta da combinação de força, resistência e destreza que seu manejo exigia.

A maré estava subindo. A barcaça avançava pelo estuário em um ritmo bom, empurrada pelas hastes de meia dúzia de homens. Passaram a largo da cidade e logo a deixaram para trás.

— Esta é Wazuri — disse Bêlit —, a capital comercial. Estamos indo para Nakanda, o centro político da ilha.

Pararam várias milhas ao norte, às margens do que pareciam enormes depósitos. Ali desembarcaram e esperaram a barcaça ser descarregada.

Vários oficiais supervisionavam as manobras enquanto outros anotavam o conteúdo e valor das mercadorias. Ao fim do processo, entregaram a Bêlit uma folha de velino estampada com um selo.

Sem alterar o semblante, Bêlit a passou para Demetrio, pedindo que confirmasse os valores. O nemédio, que tomara o cuidado de levar consigo os livros contábeis do *Tigresa*, mergulhou com alegria nas colunas de cifras e cálculos e permaneceu um bom tempo entretido com os dados.

— Está tudo correto, senhora — disse, enfim.

Terminados os trâmites burocráticos, pegaram um transporte até a capital: uma carruagem cômoda com um tropel de quatro cavalos guiados por um homem atarracado e corcunda que manejada as rédeas como se fizesse aquilo a vida toda.

— Isto tudo é assombroso — disse Demetrio à medida que deixavam para trás os campos de cultivo, os solares e um ou outro bosquezinho. — Não fosse a arquitetura curiosa, eu acreditaria se me dissessem que estou de volta à Nemédia.

Logo viram para onde estavam se dirigindo. Diante deles, um tanto ao longe, erguia-se um pequeno maciço montanhoso de picos altos. Conan supôs que a cidade para a qual estavam indo se espalhava por suas encostas.

De vez em quando cruzavam com outras carruagens ou com pessoas a pé. Todos eram extremamente corteses. Ninguém parecia surpreso ao ver o cimério gigante ou o pequeno nemédio. Estava claro que, embora a maior parte da população fosse negra, havia uma minoria abundante de indivíduos de outras etnias e cores de pele.

Pouco a pouco, começaram a divisar a cidade de Nakanda — uma mancha indistinta à distância, no sopé das montanhas. Ela foi ganhando definição conforme se aproximavam, e uma hora de viagem depois já atravessavam os bairros mais periféricos do local.

Wazuri era uma metrópole heterogênea e movimentada; Nakanda, por outro lado, tinha ruas amplas, construções baixas e um aspecto tranquilo. Havia pouca gente na rua, raramente em grupos de mais de três pessoas. Conforme se aproximavam da montanha, os edifícios iam ficando mais imponentes, a decoração mais elaborada e o aspecto mais senhorial.

Aqui e ali encontravam guardas armados com lanças grandes e enormes escudos de bronze. Geralmente dirigiam um olhar distraído ao passar ao lado dos visitantes — mas não escapou a Conan que, por trás daquela indiferença fingida, havia homens bem treinados e alertas.

A rua foi se alargando pouco a pouco até desembocar em uma enorme praça ocupada por um obelisco impressionante, não muito diferente dos que se via na Estígia. Ao contrário do resto da cidade, havia ali uma abundância de pessoas — alguns passando pelas barracas de uma feira nos extremos da praça, outros discutindo de forma animada, outros ainda apenas passeando.

A praça terminava diante das amplas escadarias que levavam à montanha, aos pés das quais a carruagem estacionou. Enquanto subiam os degraus, Conan olhou para cima e ficou boquiaberto.

A montanha se erguia em direção ao céu de forma quase vertical até se perder ao longe. O que chamou a atenção do bárbaro, porém, foi que o que a princípio julgara ser um palácio construído rente à escarpa era, na verdade, uma construção talhada na mesma pedra da encosta.

Duas fileiras de estátuas enormes flanqueavam um pórtico de forma trapezoidal que lembrava uma descomunal boca aberta levando ao interior da terra. Sobre as estátuas se assentava uma fileira de colunas que, por sua vez, terminava em um mural enorme ornamentado com a pintura de uma paisagem completa, elaborada em cores vivas e primárias com um nível de detalhes quase maníaco. Já o pórtico era flanqueado por dois obeliscos esbeltos adornados por pictogramas diversos.

Demetrio, ao lado do cimério, olhava aquilo tudo com o queixo tão caído quanto o do companheiro. O brilho em seus olhos, porém, era um pouco mais desconfiado, como se de algum modo achasse impossível se deparar com algo tão familiar naquelas paragens. Pouco a pouco começou a reconhecer certos elementos arquitetônicos e, de certo modo, peças de um quebra-cabeças foram se encaixando em sua cabeça.

Olhou para os lados e analisou com atenção os edifícios que davam para a praça, a própria praça e o obelisco pontiagudo que se erguia no centro dela. Contemplou de novo a fachada esculpida na encosta da montanha e observou com cuidado os desenhos geométricos sob as estátuas, assim como as diferentes gravuras que enfeitavam o enorme pórtico.

Absorto na contemplação, nem percebeu que alguém saía do palácio. N'Yaga, vestido com um manto branco e com um cajado em mãos, saiu para a plataforma que coroava as escadarias e foi até eles.

De imediato, foi como se tudo fizesse sentido na cabeça de Demetrio.

— Jemid Asud — murmurou ele, incapaz de se conter.

Ato contínuo, N'Yaga se virou para o homem.

— Repete o que disseste — pediu, intrigado.

— Jemi Asud — repetiu Demetrio. — A terra dos povos negros das antigas lendas estígias. Incrível.

— Do que está falando? — perguntou Conan.

— Demetrio acabou de perceber onde estamos — respondeu N'Yaga, depois de trocar um olhar rápido com Bêlit. — O local que hoje é chamado de Estígia nasceu aqui, de certa forma, muito tempo atrás. Graças a nós, alcançou a grandiosidade. E, se Isis e Osíris assim desejarem, voltará a alcançá-las. Os céus mostram sinais inequívocos de que o momento está perto. Talvez mais do que creem alguns de nós.

— Não faço nem a mínima ideia do que estão falando — soltou Conan.

Mas a perplexidade do cimério teria de esperar, pois naquele momento outra pessoa saiu pelo enorme pórtico escavado na montanha. A luz do sol a pino banhou o corpo da mulher de pele da cor do ébano, alta e altiva, coberta por um esvoaçante vestido de gaze branca. Tinha os cabelos trançados em um penteado elaborado arrematado com uma pena de pavão-azul. Calçava sandálias também brancas que mal faziam ruído enquanto caminhava pela pedra polida. Ficou fitando os recém-chegados por um momento, como se não tivesse certeza de quem eram.

Em seguida, seu rosto perdeu toda a altivez, um brilho de alegria tomou seus olhos e seus lábios se curvaram em um sorriso instantes antes de sair correndo na direção do grupo.

Bêlit não esperou que chegasse até eles: estendeu os braços e recebeu a mulher com um grito de alegria. A outra praticamente se jogou sobre a shemita, e em seu ímpeto ambas se juntaram de imediato em um abraço interminável.

Com um sorriso benévolo no rosto, o velho xamã se aproximou das mulheres, que tinham se separado e contemplavam uma à outra.

— Não mudaste nada — disse a jovem.

— Pois tu mudaste — respondeu Bêlit. — E para melhor.

A outra deixou escapar uma risada musical. Foi quando viu N'Yaga, que cruzara os braços diante do peito, tocando os ombros, e agora se inclinava em uma reverência profunda. Conan se deu conta de que a mulher não passava de uma garota — não devia ter mais de dezesseis anos.

— Isuné D'Tonga — murmurou N'Yaga. — Tua risada é um bálsamo para este coração exausto.

— Ah, velhote vigarista, para com isso — respondeu a garota, sorrindo.

Cravou o olhar nos dois homens brancos que, confusos, só observavam a cena. Demetrio sentiu o coração parar por um instante. Durante os meses passados no *Tigresa*, sentira o sangue ferver apenas de olhar para Bêlit, e lutara vez ou outra contra os próprios impulsos em uma batalha silenciosa e feroz que era impossível de se vencer. Naquele momento, diante da beldade de pele cor de ébano e sorriso contagiante, perguntou-se como fora tão tolo, como se enganara tanto durante todo aquele tempo. Pois se havia uma pessoa digna de ser desejada e adorada era a criatura que o mirava com curiosidade travessa e perguntava à pirata, com olhos enormes e muito escuros, quem eram aqueles estrangeiros.

Para Conan, a recém-chegada não passava de uma linda jovem de pele negra. Em outras circunstâncias, talvez considerasse a possibilidade de ir com ela para a cama, mas naquela ocasião a ideia nem passou por sua mente.

— Irmã, te apresento os dois tripulantes mais recentes do *Tigresa* — disse a shemita, apontando para eles. — Este é Amra, meu braço direito, rei de meu coração e senhor do meu desejo. E este é Demetrio, contador e cronista, homem de talentos indubitáveis.

Conan se limitou a inclinar a cabeça na direção de Isuné. Demetrio imitou o gesto que vira N'Yaga fazer, cruzando os braços diante do peito para levar as mãos aos ombros. Enquanto se inclinava de forma cerimoniosa, falou:

— Dizem que o sul oculta segredos inúmeros. O que eu não sabia era que uma beleza como a tua estaria de tocaia aqui, pronta para ferir-me de morte.

Isuné acolheu as palavras com outra risada musical enquanto aplaudia, encantada.

— Tereis de me contar vossas aventuras durante o jantar! — exclamou, empolgada como uma garotinha.

CAPÍTULO TRÊS
JANTAR REAL

*O coração chegou
do leste distante
E os escravizados guiou
certeiro adiante.*

*À beira do mar
o coração foi partido
E o que era um só povo
foi em dois dividido.*

— Antiga cantiga wazuri

Não jantaram com Isuné naquela noite, e sim na seguinte. Deixaram N'Yaga no palácio com a jovem e, em seguida, os três se dirigiram até a propriedade de Bêlit, onde, horas mais tarde, um mensageiro chegou levando o convite e um pedido de desculpas de Isuné dizendo que não poderia atendê-los naquele mesmo dia.

Bêlit deixou Demetrio nas mãos de um servo capacitado que tratou de cuidar dele até o encontro e sumiu com Conan para seus aposentos privados. O nemédio não voltou a ver o casal até o outro dia, ainda que de vez em quando pudesse ouvir uma gargalhada ou um gemido de prazer ao longe.

Pela primeira vez em muitos anos, repousou em uma cama de verdade, um leito luxuoso com colchão de plumas e dossel em um quarto que o fez se sentir pequenino. Ainda assim, o que menos fez foi dormir: passou boa parte da noite se revirando no leito, tentando não pensar em nada e fracassando várias vezes.

Na manhã seguinte, o mesmo servo da tarde anterior despertou Demetrio e o convidou a se juntar a Bêlit e Conan na sala de jantar. Demetrio se limpou, vestiu uma túnica recém-lavada que cheirava a lavanda e seguiu até o cômodo indicado, onde o cimério se esbaldava com um desjejum descomunal enquanto Bêlit escolhia com delicadeza o que comeria dentre a interminável coleção de pratos que cobriam o aparador.

— Demetrio! Por Crom, vem! Estávamos te esperando, mas demoraste tanto que começamos sem ti. Senta-te.

O nemédio selecionou alguns quitutes e pegou uma jarra do que parecia ser suco de frutas. Acomodou-se entre Conan e Bêlit na mesa enorme e olhou ao redor, curioso.

— Interessante — disse, comendo com parcimônia. — O estilo desta construção parece estígio, mas a decoração é shemita.

Bêlit assentiu.

— Esta casa já estava construída quando nos cederam as terras. A decoração ficou a cargo de meus pais.

Diante do olhar de estranheza de Demetrio, Bêlit contou de novo a história de seu exílio de Ascalão e seu encontro com os corsários da Costa Negra. Conan, que conhecia o relato, pelo menos em parte, continuou comendo sem prestar muita atenção no que a amante dizia.

— N'Yaga cumpriu sua parte do trato — concluiu Bêlit. — Nos manteve a salvo e, quando chegamos, nos proporcionou um lugar para viver e a posse destas terras. — Fez um gesto amplo com o braço. — Em troca do que havia na arca, nos conferiu tratamento igual ao que teríamos se fôssemos uma família nobre próxima do rei.

— E o que havia na arca?

— Eu nunca soube — disse ela. — Suponho que algum tesouro de Ascalão que, para os habitantes de Nakanda, era especialmente valioso. Não sei. Durante todo esse tempo, tentei perguntar algumas vezes a N'Yaga, mas o velho malandro sempre se limita a dar de ombros e me dizer que saberei quando o momento chegar.

Demetrio terminou o desjejum e se serviu de um novo copo de suco de frutas.

— O que não entendo — começou, voltando a se sentar — é: por que alguém em tua posição ainda se dedica a...? Bom, se fosse eu, teria ficado satisfeito em desfrutar desta propriedade e de tua posição. Suponho que me falte o espírito aventureiro.

Bêlit franziu o cenho.

— Talvez tivesse feito exatamente o que disseste se meus pais tivessem continuado comigo, educando-me como uma boa princesinha — disse, depois de um tempo. — Se bem que suspeito que, mesmo nesse caso... Quem sabe? Mas acabaram morrendo dois anos depois de chegarmos aqui, durante uma travessia marítima enquanto iam para uma das ilhas acompanhados de um dos reis anteriores. Não houve sobreviventes. N'Yaga cuidou de mim e foi meu tutor legal, função que já exercia junto aos príncipes herdeiros. Osuné tem mais ou menos minha idade, e sua irmã, Isuné, nasceu pouco depois de nossa chegada à ilha. Para ela, sempre fui como uma irmã mais velha.

— Irmã mais velha que deixou a corte e decidiu virar pirata — comentou Demetrio.

— Foi um pouco mais complicado do que isso. — A corsária franziu o cenho outra vez e virou o resto do conteúdo do copo de que bebia. — Para resumir, digamos que nasci com algo fora do lugar. A vida da corte não é para mim. Tudo me irritava, e eu passava semanas com um humor de cão. Me sentia um pássaro exótico em uma jaulinha dourada. Aos trezes anos, escapei durante uma das saídas de N'Yaga junto dos corsários e me escondi a bordo. Quando o velho me descobriu, achei que ele teria um acesso. Em seguida, esboçou um de seus sorrisos enigmáticos e disse que, se eu estivesse disposta a aprender, seria capaz de me transformar na melhor capitã da Costa Negra. No fundo, não tinha a menor ideia do que aquelas palavras implicavam, mas não fez diferença. Disse que sim. E nunca me arrependi.

Conan estava sentado meio de lado na balaustrada de pedra da varanda e deixava o olhar vagar pelos arredores. Bêlit lhe dissera que tudo o que a vista alcançava era dela, até o bosquezinho de bétulas a leste e até o rio a oeste. Ao norte, sua propriedade fazia fronteira com outra, separadas por um pequeno riacho, e ao sul ela terminava onde começavam os campos com as lavouras comunitárias.

O bárbaro pensou em como teria reagido no dia em que conhecera Bêlit se soubesse o que na verdade implicaria aceitar a proposta, o leito e a vida da shemita. Na ocasião acreditava estar preparado para qualquer coisa, para uma vida sangrenta e frenética ao lado da criatura magnífica e inigualável que se apaixonara por ele.

Mas nem em seus sonhos mais loucos imaginaria que, dali um tempo, estaria sentado ao entardecer na varanda de uma propriedade luxuosa, vestido com uma túnica de linho delicada e contemplando um cenário parcialmente domesticado — e que, de certo modo, ainda que fosse por associação, pertencia também a ele.

Será que chegara ao ápice da vida? Seria aquela a recompensa merecida por uma vida cheia de azar e agitação? Estaria contemplando o futuro que lhe aguardava a partir daquele momento?

A ideia não era nada ruim. Sentir o convés ondulante do *Tigresa* sob os pés durante boa parte do ano, abater-se sobre vítimas desprevenidas, entregar-se ao baile mortal das espadas — a canção do aço e do sangue —, aproveitar o espólio e a mulher que tinha ao lado...

E possuir um lugar para o qual voltar sempre que quisesse, um lugar que poderia chamar de seu e onde sempre seria bem recebido. Um lugar limpo, fresco e tranquilo onde poderia descansar até que o chamado da aventura e a sede de sangue e de novos espólios voltasse a ficar insuportável.

Um homem mais sofisticado se perguntaria o que teria feito para merecer aquilo. Conan, porém, limitou-se a desfrutar da ideia com a mesma intensidade com que se entregava a todo o resto.

De vez em quando, Demetrio sentia a tentação de desembainhar o punhal e o cravar no braço para ver se sangrava. Suspeitava que, por experiência, o resultado seria negativo.

A reviravolta que sua vida sofrera nos últimos meses, bastante considerável, não era nada se comparada a como seu mundo virara de cabeça para baixo nos últimos dois dias.

Podia aceitar como um capricho da sorte o fato de que o tinham livrado da vida de remador em uma galé e que, em vez de abandoná-lo a própria sorte em uma selva que o teria matado em uma questão de dias, tinham o aceitado na tripulação do *Tigresa*. Tudo por conta de um encontro fortuito que, seis anos antes, deixara-o manco. Às vezes até Mitra tinha senso de humor; ele era capaz de aceitar e conviver com aquilo.

Mas desde que haviam desembarcado em Nakanda Wazuri, não conseguia se livrar de uma sensação intensa de irrealidade. Nada do que o rodeava era verdade, repetia vez ou outra a si mesmo. Não podia ser, era impossível, alguém estava tramando uma hábil farsa para enganá-lo.

A ampla propriedade de Bêlit, próxima à cidade, não o ajudava a colocar os pés no chão. A pirata se revelava uma proprietária de terras acomodada, bem quista entre as classes altas daquela ilha surpreendente, com um exército de criados e empregados à sua disposição e uma casa senhorial que pouco deixava a desejar para as construções mais luxuosas da Numália.

Conan parecia aceitar tudo aquilo com a mesma indiferença com que aceitava todo o resto, mas Demetrio não era capaz. Depois de anos servindo em uma galé, chegara a pensar em si mesmo como alguém capaz de se adaptar a qualquer situação, a qualquer mudança de destino, por mais brusca que fosse. Agora, enquanto pensava naquilo, sentia-se um imbecil.

O mundo, dizia a si mesmo, era muito mais estranho do que jamais seria capaz de imaginar.

Sem dúvida a maior maravilha, em um dia já repleto de maravilhas e surpresas, fora a existência daquela criatura de pele de ébano, corpo de gazela e olhos indecifráveis que retribuíra sua reverência com uma risada musical.

Estaria ele no paraíso ou no inferno? Dormindo ou acordado? Se estivesse no inferno, o céu lhe parecia de imediato um lugar insosso e vazio; se estivesse dormindo, esperava não despertar jamais.

No dia seguinte, no cair da tarde, uma carruagem foi buscar o trio. Recém-banhados, com túnicas limpas e os cabelos cuidadosamente penteados, voltaram à cidade, cujas luzes começavam a se acender.

— Por Crom, eu me acostumaria fácil a esta vida — murmurava Conan pelo caminho. — Fácil até demais.

Bêlit sorriu.

— Depois de algum tempo, cansarias e partirias no primeiro navio disponível, meu amor. Por sorte, não vai ser necessário. Temos nossa própria embarcação. Não foste feito para passar muito tempo no mesmo lugar.

— Talvez não — respondeu o bárbaro. — Mas não acho que seria difícil me acostumar. Começo a entender por que os homens civilizados caem na decadência com tanta facilidade. — Hesitou por um instante. — Mas não gosto da ideia de andar desarmado. Não me parece natural.

— Não nos deixariam entrar armados, de toda forma.

Conan deu de ombros e não dedicou mais atenção ao assunto, embora continuasse um tanto incomodado.

O veículo os deixou aos pés da escadaria. Bêlit desceu primeiro, Conan saiu atrás dela e Demetrio desembarcou por último, uma ordem que a shemita lhes explicara de antemão: segundo o protocolo de Nakanda, ela revelava a posição de cada um em relação aos demais. Demetrio não deixou de notar que Conan não gostava nada da ideia de não ir na frente, mas — como quase sempre — acatou os pedidos de Bêlit.

Subiram as escadas e atravessaram o enorme pórtico para chegar a um corredor de teto alto iluminado por grandes lamparinas. Um criado os esperava e os guiou até o interior do palácio, ainda que estivesse evidente que Bêlit não precisava de guia algum.

Enfim chegaram e um átrio muito amplo sobre o qual se via com clareza as estrelas, e o criado indicou o lugar do trio: três amplos divãs a um dos lados dos dois tronos vazios posicionados sobre uma plataforma ligeiramente elevada. Demetrio viu que eram quase os últimos a chegar, o que dizia muito a respeito do status da pirata. O protocolo naquele caso era o inverso do que o do desembarque da carruagem — quanto mais tarde se chegava a uma festa ou evento público, mais importante era a pessoa. Logicamente, os dois mais importantes seriam os ocupantes dos tronos, que chegariam por último.

Ocuparam os assentos e Demetrio olhou ao redor sem se preocupar em esconder a curiosidade. A maior parte dos rostos que lhe devolviam a mirada eram da cor do ébano, mas aqui e ali reconhecia delgados rostos shemitas e um ou outro rosto hiboriano de feições duras. A mistura de etnias era algo visto com naturalidade e aceito sem problemas por ali, a julgar pelos casais de tons de pele diferentes que se via no lugar. Tal coisa, que em outros tempos Demetrio encararia com estranheza — talvez até com repugnância —, na ocasião apenas servia para dar asas a suas fantasias e desejos.

Os anfitriões enfim chegaram. Entraram no salão sem mais cerimônias e se sentaram nos tronos — o homem no da esquerda e a mulher no da direita.

Ela continuava sendo tão bela quanto a garota de riso musical que conhecera nas escadas, mas naquele ambiente assumia um toque de irrealidade — como se não fosse de todo humana, e sim uma bela escultura ou pintura perfeita. O homem ao lado dela sem dúvida era um parente próximo, a julgar pelas semelhanças entre ambos. Tinham uma postura régia, com movimentos mínimos e gestos cuidadosamente ensaiados.

N'Yaga, que chegara com a dupla, sentou-se no chão ao lado da mulher, em um monte de almofadas destinado a ele. Trocou um olhar com ambos os monarcas e, mediante um leve assentir deles, deu duas palmas.

O jantar começou de imediato.

A pose régia desapareceu e o gesto altivo sumiu do rosto dos governantes enquanto estendiam a mão na direção das bandejas trazidas pelos criados. Começaram a comer sem mais delongas, e os convidados seguiram o exemplo.

A quantidade de pratos foi colossal; tanto que até Conan, que a princípio grunhira ao ver o tamanho das porções, terminou a refeição satisfeito, incapaz de comer mais sequer uma migalha.

Durante o jantar, a sensação de informalidade que tomou conta do átrio depois que os monarcas começaram a comer foi se intensificando à medida que os presentes se levantavam e se aproximavam de um ou outro divã para falar com velhos conhecidos que não viam havia muito tempo ou para se atualizar das últimas fofocas. Alguns foram até os tronos e trocaram palavras com os governantes. A atitude dos dois era tranquila, seguros de si mesmo sem parecer arrogantes, atentos ao que diziam os interlocutores sem parecer condescendentes, extremamente educados sem soar frios ou distantes.

Dois ou três se aproximaram do grupo formado por Bêlit, o bárbaro e o nemédio. Demetrio assentia distraído quando a shemita lhe apresentava pessoas, incapaz de tirar os olhos dos tronos e da jovem de olhar alegre que ocupava um deles.

Conan percebeu o que acontecia a Demetrio antes de Bêlit — ou talvez o cimério fosse simplesmente menos educado do que a pirata. O fato era que, de súbito, deu uma cotovelada discreta no homem enquanto dizia:

— Está sonhando muito alto.

Demetrio conteve um calafrio ao encarar os olhos azuis do bárbaro.

— Talvez — disse, com toda a serenidade que foi capaz de reunir.

Conan deu de ombros e pegou uma taça de uma bandeja que passava por ali.

— E por que não, afinal de contas? — grunhiu o cimério. — O destino é imprevisível como uma mula. Talvez tenha caído em suas graças.

Nas graças de quem?, perguntou-se Demetrio. Do destino ou de Isuné?

— Nunca vai saber se não tentar — completou Conan, antes de levar a taça à boca e esvaziá-la em um só gole. — Delícia de licor — acrescentou. — Parece suave a princípio, nada encorpado ou forte, mas logo você percebe que é uma sensação enganosa. — Hesitou por um instante e sorriu. — Assim como você.

Demetrio aceitou o estranho elogio com um gesto da cabeça. Viu que, do outro lado do trono, diante deles, N'Yaga fazia um sinal. Um indivíduo delgado, de feições delicadas e cabelo cuidadosamente trançado, levantou-se. Erguendo uma das mãos, pediu a atenção de todos. Demetrio notou o interesse com que o olhar de Isuné seguia os movimentos do homem, e sentiu uma pontada violenta de ciúmes.

As conversas foram morrendo e se extinguindo por todo o salão enquanto os convidados percebiam o que acontecia.

— Agradeço, amigos. Sou Kintey, o menestrel a vosso serviço, como de costume. Para esta noite, preparei um par de canções novas, e creio que teríeis gostado muito dela. Mas N'Yaga me transmitiu um pedido especial de nossos monarcas, e não serei tão descortês a ponto de negá-lo. Isso sem mencionar o perigo à minha integridade física; à manutenção da qual, confesso, sou sempre um tanto inclinado.

Várias pessoas riram. O rei, sorridente, fez um gesto ameaçador com a taça na direção do homem. Kintey levou a mão ao peito, como se tivesse sido ferido, e cambaleou. Terminou a pantomima e continuou:

— Mas agora falarei sério, já que é sério o assunto que N'Yaga pede que eu traga esta noite. Para benefício de nossos novos amigos, Amra da Ciméria e Demetrio da Nemédia, e para relembrar a todos os demais, apresentarei a história de Nakanda Wazuri tal qual nos foi transmitida por nossos pais desde tempos imemoriais.

No instante em que terminou de pronunciar a última palavra, uma harpa fez ecoar um acorde no ar. O trovador esperou alguns segundos enquanto a música ia tomando forma e deu início à história.

Não a contou em forma de versos, mas de alguma forma parecia um poema. Tampouco cantava, mas cada palavra que dizia trazia consigo uma musicalidade surpreendente.

Todos os presentes ficaram entretidos com as palavras do artista, e até Conan se pegou preso no feitiço daquele menestrel arrogante e insolente. Por um instante, teve a sensação de que estava de novo em sua Ciméria natal. Era inverno e, além do círculo ao redor do fogo, o vento uivava como um lobo. Junto à fogueira, nada daquilo importava enquanto o avô lhes contava histórias de cálidos reinos do sul, cheios de riquezas inestimáveis, cidades inimagináveis e lindas mulheres insaciáveis.

Piscou várias vezes e voltou ao presente, surpreso pelo surto repentino de nostalgia.

Kintey contava a história do cataclisma e das terras que tinham perdido. Falou de como os antigos habitantes da Lemúria tinham sido escravizados por milhares de anos até se rebelarem contra seus antigos donos e fugirem em direção ao ocidente. Tinham levado com eles uma relíquia que pertencia a seus senhores, um enorme rubi cintilante em forma de coração que foi passando de líder em líder durante os anos que o êxodo durou. A joia mantinha as pessoas unidas e as protegia dos inimigos, e graças a ela tinham chegado ao extremo oriental do mar de Vilayet já na forma de um povo numeroso e saudável.

Ali o rubi se quebrara, fato que coincidira com a morte do líder em exercício. O homem tinha dois filhos — irmãos gêmeos que tinham aceitado governar juntos pelo bem dos súditos. Diante do ocorrido, tinham ideia distintas. Ambos interpretaram a quebra do rubi e a morte do pai como um presságio — mas enquanto um achava que os deuses estavam dando a ordem de se estabelecerem às margens daquele mar, o outro achava exatamente o contrário: afirmava que, para que o povo não se partisse como acontecera com o rubi, deveria seguir adiante.

Os irmãos se amavam, e nenhum dos dois queria ser motivo de ressentimentos ou inimizades. No entanto, não conseguiam chegar a um acordo, e a atitude dos dois começava a contagiar o povo. Uma metade achava que precisavam ficar ali, e a outra que deveriam seguir.

A ruptura foi inevitável. As duas partes do coração partido foram entalhadas até formarem pedras tão idênticas quanto os filhos do líder morto, ambas com as mesmas propriedades e a mesma beleza. Uma parte do povo ficou com uma metade do rubi junto ao mar interior, e a outra partiu para o oeste com a própria metade da gema original.

Sobre os que tinham ficado, dizia o trovador, ainda sabiam algo. Tinham crescido e se convertido em um grande povo sob a égide de Tarim, o nome do líder que escolhera ficar. Haviam dado a si mesmos o nome de hircanianos; o Olho de Tarim, como tinham batizado o rubi, passara de governante em governante até que certo dia alguém o roubara e o fizera desaparecer da história.

Os que haviam partido, embora tivessem a intenção de ir para o oeste, tinham acabado se desviando para o sul. Guiados por Narim com sua metade do rubi, tinham adentrado a selva densa e vagado por ela durante meses a fio, até enfim chegarem ao rio — que batizaram de Nadrik — e seguirem seu leito até o mar.

Ali, perto da foz do rio, ficava a fortaleza de Zukanda, o bastião mais ocidental dos wazuri, um dos inúmeros povos negros do sul — jovem e cheio de vida, curioso e cheio de ânsia por conhecimento e novidades. Ao encontrar com eles pela primeira vez, confusos, os antigos escravizados lemúrios os tinham tomado por demônios da mesma raça de seus antigos mestres.

O rubi de Narim esclarecera as coisas entre eles, porém. E mais: mostrara que o destino deles era ser um só povo, uma raça mista que reuniria as melhores características de cada raça ascendente. O povo wazuri era jovem, imaturo e com muito a aprender, cheio de uma vitalidade avassaladora e uma curiosidade sem limites. O povo de Narim era antigo, engenhoso e sofisticado — mas, depois da penosa viagem até o ocidente que se seguira à separação de metade de sua gente, seus membros estavam cansados, e quase não lhes restava forças para seguir adiante.

O rubi lhes mostrara o que aconteceria se não se unissem, e mostrou a eles o grande povo que poderiam ser caso se juntassem. Tinham então selado um pacto mediante um matrimônio duplo: Narim se casou com N'Denga, filha de M'Boto, que por sua vez desposou Arlina, filha de Narim.

Juntos, tinham aprendido a construir grandes barcos de proa afilada que cruzavam as ondas com velocidade. Tinham então se lançado ao mar, e o rubi lhes mostrara o caminho até o arquipélago escondido em cujo centro se alçava, secreta e orgulhosa, a ilha de Nakanda.

Naquele momento o trovador caiu em silêncio, e o som da harpa se apoderou do salão. O instrumento emanou um arpejo rápido e confuso, que de alguma maneira deu aos ouvintes a impressão do rápido passar do tempo e das gerações.

— Muito tempo se passou desde então — disse Kintey, enquanto a harpa se interrompia de súbito. — Muitas gerações viveram e pereceram desde os tempos dos quatro reis: Narim e N'Denga, M'Boto e Arlina. O povo que surgiu de tal união ascendeu e prosperou em Nakanda, um povo misto que exibia orgulhosamente as melhores características das duas estirpes das quais descendiam: vitalidade e sabedoria, engenhosidade e curiosidade. E certo dia...

Parou de falar de repente, e todos se voltaram para o ponto ao qual o trovador direcionava o olhar. Um homem com um cocar de penas negras entrava no salão. Tinha a mão erguida, segurando um cilindro feito de prata.

— Correio real! — anunciou.

O rei trocou um olhar com N'Yaga e, em seguida, fez um gesto com a cabeça para que o mensageiro se aproximasse. Este se ajoelhou aos pés de ambos os monarcas e lhes estendeu o cilindro.

Osuné pediu permissão à rainha com o olhar, e ela lhe respondeu com um gracioso gesto de assentimento. O rei pegou o tubo, abriu-o e recuperou a breve mensagem ali contida. Ao terminar a leitura, estava mortalmente sério. Virou-se para N'Yaga e disse uma única palavra:

— D'Rango.

O velho xamã se levantou como se tivesse molas nos pés. O rei lhe entregou a mensagem, que N'Yaga pegou com mãos trêmulas antes de ler as palavras com avidez.

— Preciso ir — disse, ao terminar.

— Claro que deves. Acompanhado de nosso carinho e nossas bênçãos. Vai, N'Yaga, voa!

O xamã deu meia-volta e abandonou o salão correndo. O mensageiro foi atrás dele.

O rei se levantou, acompanhado de Isuné. A tristeza caíra como um véu sobre o belo rosto de ambos.

— Pedimos perdão, queridos amigos e distintos convidados. Sem dúvida Kintey não se importará de finalizar a história outro dia. As notícias que acabaram de chegar, porém, têm relação com assuntos importantes do estado, e acreditamos ser prudente encerrar por aqui o jantar de hoje.

Os convidados se levantaram e começaram a deixar o recinto. Bêlit fazia o mesmo quando uma olhada de Isuné a fez se deter e voltar a se sentar. Demetrio e Conan imitaram a shemita, sem saber muito bem o que fazer.

Logo estavam sozinhos diante dos governantes, e o rei indicou com um gesto que se aproximassem. Conan se surpreendeu ao ver que estavam de fato sozinhos no átrio, sem a presença sequer de guardas.

— Bêlit é como uma irmã para nós — disse Osuné. — Se ela vos honra com sua confiança, para nós é um prazer fazer o mesmo, Amra da Ciméria e Demetrio da Nemédia. As notícias que o mensageiro nos trouxe são importantes e logo serão divulgadas publicamente. Enquanto isso, querida — acrescentou, virando-se para Bêlit —, creio que chegou o momento de saberes o que teu pai nos deu em troca de vosso acolhimento entre nós. Haverá muitas mudanças nos próximos meses, e tens o direito de saber de antemão.

Hesitou por alguns instantes. Parecia estar tentando aceitar algo em que ainda não acreditava por completo, e que não lhe agradava muito. Só então Conan se deu conta de quão jovem o rei na verdade era. Bêlit dissera que tinham a mesma idade, mas até aquele momento o cimério não pensara muito sobre o homem. Tinha feições regulares e harmônicas, como as da irmã, e um brilho surpreendentemente ingênuo nos olhos.

— Às vezes esperamos tanto por algo que, quanto a coisa de fato acontece, é difícil aceitar — murmurou o rei, como se falasse consigo mesmo. — Mas tudo parece indicar que o que meu povo esperava há muito tempo está prestes a se cumprir. E cabe a nós — acrescentou, pousando o braço sobre o ombro da irmã — liderar este momento. Quem dera houvesse alguém mais capacitado...

Ergueu o olhar de imediato, como se só então se desse conta de que não estava sozinho. Sorriu, amável.

— Peço perdão, amigos. Imagino que pareça que estou falando em enigmas, e não é essa minha intenção. Vou colocar a culpa na influência de meu tutor, N'Yaga.

Fez um gesto para que o seguissem e começou a andar na direção da extremidade do salão. Conan e Bêlit foram atrás dos reis; Demetrio, depois de um instante de dúvida e com o olhar cravado em Isuné, acompanhou os demais.

O átrio ficou vazio sob a luz das estrelas, embora não por muito tempo. Logo um exército silencioso de criados se apropriou dele e, depois de um tempo, começou a recolher os restos da refeição.

CAPÍTULO QUATRO
O APRENDIZ DE ASSASSINO

O caminhante já chega
o caminhante não volta
o caminhante avança
o caminhante não tarda.

Os dias se apagam,
e lá se vai o caminhante,
o olhar cravado
sempre num ponto adiante.

— Cantiga dos reinos da Costa Negra

Totmés perguntava a si mesmo se o mestre não teria cometido um erro grave. Concordara em trocar o que considerava uma bagatela de mero valor político por cinco páginas do Livro de Skelos. A transação, ao que parecia, não poderia ter sido mais vantajosa ao bruxo.

Mas se o Olho de Tarim não tinha valor algum além de ser um símbolo de poder e um adorno real, porque D'Rango, depois de roubá-lo, tinha partido para o sul? O lógico seria ter ido para leste, única região do mundo onde o objeto valia cem vezes seu peso em ouro — não por ser uma pedra preciosa, e sim por sua condição de símbolo político. Com o que os selvagens lhe pagariam? Conchinhas do mar e penas de avestruz?

Por que fizera aquele pacto com as entidades da terra que condenava sua alma a vagar para sempre pelos abismos sem fim da morte, sem ver nem lembrar nada? O que havia de tão valioso na pedra para que alguém recorresse a tal coisa?

As pistas estavam diante dele na clareira, na terra remexida ainda com marcas de dedos. Sem dúvida o escravizado fugitivo compreendera que seu destino estava selado e topara qualquer coisa em troca de cumprir sua missão.

Mas que missão seria aquela? As pegadas seguiam em direção ao sudoeste. Quem ali, naquela selva, saberia dar valor ao Olho de Tarim? E, caso houvesse tais pessoas, quem teria ouro o suficiente para pagar por ele?

A menos que...

A menos que Tot-Amón estivesse ignorando algo, e o rubi fosse perigoso por motivos que iam além dos que ele conhecia. A mera ideia de que o bruxo principal do Círculo Sombrio — seu próprio mestre — cometera um erro daquele calibre era impensável.

A alternativa era supor que o veneno deixara D'Rango louco, e que ele não sabia o que estava fazendo. Talvez aceitasse a hipótese como válida se o escravizado tivesse mudado de ideia de forma repentina no meio de caminho e ido para o sul, mas já tomara aquela direção muito antes de o veneno começar a fazer efeito.

Não fazia sentido. Nenhum.

Fitou o hashin enxuto e se perguntou o que passaria pela cabeça dele. Nos dias que haviam passado juntos, aprendera, apesar de tudo, a respeitar o homem. Era impossível não admirar a disciplina feroz a qual se entregava, o modo com que controlava cada músculo e tendão do corpo, a forma com que sua mente estava sempre focada com clareza em um objetivo concreto.

De certo modo, era uma pena todo aquele virtuosismo ser investido em tarefas tão prosaicas quanto roubos, assassinatos ou perseguições em busca de puro benefício material.

Vários dias mais tarde, encontraram em uma clareira um altar surpreendente cheio de oferendas. Uma casca de árvore, comprida e lisa, ocupava o centro da superfície cerimonial. Estava repleta do que pareciam desenhos infantis que, na verdade, eram tentativas de representar o que acontecera ao homem que perseguiam.

A execução era tosca, de fato, mas o sentido narrativo ficava claro a quem a analisava — os desenhos cumpriam com sucesso o objetivo. Totmés se deu conta de que mais de uma mão interferira na obra, como se cada pessoa estivesse contando a própria história e apresentasse uma versão particular do ocorrido.

Em uma das partes da casca, um homem enfrentava sozinho as lanças de uma tribo e seguia caminho sem nem pestanejar. Em outra, aquele que sem dúvida era o mesmo homem recusava água e comida e seguia caminhando. Em outras representações, atravessava a noite, e as feras mais terríveis abriam caminho para ele.

Kerim sorriu ao compreender.

— Nosso ladrão está se transformando em uma lenda, ao que parece — murmurou.

— Não creio que seja a intenção dele — respondeu Totmés. — Está tão centrado no próprio objetivo que creio que nem se deu conta do que passa ao redor.

— Assim como muitas vezes fazem as lendas.

O estígio assentiu.

— Esta clareira é visitada por mais de uma tribo — disse o hircaniano, depois de um rápido reconhecimento. — Suspeito que todos a considerem igualmente sagrada. É possível que não fiquem nada felizes caso nos vejam aqui.

Totmés apenas assentiu de novo. Concentrou-se, e não demorou para encontrar o rastro de D'Rango; era simples perceber a interferência dos genitores da terra ali onde o homem pisara. Como sempre, parecia continuar seguindo caminho na direção sudoeste.

Não foi uma viagem livre de incidentes, mas houve muito menos do que Totmés esperava. A maioria das tribos se afastava quando eles passavam, ou os deixava seguir viagem sem dar atenção — como se de algum modo soubessem que ambos iam atrás do caminhante misterioso que criava lendas por onde passava e pensassem que não lhes cabia se meter em tais assuntos. Talvez acreditassem que o próprio caminhante fosse se encarregar deles, dando-lhes o que mereciam.

Se tivessem se dado ao trabalho de voltar pelo mesmo caminho que tinham percorrido, talvez tivessem descoberto que a própria passagem por aquelas terras fora incorporada a vários dos inúmeros altares que comemoravam a chegada do caminhante.

Os dias foram se transformando em semanas, e as semanas logo se transformaram em um mês. Totmés tinha a sensação de que aquela selva úmida e sufocante — cheia de grunhidos, víboras e pássaros multicolores que pareciam sorrir com malevolência enquanto passavam — era interminável, e que o homem que seguiam não pararia até chegarem ao fim do mundo.

Mas a floresta um dia chegou ao fim. Não foi rareando pouco a pouco, e sim morreu de forma abrupta como se alguém a tivesse a desmatado. A poucos passos de onde estavam, estendia-se uma planície ampla coberta de vegetação baixa que desembocava ao longe no que parecia uma praia de areias brancas. Havia algo na praia.

— Uma torre de vigia — disse Kerim, com os olhos semicerrados. — Talvez um farol para os navegantes. Ou talvez não.

Para Totmés, não passava de uma mancha ao longe, mas acreditou na visão aguçada do hircaniano.

— O rastro que estamos seguindo leva diretamente a ela — disse.

— Hum. Talvez seja melhor dar uma volta. — Apontou para a esquerda, onde a linha da selva fazia uma curva aberta. — Podemos nos aproximar vindos daquela direção.

Totmés assentiu depois de pensar por alguns instantes. Seguiram avançando, sempre seguindo a linha da mata. Depois de algumas horas, descobriram que ela era cortada de súbito por um rio largo.

— Estamos muito ao sul, então — murmurou o estígio. — Este rio não aparece em nenhum dos meus mapas. — Franziu o cenho, tentando se lembrar dos registros. — Ao sul da Estígia desemboca o Zarjiba, o rio de águas envenenadas, mas estamos ao sul demais para que seja ele. Além disso, a água parece límpida e clara. Estamos além dos limites do mundo conhecido.

Sem dar atenção às palavras do outro, Kerim desviou os olhos do corpo d'água, virou para a direita e em seguida apontou adiante. As árvores morriam a alguns passos de onde estavam e, atrás de uma colina coberta pela vegetação, assomava o que só podia ser o topo da torre de vigia. Totmés olhou para o local indicado e assentiu, satisfeito.

— Se esperarmos a noite cair, posso chegar mais perto e averiguar o que houve com nosso homem — disse Kerim, enquanto sua mente pesava as várias possibilidades e a melhor forma de levar a cabo o que propunha. — Se ele estiver ali, talvez eu possa dar um jeito de pegá-lo sozinho e o trazer comigo.

O jovem aprendiz de bruxo refletiu por um instante, mas acabou negando com a cabeça.

— Limita-te a capturar alguém da guarda — disse. — Eu posso interrogá-lo. É melhor ter toda a informação possível antes de agir.

— Não é uma má ideia. Mas tu falas a língua deles?

Totmés deu de ombros.

— Todos os mortos falam a mesma língua — respondeu.

Se Kerim pensou que as palavras de Totmés tinham sido um simples exemplo do tom críptico e macabro do humor estígio, não tardou a descobrir que estava muito equivocado.

Enquanto a noite caía, o hircaniano se esgueirava pela escuridão. Voltou quase uma hora mais tarde, com um volume ao ombro que na verdade era um homem algemado e inconsciente. Depositou o prisioneiro aos pés do estígio, que o encarou satisfeito.

— Deves ser um orgulho para a tua gente, Kerim — disse, chamando-o pelo nome pela primeira vez. — Nem a brisa entre as árvores é tão silenciosa como tu.

Kerim deu de ombros, imune aos elogios. Concentrado na missão, limitava-se a fazer o necessário para realizá-la.

— Como vais interrogá-lo? — perguntou.

— Já disse antes — respondeu Totmés. Olhou ao redor. — Talvez seja melhor adentrarmos um pouco mais a selva. Não vai fazer muito barulho, mas precaução nunca é demais.

Sem dizer palavra alguma, Kerim colocou o homem de novo sobre o ombro e seguiu em direção ao interior da selva, seguido por Totmés. Este deu o sinal para que parassem depois de alguns minutos, e o hircaniano depositou o prisioneiro no chão. Pela forma com que se mexia, percebeu que ele despertava. Seria complicado evitar que gritasse, e não sabia com certeza se estavam longe o suficiente da torre de vigia para que não o ouvissem. A selva e a noite faziam os sons reverberarem de forma peculiar.

Para sua surpresa, Totmés sacou um grande punhal sinuoso e degolou o prisioneiro com um corte certeiro. Enquanto o homem morria depressa, olhando ao redor sem compreender exatamente o que acontecia, Kerim balançou a cabeça dividido entre a incompreensão e a raiva. Por todos os gênios do deserto, o que o maldito estígio fizera com o homem que tanto lhe custara capturar? Como o interrogariam agora?

Lembrou-se então das palavras do aprendiz de bruxo e conteve um arrepio.

Sem saber o que se passava pela cabeça de Kerim, Totmés se agachou ao lado do cadáver e retirou a mordaça de sua boca. Esfolou o rosto do cadáver com rapidez e habilidade e lhe arrancou os olhos e a língua. Kerim, incrédulo, contemplava o espetáculo tão fascinado quanto enojado.

O estígio ergueu a máscara de carne e a prendeu ao tronco de uma árvore. Com cuidado, pegou entre os dedos os olhos escorregadios e fincou a língua arrancada entre os lábios pálidos. O resultado foi uma paródia grotesca de um rosto pendurado no tronco.

Totmés estendeu a mão e murmurou algo incompreensível. Polvilhou um pó avermelhado sobre a face presa à árvore e voltou a murmurar coisas que Kerim não entendia.

De imediato, os olhos da coisa disforme reluziram, vivos e alertas, e se moveram de um lado para o outro. Com um gesto e duas palavras roucas, Totmés fez com que o olhar se cravasse nele. Kerim viu o rancor brilhar neles.

O jovem estígio disparou várias sílabas abruptas à máscara de carne, e ela começou a balbuciar de má vontade. Totmés a instou com outro gesto e a fala incompreensível do rosto na árvore ficou mais rápida, quase frenética. A conversa ininteligível se prolongou por vários minutos, deixando Kerim preocupado. Cada vez que a máscara de pele falava, sentia que as portas do inferno se abriam um pouco mais, ruidosas e enferrujadas, e algo terrível se aproximava pouco a pouco da saída. Tentou não pensar mais naquilo nem prestar atenção no macabro interrogatório, mas era impossível.

Totmés acabou assentindo, mesmo não parecendo muito satisfeito com as respostas que obtivera. Com um gesto, liberou o morto do feitiço. No mesmo instante, a pele, os olhos e a língua voltaram a ser pedaços de carne morta e molenga cravados em um tronco.

— D'Rango passou pela torre de vigia quatro dias atrás — disse Totmés. — Se identificou da forma correta e zarpou em um barco rumo a Jemi Asud. Ou rumo a Nakanda Wazuri, dependendo de quando perguntava ao maldito.

— Não conheço nenhum dos dois lugares.

— Na verdade, já estivemos por lá — disse Totmés, completamente perplexo. — Jemi Asud significa apenas "a terra negra", e é a parte da Estígia que não está sob a influência do rio. Opõe-se a Jemi Ahmar, "a terra rubra". Mas isso é absurdo. Por que D'Rango viria tão ao sul só para embarcar e voltar à Estígia? Isso não tem pé nem cabeça.

— E o outro lugar que mencionaste?

— Nakanda Wazuri? — Totmés deu de ombros. — Faz menos sentido ainda. É uma lenda antiga dos reinos da Costa Negra que diz que há uma ilha oculta no extremo sul, na qual vive uma civilização avançadíssima. Pura fantasia. O mais irritante é que o prisioneiro falava de ambos os lugares como se fossem o mesmo, o que é ridículo. D'Rango foi ao sul ou voltou para o norte, não tem como ter ido para ambos ao mesmo tempo.

Os dois ficaram em silêncio por um bom tempo — o jovem aprendiz mergulhado em frustração, o hircaniano tentando encontrar algum sentido naquele disparate.

— Posso capturar outro vigia — disse, depois de um tempo. — Mas vai ser mais difícil, pois devem ter reforçado a guarda depois do desaparecimento do primeiro.

Totmés negou com a cabeça.

— Não acho que vai ajudar — respondeu. — O morto era muito recente, e suas memórias eram precisas e pouco ambíguas. Ele não me enganou; não poderia ter feito isso nem que quisesse. Então nos disse a verdade tal qual a via.

— O que podemos fazer então?

Totmés inspirou fundo. Quando falou, era evidente que estava propondo a última coisa que gostaria de fazer.

— Isto está além das minhas capacidades — afirmou. — Temos de consultar meu mestre.

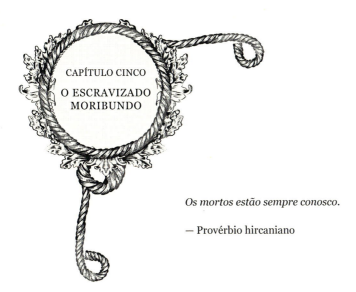

CAPÍTULO CINCO
O ESCRAVIZADO MORIBUNDO

Os mortos estão sempre conosco.

— Provérbio hircaniano

A carruagem deixou N'Yaga na casa dos mortos. O velho xamã desembarcou quase antes de os cavalos pararem, e correu escadaria acima com uma vitalidade que parecia impossível para um corpo curvado como o seu. Dois sacerdotes o esperavam na entrada, mas N'Yaga nem os cumprimentou antes de entrar no edifício sem se deter.

Parecia saber exatamente aonde ia. Passou por vários corredores, atravessou um pátio e enfim chegou a um quarto pequeno e pouco iluminado no qual três indivíduos cercavam um leito. Ergueram os olhos ao ver o xamã e se afastaram.

À coisa na cama restava apenas o aspecto humano. Seus olhos pareciam vivos; o corpo era uma múmia ressecada e enrugada que mal ostentava alguma carne. A pele com aparência de pergaminho pendia nos ossos, e o corpo emanava um odor de couro velho. Cada vez que inspirava, era possível ouvir um sibilo agoniado e débil.

N'Yaga se deteve à porta, incapaz de crer no que estava vendo. Em seguida adentrou o quarto e se aproximou do leito.

— D'Rango? — perguntou, com um fio de voz. — D'Rango?

A múmia piscou e girou a cabeça com dificuldade. Ao ver o xamã, esboçou uma careta que tentava ser um sorriso.

— Pai — murmurou ele, com a voz fraca e sibilante que parecia vir de muito longe. — Eu... consegui...

Naquele momento, a missão de D'Rango não ocupava um lugar importante na mente de N'Yaga. O idoso fez força para conter as lágrimas e olhou ao redor.

— O que aconteceu? — perguntou.

Um dos três ocupantes do quarto se adiantou.

— Cremos que ele fez um pacto com os genitores — disse, meneando a cabeça raspada. — Consumiu todas as forças para chegar até aqui.

Pacto?, perguntou-se N'Yaga. *Que tipo de pacto?* Olhou de novo para o corpo encarquilhado e moribundo, e o horror diante do que o filho fizera abriu caminho em sua mente como um facão afiado. Rogou para estar equivocado, mas no fundo sabia muito bem o que estava acontecendo.

— Eu... consegui... — repetiu a múmia que um dia fora D'Rango.

As mãos dele se moveram trêmulas para o lado, onde havia uma trouxa suja e aos farrapos. Com dificuldade, elas desataram o nó e pegaram o conteúdo do fardo. De imediato, D'Rango ergueu o olhar e ficou imóvel. N'Yaga viu que ele abria devagar a boca e lutava para inspirar. Quando conseguiu, a pele se encolheu e grudou ainda mais aos ossos. As mãos cheias de feridas tiraram um cofre de madeira da trouxa e, com dificuldade, colocaram o objeto sobre o peito.

N'Yaga tentou ajudar o filho a abrir o cofre, mas D'Rango o impediu com um tapa tão débil quanto desesperado e lutou com o ferrolho que mantinha a tampa fechada. Com um ruído, ela enfim se abriu; o quarto foi banhado por um resplender carmesim que se espalhava em ondas lentas, como as batidas de um coração moribundo. Sob aquela luz, o corpo de D'Rango se transformou em algo insubstancial, como se não estivesse por completo naquele mundo.

— Eu... consegui... A profecia... se...

— Sim, conseguiste, filho — disse N'Yaga, com a mandíbula tensa. — Conseguiste, e ninguém teria feito isso melhor que tu.

Em um momento como aquele, coisas como a profecia, o rubi no cofre ou o destino de Nakanda Wazuri não lhe importavam de nada. Tudo o que importava era a criatura moribunda que fora seu filho — que sacrificara tudo, incluindo seu futuro do outro lado da morte, para cumprir a missão que o próprio N'Yaga lhe atribuíra sete anos antes.

— Descansa — disse. — Os sacerdotes cuidarão de ti. Ainda podemos...

D'Rango meneou a cabeça ressequida.

— Não, pai. O pacto foi... claro e preciso... Eu o aceitei. Meu tempo está se acabando — disse. N'Yaga não soube o que responder, pois sabia que D'Rango tinha razão. — Lembra de mim, pai... Fala de mim quando já... não estiver mais... aqui... Lembra da minha vida... Eu não consigo mais... fazê-lo. — Com mãos encarquilhadas, tirou o rubi do cofre e o colocou no colo do velho xamã. — Adeus... meu pai.

Antes que N'Yaga pudesse responder, o último brilho de vida se apagou para sempre dos olhos de D'Rango, que assumiram a aparência de duas bolas de gude frias e distantes. A pele enrugada se descolou dos ossos e estes de pulverizaram de repente, convertendo o corpo em uma casca disforme preenchida de cinzas.

N'Yaga se levantou com o rubi em mãos. Respirou fundo e olhou ao redor. Os sacerdotes estavam em um canto do aposento, formando uma rodinha silenciosa.

O xamã caminhou até a porta com passos pesados e se deteve no umbral. Lançou um último olhar ao que fora o corpo do filho.

Será que valera a pena?, perguntou-se, alternando o olhar entre o rubi e a casca esfarelada sobre o leito. *Para quem?* Lembrou que os genitores lhe tinham advertido de que talvez o preço do sucesso fosse alto demais.

— Recolhei a pele e guardai as cinzas — disse aos sacerdotes. — Serão úteis para nós. Foram tocadas pelos genitores.

Eles assentiram, assombrados pela plenitude na voz do xamã.

Este deixou o quarto enquanto guardava o rubi no cofre de madeira. Cruzou de novo o pátio e percorreu mais uma vez os corredores pelos quais caminhara na ida. Em alguns minutos estava no exterior, diante das escadarias que levavam à rua.

Desceu por elas como se cada passo fosse o mais importante de sua vida. Em seguida, olhou ao redor e viu que estava sozinho, que a rua estava completamente vazia e que não havia ninguém na entrada do templo. Sob a luz das estrelas, a cidade parecia um fantasma, a metade do caminho entre o mundo dos vivos e dos mortos.

Só então se abriu para a dor, a raiva e a culpa. Se alguém ouviu seus gritos, não estranhou. O comportamento não era raro ali nas proximidades das casas da morte.

Trataram do corpo de D'Rango conforme as ordens de N'Yaga. Recolheram as cinzas com extremo cuidado e guardaram a pele separada. Usaram ambas as coisas nos meses seguintes para criar diferentes artefatos mágicos que distribuíram por lugares escolhidos a dedo.

D'Rango fora tocado intimamente pelos genitores, e o que restava de seu corpo estava repleto de poder latente. A melhor homenagem que podia ser feita a ele era usar seus restos mortais, de modo que o serviço que prestara a Nakanda Wazuri em vida continuasse depois da morte.

Infelizmente, o espírito do homem jamais cruzaria o rio ou se fundiria aos genitores — ele estaria condenado a vagar para sempre como uma sombra sem identidade e sem memória. Mas os outros se lembrariam de quem fora e do que fizera, já que ele mesmo não poderia lembrar. Fizera o sacrifício supremo, e aquilo merecia ser registrado e contado várias e várias vezes.

Nos meses seguintes, compuseram homenagens e canções, teceram histórias e criaram relatos.

N'Yaga voltou ao palácio ao amanhecer. Entrou por uma portinha lateral sem avisar ninguém e se dirigiu em silêncio até seus aposentos, um quarto amplo abarrotado de papéis e utensílios de procedências e aspectos diversos. Em uma estante em uma das paredes, havia várias redomas e frascos com diferentes produtos.

Passou a manhã entretido com a análise do rubi. O filho sacrificara o próprio futuro para conseguir a pedra preciosa, e o xamã precisava ter certeza de que era a autêntica — ou sua gêmea, de qualquer forma. Tinha de se assegurar de que ela reunia as condições adequadas.

O futuro avançava, e a profecia estava prestes a se cumprir. Era sempre algo meio incerto e perigoso. Os genitores lhe tinham garantido o sucesso, mas a ideia de vitória não dissipava a amargura do coração de N'Yaga — quiçá a mais intensa que já sentira.

Sim, as entidades tinham razão. O preço fora alto demais. Perguntou-se o que teria feito se soubesse de antemão o preço que pagaria pela ajuda dos genitores. Será que teria permitido o sacrifício do filho ou tentaria mudar aquele desfecho, sem dar a mínima para o cumprimento da profecia?

Não sabia responder àquela pergunta. O que só fazia com que a amargura fosse pior.

CAPÍTULO SEIS

PASSADO, FUTURO, NOSTALGIA E DESEJO

Das pradarias virá a coroa.
Da cidade sem nome, o coração.
Quando se encontrarem em Nakanda
chegará ao fim a maldição.

A Terra Negra e a Terra Rubra
Por fim uma só serão
e os antes empobrecidos
outra vez governarão.

— A profecia wazuri

Osuné os conduziu até um corredor logo atrás do trono, e o grupo se deu conta naquele momento de que, na passagem, aguardava um indivíduo gigantesco de cabelos loiros e olhos ferozes paramentado com uma armadura de placas e uma espada larga nas costas. O rei o apresentou como general Burgún e, sem mais, avançou pelo corredor, seguido da irmã. Burgún cumprimentou os três convidados com um gesto taciturno da cabeça e seguiu os monarcas.

O grande corredor descia em uma inclinação suave e parecia não ter fim. Estava bem iluminado por fileiras de tochas na parede e, de vez em quando, corredores laterais irrompiam dele.

Depois de certo tempo, desembocaram em uma sala ampla ocupada por uma enorme mesa e várias cadeiras. As paredes eram decoradas por afrescos, sem dúvida bem antigos. Demetrio prendeu a respiração ao se dar conta de que reconhecia alguns lugares ali representados, como a foz do rio Estige, o porto da cidade de Jemi, o sinistro templo de Set... Conan contemplou as pinturas com curiosidade, mas elas não significavam nada pare ele.

Sem mais cerimônias, Osuné ocupou uma das cadeiras na ponta da mesa e a irmã se sentou ao lado dele. Indicou aos convidados que se sentassem também, o que fizeram sem pestanejar. O general permaneceu de pé, atrás da cadeira do rei.

— As notícias que recebemos esta noite podem mudar para sempre o mundo — começou Osuné, de súbito. — Bêlit, como foi teu pai quem iniciou o que hoje culmina, por mais que não soubesse disso na época, é justo que saibas o que está acontecendo. Sempre fostes uma amiga leal para mim e uma irmã mais velha para Isuné, e muito devemos a tua família. Isso sem falar que o *Tigresa* é uma das nossas melhores embarcações corsárias, e que tua tripulação guerreou com os inimigos todos estes anos com uma ferocidade que poucos são capazes de igualar, e ninguém supera. Bem sei que tens tuas próprias motivações para perseguir os estígios, e não serei eu aquele a julgar tais motivos ou considerá-los impróprios. E por que haveria de fazê-lo, dado que teus inimigos são também os nossos?

Bêlit assentiu enquanto o rei continuava falando.

— Já ouvistes a história do nascimento de nosso povo, e como ele encontrou Nakanda. Permiti-me contar o que ocorreu depois. Minha narrativa não será tão harmoniosa ou musical como a de Kintey, mas creio que isso não seja de importância neste momento.

"Durante muito tempo vivemos escondidos aqui, sem nos preocupar com o mundo exterior e sem querer ter qualquer relação com ele. Aos poucos, saímos do arquipélago e começamos a explorar os mares. Não vou aborrecer-vos com detalhes. Se algum dia quiserdes saber de nossas explorações, tenho certeza de que encontrareis mais de um erudito disposto a falar sobre elas.

"Criamos colônias em muitos lugares, pacificamente na maioria das vezes; à medida que íamos para o norte, porém, começaram as dificuldades. Tudo isso aconteceu há mais de três mil anos, e os fatos se misturam a lendas e mitos, mas o que se sabe é que nosso povo entrou em guerra com os que agora são os estígios. Não foi uma simples guerra de expansão ou conquista, e sim algo muito mais ancestral e primevo. Pois na classe governante estígia, reconhecemos os descendentes dos antigos amos dos lemúrios, os mesmos que os haviam tiranizado e escravizado durante milhares de anos. E em seu culto a Set, a serpente maligna, vimos um reflexo da mesma fé espantosa que assassinara em seus altares muitos de nossos antepassados.

"Foi uma guerra feroz — não só entre homens, mas também entre deuses. Vivemos sob os preceitos de Ísis e Osíris, nossos deuses principais, que alguns identificam com a lua e o sol e os outros com a noite e o dia. Eles, junto ao culto aos genitores da terra, constituem o centro de nossas ideias religiosas. Nada temos conta os deuses de outros povos. Burgún, aqui presente, é devoto de Mitra, e sei que Bêlit a todo instante jura por Istar ou Derceto.

"Há apenas uma exceção em nossa tolerância pela fé dos demais.

"Nossas mais antigas lendas dizem que Set, de forma traiçoeira, matou Osíris. Depois o esquartejou e espalhou seu corpo nos catorze cantos do mundo, para que ele jamais pudesse se recompor. Mas Ísis, sua irmã e esposa, percorreu o mundo até encontrar todos os pedaços e reconstruiu o irmão. Juntos enfrentaram Set, derrotaram-no e o relegaram à escuridão, onde ele se encolheu e assumiu a forma de uma enorme serpente enroscada em si mesma. Lá, na escuridão, deveria ter permanecido para sempre.

"Os estígios não nos deram trégua, e nós não a pedimos. Tampouco a demos. A guerra se prolongou por vários anos, mas no fim das contas acabamos vencendo."

Ele fixou o olhar na parede, em um dos afrescos que mostrava o topo de uma pirâmide em degraus. Os patamares estavam tingidos de sangue e cobertos de cadáveres.

Em primeiro plano, uma espada decapitava uma enorme serpente.

— Fomos clementes, é nisso que gosto de acreditar. Prometemos o perdão a todos que renunciassem ao culto demoníaco a Set e se convertessem à fé de Ísis e Osíris. Transformamos a terra rubra às margens do Estige e a terra negra de Nakanda em um único país, com as mesmas leis, direitos e obrigações valendo para todos. Fundamos uma cidade perto da foz do rio e a chamamos apenas de Jemi, "terra", como símbolo de união. Durante séculos, nossos reis governaram em paz ambos os territórios, Jemi Asud e Jemi Ahmar, a terra negra e a terra rubra.

"Talvez a situação anterior tivesse se prolongado até o presente. Talvez, sem influências externas, o culto a Set — que, apesar de tudo, alguns ainda mantinham em segredo e passavam a seus descendentes — teria desvanecido até não passar de uma lembrança.

"Mas não estávamos sozinhos. Ao norte, o maligno império de Aqueronte se espalhava pelo ocidente e ocupava boa parte do que hoje são as nações hiborianas. Enquanto subjugava o norte, tinha também o olhar voltado para o sul. O culto a Set dos antigos estígios parecia abominável a nós, mas até certo ponto era compreensível. Por outro lado, as divindades obscuras e frias que os aquerontes adoravam estavam além de nossa compreensão.

"Foi inevitável o choque entre nós. Nossos exércitos e nossa frota os detiveram algumas vezes e os expulsaram para além dos prados de Shem. Mas o que não conseguiram ganhar através da luta armada trataram de conseguir via traição e feitiçaria.

"Como já disse, a conversão à fé de Ísis e Osíris não foi sempre sincera, especialmente nas famílias que haviam gozado de privilégios sob os moldes de Set. Apesar dos séculos que haviam se passado, muitas das antigas famílias aristocráticas continuavam adorando a serpente em segredo e suspirando pelo prestígio perdido. Foi nisso que os malditos aquerontes encontraram solo fértil para plantar suas traições e insídias.

"Não me estenderei muito mais, meus amigos. É tarde, e o novo dia não tardará em nascer.

"Direi apenas que a conspiração teve êxito. Um ataque do exército de Aqueronte calhou de coincidir com uma revolta interna daqueles que continuavam adorando a Set. Cercado por duas forças, nosso exército foi dizimado, embora — por sorte — nossa frota tenha continuado intacta. Tivemos de fugir, deixando para trás muito do que havíamos construído e conquistado. Na fuga, perdemos a coroa dupla de Ísis e Osíris, além do rubi que as unia e que era o símbolo de nosso governo e de nosso poder. Kintey já contou a vós a história de tal rubi, então não a abordarei.

"Fugimos e nos abrigamos em Nakanda Wazuri. A localização não era um segredo para os habitantes da Estígia, mas a rota para atravessar o arquipélago a salvo era conhecida apenas por poucas pessoas, todas leais aos monarcas. Os estígios rebeldes e seus aliados aquerontes tentaram nos invadir várias vezes, mas sempre fracassaram. Enfim, deixaram de tentar.

"Como disse, nós nos retiramos, mas não de todo. Nunca perdemos por completo o contato com a Terra Rubra. Mantivemos espiões e postos avançados e não deixamos de lado a esperança de um dia voltarmos a ser um país só.

"Foi assim que soubemos que as pretensões de Aqueronte tinham sido ridicularizadas. Se os estígios, depois de vários séculos de vida em comum conosco, não aceitavam nosso governo, aceitariam menos ainda um aqueronte. A revolta que se iniciara contra nós continuou contra o invasor depois que este deixou de ser útil. Talvez Aqueronte pudesse ter se imposto com a força das armas, mas começaram a ter outros problemas nas fronteiras do norte e, a contragosto, se retiraram da Estígia.

"Três mil anos se passaram desde então. Talvez os estígios tenham se esquecido de que já fomos uma única nação, mas nós não nos esquecemos. Durante todo este tempo, não permitimos que o que já fomos caísse em esquecimento. Lembramos que a Terra Rubra e a Terra Negra já foram um só país, e que Ísis e Osíris eram deuses de ambas as terras — e não o abominável Set. Os filhos da serpente podem ter vencido a guerra, mas nós nunca concedemos a vitória. Durante todo este tempo, nós os espiamos e vigiamos, e não deixamos de perturbá-los sempre que possível. Especialmente no mar, graças a nossos corsários. Somos uma pedra no sapato deles, mesmo que não saibam. Em três mil anos, esqueceram o que sabiam sobre nós, e para eles somos pouco mais de uma lenda nebulosa e imprecisa.

"Cerca de setenta anos atrás, no início do reinado de meu avô, ficamos sabendo da existência de um grupo secreto de pessoas leais a Ísis e Osíris dentro da própria Estígia, e entramos em contato com eles. Desde então, estamos financiando o grupo e o ajudando a se organizar, esperando nosso momento."

Olhou por sobre o ombro e depois fitou a irmã, que assentiu.

— Devem estar se perguntando que momento é esse. Entre nós há uma profecia que data de tais tempos e afirma que, quando a coroa dupla e o rubi forem recuperados, Jemi Asud e Jemi Ahmar voltarão a ser uma terra só, e os destituídos do poder voltarão a governar. A coroa dupla, diz a profecia, viria das pradarias. Sempre se interpretou que estavam em algum lugar de Shem.

Virou-se com um sorriso na direção de Bêlit, que se aprumou no assento ao ouvir tais palavras.

— Sim, querida. Teu pai estava com a coroa dupla. Como ela chegou à dinastia reinante em Ascalão não sabemos; pelo que teu pai contou, porém, era parte do tesouro real havia várias gerações. Talvez tenha sido roubada pelos aquerontes durante a rebelião e, em seu caminho em direção ao norte, se perdeu nas planícies de Shem. Ninguém sabe ao certo.

"Já o rubi... Ele ou o irmão gêmeo, o que temo que jamais saberemos, chegou a nossas mãos esta noite, graças ao sacrifício do filho de N'Yaga. A profecia dizia que o coração de Ísis e Osíris estaria na cidade sem nome, e há alguns anos N'Yaga chegou à conclusão que se tratava da cidade estígia dos bruxos. Enviou o próprio filho como espião; não confiava em mais ninguém. E parece que tinha razão. Embora, até onde sabemos, o preço que pagou..."

Balançou a cabeça. A irmã pegou a mão dele entre as suas e a apertou com afeto.

— Estamos preparados — disse o rei, depois de um tempo. — Sempre estivemos. Sim, mais de três mil anos se passaram, e nosso povo vive em paz desde então. Mas ele não se esqueceu. Nós não nos esquecemos. Quando a temporada de tempestades acabar, retornaremos à Estígia e voltaremos a unir as duas terras. Set será relegado de novo à escuridão, agora para sempre.

"Provavelmente estais vos perguntando por que estou contando tudo isso a vós. Pois devíamos isto a Bêlit, já que a mantivemos às escuras todos estes anos enquanto ela era um de nossos melhores recursos, uma verdadeira pedra no sapato da Estígia. Mas N'Yaga insistiu que também informássemos a vós, Amra e Demetrio, pois daqui para frente tendes um papel importante no que se aproxima. E sabemos por experiência própria que N'Yaga poucas vezes se engana."

Ele se levantou e se aproximou da parede. Bêlit, Demetrio e Conan trocaram olhares, mas não disseram nada; Osuné passou os dedos sobre os entalhes da parede e, em seguida, pressionou um determinado ponto. Um painel se projetou, exibindo um nicho.

Dentro dele repousava a coroa dupla. Eram dois cones de ponta arredondada folheados a ouro e repletos de pedras preciosas. Da base de cada um saía uma tira de tecido que unia ambas as coroas; no ponto de união havia uma espécie de berço, um receptáculo em formato hexagonal coberto por uma malha fina.

Naquela mesma tarde, apoiado na balaustrada do terraço, Conan contemplava em silêncio o sol poente sendo tragado aos poucos pelas montanhas ao longe. Bêlit estava a alguns passos dele, deitada em uma esteira com uma bandeja cheia de frutas ao lado. Contemplava o bárbaro com curiosidade, intrigada por sua atitude meditativa. Estavam juntos havia quase um ano, e ela se acostumara a pensar nele como uma criatura de pura ação. Vê-lo ali entregue à reflexão era meio chocante.

— Em que estás pensando, meu amor?

O cimério desviou o olhar das montanhas e virou o rosto na direção de Bêlit.

É estranho — disse. — Pela primeira vez em muito tempo, me lembrei da Ciméria. — Deu de ombros. — Não é como se eu tivesse esquecido de lá, mas decerto ela me vinha pouco à mente.

— Nakanda o faz lembrar de sua terra?

— Nem um pouco. Não poderiam ser lugares mais diferentes. Estava pensando nisso hoje de manhã enquanto voltávamos, e tentava digerir o que o rei nos contou. Saí da minha terra há oito anos e nunca quis voltar. Mesmo assim... Ah, que se dane ela. Não trocaria o que vivi até aqui por nada no mundo. Não sei por que me atormento pensando nessas bobagens. Deveria estar olhando para o futuro. Se o que Osuné nos contou é verdade, na primavera vamos partir para conquistar a Estígia. Estígia! Até no norte distante contam histórias sobre essa terra de feitiçaria e riquezas sem fim. Quando escapei das jaulas hiperbóreas e fui para a Zamora, era um asno ignorante. Não tinha a menor ideia de onde estava me metendo. Meu avô tinha me contado histórias sobre os reinos do sul, cálidos e tranquilos, civilizados e cheios de riquezas. Eu era um boboca de dezessete anos com a cabeça cheia de ideias preconceituosas e mal organizadas.

Estendeu os braços para os lados, com as mãos abertas e os dedos estendidos, como se quisesse abraçar tudo o que o cercava.

— O mundo civilizado não se parecia nada com o que eu esperava. Em alguns aspectos era ridículo, incompreensível, cheio de costumes estranhos e ideias absurdas. Em outros, superava as minhas fantasias mais loucas. E agora cá estou eu... Se eu tivesse ficado na Ciméria... Ah, que ela vá à merda.

De súbito, o bárbaro se sentou ao lado de Bêlit e agarrou uma maçã, que devorou como lhe era costumaz. A pirata se ergueu um pouco e passou as mãos pelos ombros enormes do homem, apoiando em seguida a cabeça em seu peito.

— Conta-me sobre ela — sussurrou.

— Sobre a Ciméria? — respondeu Conan enquanto terminava de acabar com a maçã. — O que há para dizer? É um lugar frio e úmido, cheio de colinas inóspitas e bosques sinistros, povoadas por sujeitos taciturnos e mal-encarados. Não precisa saber de mais nada.

Bêlit pegou o queixo do homem e o fez olhar para ela. Sorria, brincalhona, e o bárbaro não soube como reagir ao sorriso.

— Tu és mais complicado do que gostas de imaginar, meu amor.

Conan desprezou as palavras com um grunhido.

— Resmungues quanto quiser, meu leão, mas é a verdade. Tenho certeza de que viveu mais em seus poucos anos de vida do que qualquer varão de meia-idade de tua tribo nortenha. E isso te mudou. Não sei como eras ao chegar à Zamora ou ao conhecer Demetrio, mas agora sei que não é, nem de longe, a mesma pessoa. Nunca deixarás de ser um bárbaro, também tenho essa certeza, mas tua alma está se preenchendo aos poucos de reflexões inesperadas. Te perguntas sobre o passado e te inquietas sobre o futuro. Estás cada vez mais civilizado... Embora, por Istar, nunca o será por completo. Ao menos, espero que não.

Conan se limitou a olhar para ela com intensidade.

Demetrio chegou ao terraço pouco antes do fim do discurso de Bêlit. Deu-se conta de que estava interrompendo uma conversa particular e não continuou. Sabia que deveria ter se retirado e voltado mais tarde, mas um impulso que não compreendia o fizera ficar espiando, escondido nas sombras do cômodo que levava ao terraço.

Quando o bárbaro e a shemita iniciaram seus jogos de amor, Demetrio retrocedeu e voltou ao interior da casa. Deteve-se em um pátio octogonal interior, parando perto de uma pequena fonte ruidosa.

Tentava desesperadamente não pensar nos dois olhos negros como os abismos da noite, no corpo esbelto e no sorriso que parecia iluminar cada canto do planeta. Tentava, em vão, não se deleitar com aquelas imagens, não se deixar levar, não especular sobre um futuro que jamais aconteceria.

A noite foi caindo ao seu redor, mas o homem nem se deu conta. Estava apenas em parte consciente de que, perto do pátio, pessoas transitavam de um lado para o outro; supôs que eram os criados, preparando a casa para a noite. Decerto se perguntariam quem estava ali em meio à escuridão. E ele sequer se importava.

CAPÍTULO SETE
CONSPIRADORES

O nível de sofisticação alcançado pela civilização turânia nos últimos séculos da Era Hiboriana é surpreendente, em especial se examinarmos seus antepassados hircanianos. Não se pode esquecer do papel representado por Yezdigerd no processo de conversão de uma pequena e pujante nação às margens do mar interior no maior império do Oriente.

— As crônicas da Nemédia

O fato de que o visitante se arrastara da porta até o lugar onde estava sentado não pareceu um bom augúrio para o príncipe Yezdigerd. Ninguém se comportava de forma tão desprezível quando ia anunciar uma vitória.

— Olha para mim — disse.

O interpelado obedeceu. Era um homem de meia-idade, rosto duro e olhar ardiloso. Parecia uma versão mais velha do hashin que tivera com ele da primeira vez. Yezdigerd se levantou e, com um gesto, pediu que o recém-chegado se aprumasse. Este, a contragosto, colocou-se de pé pouco a pouco, sempre sem tirar os olhos do príncipe.

— Agora dá-me as más notícias.

Com uma inclinação da cabeça, o visitante disse:

— És sagaz, meu príncipe. São de fato más as notícias que trago. Por Tarim... Tomara que compreendas que...

— Chega de conversa fiada, vai logo ao ponto — interrompeu Yezdigerd, franzindo o cenho.

— Enviamos um homem de toda a confiança para ter com o bruxo estígio. Sabemos que este deu o Olho de Tarim ao homem em troca de teu presente. Sabemos também que nunca chegou a sair da casa de Tot-Amón. Um dos criados dele o matou, roubou a pedra preciosa e fugiu.

Pelo menos contara o ocorrido sem rodeios, Yezdigerd disse a si mesmo, e o fizera sem muito falatório. Era algo a se agradecer. Não salvaria a vida do sujeito, mas garantiria uma morte rápida e limpa.

— Assim sendo, o objeto pelo qual paguei não está em minha posse — limitou-se a concluir Yezdigerd.

— Ainda não, meu príncipe. Mas logo estará — disse o visitante, com a voz firme.

Sabia que estava com a vida por um fio desde o princípio, de modo que sua integridade era digna de elogio. Os hashins tinham escolhido um bom mensageiro, embora aquilo não fosse ser suficiente para livrá-los da ira real. — Neste instante, meu melhor homem está perseguindo o ladrão em companhia de um acólito de Tot-Amón. Tenho certeza de que o encontrarão e recuperarão o Olho de Tarim. Terás aquilo pelo que pagaste, meu príncipe, dou-te minha palavra.

Yezdigerd contemplou o outro com atenção enquanto começava a se dar conta de que o interlocutor não era um reles mensageiro.

— Tua palavra... — murmurou. — Teu melhor homem. Quem eres?
— Sou Aruk Darek, meu príncipe.

Ele assentiu.

— O Velho da Montanha em pessoa — murmurou a si mesmo, tentando não demonstrar que, apesar de tudo, estava impressionado. — Em tua defesa, devo dizer que não te falta coragem. Qualquer outro teria enviado um mensageiro.

Aruk não hesitou nem um instante antes de afirmar:

— Sou o responsável final pelo ocorrido, meu príncipe, e não fujo de minhas responsabilidades. Não seria razoável permitir que descarregasses tua justa ira contra um de meus filhos.

O príncipe Yezdigerd voltou a se sentar. Parecia mais intrigado do que furioso, mas aquilo poderia mudar em questão de segundos.

— E como espera apaziguar minha justa ira, Aruk?

Este levou a mão à túnica aos farrapos e tirou dela uma bolsa, que tilintou com o familiar som da prata. Ele a depositou aos pés do príncipe e retrocedeu alguns passos.

— Isto é o que nos pagaste, até a última moeda.
— Crês que será suficiente? Pensas que reconhecer que falhastes em vossa missão e me devolver o dinheiro vos salvará de minha vingança?

Aruk balançou a cabeça.

— Cumpriremos o prometido — disse. — Recuperaremos para ti o Olho de Tarim sem custo algum.
— E se fracassarem?
— Neste caso, eu mesmo colocarei minha cabeça no nó da forca. — Inspirou fundo. — Mas não fracassaremos, príncipe — acrescentou, com a voz repleta de segurança. — Dá-nos um tempo e recuperaremos a relíquia.

Tempo, pensou Yezdigerd. Não era algo que tinha de sobra. A saúde do rei Yildiz, sempre delicada, decaíra de forma considerável nos últimos meses, e qualquer um de seus irmãos poderia aproveitar o momento para tentar tomar o trono. Com o Olho de Tarim em seu poder, teria uma vantagem sobre os demais participantes daquele jogo mortal — mas apenas se o tivesse no momento adequado. Tempo. Era precisamente o problema. Precisava de tempo para manobras, e talvez não o tivesse. A menos que... Sorriu de repente, e a linha da cicatriz que lhe cruzava o rosto empalideceu.

— Farei uma contraproposta — disse, depois de certo tempo. — O dinheiro não me importa. É vosso, contanto que consigais o Olho de Tarim. Preciso dele tão rápido quanto possível, porém. Não me servirá de nada se me entregardes tarde demais. A menos...

— Sim, meu príncipe.

— A menos que estejais dispostos a me ajudar com isso, a me ajudar a atrasar a situação. Se meu pai morrer de morte natural, por exemplo, não podemos fazer nada contra a vontade dos deuses. Mas não quero que ninguém acelere o encontro dele com a eternidade antes do tempo. A menos que assim me convenha.

Aruk considerou a proposta. Não tinha outra saída a não ser aceitá-la, mas fingiu considerar os prós e contras por um bom tempo antes de dizer:

— Teu divino pai será vigiado dia e noite pelos melhores entre os nossos. Ninguém que atente contra a vida dele terá êxito... contanto que tu não desejes o contrário.

Yezdigerd assentiu com um sorriso. Depois acariciou a cicatriz do rosto, pensativo. Sabia que poderia confiar naquela promessa, e que ninguém protegeria a vida de seu pai melhor que os hashins. Mas a ideia de dever tanto a eles — e mais ainda, de que soubessem tanto quanto ele — não o deixava de todo confortável. Claro que haveria soluções... desde que conseguisse o trono.

— Que assim seja — disse, ao fim. Fuzilou o Velho da Montanha com um olhar zombeteiro e acrescentou: — Não é necessário se arrastar ao sair, Aruk.

Mas foi exatamente isso que fez o homem, como esperava o príncipe. Tinha certeza de que enquanto deixava Agrapur, Aruk parabenizava a si mesmo pela habilidade com a qual convertera um desastre potencial em uma oportunidade. Que se parabenizasse, pensou Yezdigerd, que cavalgasse uma nuvem de satisfação tão densa a ponto de impedir que visse o novo perigo potencial que acabara de invocar.

Totmés e Kerim tinham limpado uma pequena clareira, boa o bastante para os propósitos do estígio. Seguindo as instruções dele, tinham arrancado até a mais ínfima vegetação do solo, deixando estéril um círculo de pouco mais de duas varas de raio.

— Agora é melhor ires embora — disse o jovem aprendiz de bruxo. — Não para muito longe, caso alguém me ataque, mas o bastante para que os vapores do lótus negro não te alcancem. Lembra-te de que parecerei morto, mas não estarei. Sairei sozinho do transe.

Kerim disparou um olhar brincalhão ao outro.

— E se não saíres? — perguntou.

Totmés conteve um sorriso.

— Se ao entardecer eu não tiver voltado a meu corpo, creio que não o farei nunca mais. — Deu de ombros. — Em tal caso, és livre para agir como considerar mais conveniente.

Kerim assentiu, deu uma última olhada ao redor e abandonou a clareira enquanto Totmés dispunha ao redor de si tudo de que necessitava: uma pequena cumbuca de cerâmica, o pó do lótus negro, o material inflamável e a pederneira para acendê-lo. Movia-se com uma lentidão deliberada, assegurando-se de que cada parte do rito fosse executado à perfeição.

Os minutos se arrastaram até que um fio estreito de fumaça começou a fluir da cumbuca de cerâmica. Totmés a aspirou com deleite, fechou os olhos e se deixou levar. Pouco a pouco, tudo o que o rodeava desapareceu. Primeiro, a luz. Em seguida, os sons. Enfim, até a sensação do próprio corpo se evanesceu.

Seu coração parou de repente. Sua respiração foi interrompida. Não precisava daquilo. Não tinha corpo e, portanto, respirar era supérfluo. Sentiu que voltava a perceber o que o rodeava, mesmo sem ter olhos; viu abaixo dele a casca que deixava para trás, recostada contra o tronco de uma árvore, enquanto o Totmés de verdade continuava subindo. Seu corpo imóvel se converteu em um borrão, a selva desapareceu, e até o mundo deixou de fazer sentido. Teve a sensação de ser traspassado por ondas de luz vívida e experimentou um júbilo indescritível.

Estava indo rápido demais. Caso seguisse por aquele caminho, abandonaria os limites do mundo e não regressaria nunca mais. Esforçou-se para ignorar os pulsos de luz que o atravessavam, para não prestar atenção nos bolsões de escuridão que surgiam ao longe.

Precisava descer. Tinha de se esforçar para voltar ao mundo. Não de todo, mas apenas o suficiente para encontrar o caminho. Uma parte dele não queria descer — a simples ideia de sentir de novo o mundo material, mesmo que de longe, enchia-o de repugnância.

Forçou-se a voltar; o mundo assumiu forma debaixo dele e, de novo, voltou a ter consciência da selva, do rio, do mar. Da clareira onde seu corpo jazia imóvel. Conseguira; estava em uma terra de ninguém sob a qual se estendia o universo físico, e sobre a qual se espalhavam sussurros de luz e gemidos de sombra, como se luz e escuridão fossem seres vivos.

Ele se concentrou e avançou além da enorme selva, cruzou o deserto e chegou ao rio Estige. A cidade dos bruxos se erguia diante dele; não hesitou em se dirigir à casa adequada, que conhecia como se fosse dele.

O mestre dormia. Não o sonho do lótus, e sim o sono natural dos homens. Totmés tentou despertá-lo dizendo seu nome, mas compreendeu que aquilo não serviria de nada. Olhou ao redor e concentrou a atenção em um dos candelabros que descansavam em uma prateleira na parede. O objeto começou a tremer e logo caiu no chão.

Tot-Amón abriu os olhos e se empertigou na cama. Não parecia confuso como um homem acordado de súbito: tinha todos os sentidos alertas e bem aguçados. Olhou ao redor em busca do que o despertara e assentiu.

— Totmés — disse.
— Sim, mestre.
— Deve ter ocorrido algo grave para que estejas entrando em contato comigo desta maneira.
— E de fato ocorreu, mestre.

Totmés resumiu brevemente a viagem e logo explicou o que ocorrera no dia anterior. Notou que o rosto do mestre empalidecia à medida que recebia as notícias. Em seu estado incorpóreo, viu espirais de fumaça de várias cores saindo da cabeça de Tot-Amón, e compreendeu que eram seus pensamentos. Seguiu falando sem compreendê-los de todo, mas se dando conta de que suas palavras haviam feito com que o mestre mergulhasse no passado remoto. As débeis espirais de fumaça oscilaram e se dissiparam, como se tivessem sido golpeadas por algo.

— Jemi Asud — murmurou Tot-Amón. — Impossível. Inacreditável. Um velho mito perdido nas brumas do tempo. Durante milhares de anos, ninguém considerou o lugar real. Não passa de uma história que os traidores de Set contam a si mesmo para se confortar pela própria debilidade. Será que a lenda, afinal de contas, é real? E se o é, o que pretendem conseguir com o Olho de Tarim?

A imagem de Totmés oscilou no ar.

— Temo não estar entendendo, mestre.

Tot-Amón não respondeu. Ficou de pé em um salto e saiu dos aposentos, sem perceber que arrastava consigo a imagem do discípulo, como um fantasma o seguindo a cada passo. Chegou à enorme e sombria biblioteca e percorreu as estantes com impaciência até encontrar o tomo que procurava. Folheou as páginas com urgência, detendo-se em um ou outro parágrafo.

— O Olho de Tarim e o Coração de Ísis e Osíris são pedras gêmeas — murmurou. — Peças idênticas entalhadas a partir de uma maior. — Seus olhos reluziram, e um sorriso de admiração tomou seu rosto. — Estão assumindo que, tendo uma, podem muito bem conseguir a outra. E é muito provável que tenham razão. — Voltou a guardar o livro no lugar, juntou os dedos das mãos e apoiou os indicadores na linha cruel que seus lábios formavam. — Mas, para isso, precisam ter recuperado a coroa dupla, e isso... Por que não? Tudo o que foi perdido pode ser recuperado, reconstruído, substituído. — Assentiu com entusiasmo. — Foram muito inteligentes — murmurou, admirado.

Fixou o olhar na imagem fantasmagórica e explicou-lhe a lenda de Jemi Asud e Jemi Ahmar.

— Então queres dizer que Jemi Asud é Nakanda Wazuri? — perguntou Totmés, assombrado.

— Exatamente, meu jovem discípulo. Foram sábios e muito pacientes. Sabiam que eu estava com o Olho de Tarim, e infiltraram alguém entre meus servos. Uma pessoa que soube aguardar com paciência até que percebeu o momento oportuno e fugiu com o Olho sem levantar suspeita alguma. Muito sábios, sim.

— O que planejam?

— O que querem aqueles que perderam o poder? Recuperá-lo.

— O que vamos fazer?

Tot-Amón meditou por alguns instantes.

— Boa pergunta — murmurou. — Não me importa quem ocupa o poder temporal. Não passa de areia a escorrer pelos dedos. Mas suspeito que não se conformarão com governar e legislar. Abolirão o culto a Set e nos declararão proscritos, como já tentaram em outros tempos. Temos de impedi-los.

Voltou a prestar atenção no discípulo, que parecia preso às palavras ditas.

— Tu e o hircaniano deveis dar um jeito de chegar a Nakanda Wazuri. Tereis de passar despercebidos, e ser meus olhos e ouvidos. — Fez uma pausa. — Não conta ao hircaniano que estão com o Olho de Tarim. Ele tentaria se apossar dele a todo custo, e colocaria tudo a perder.

— Farei como dizes, mestre.
— Agiste bem, Totmés.

Satisfeito, o fantasma trêmulo esboçou um sorriso e desapareceu. Tot-Amón ficou sozinho na enorme biblioteca, pensando e planejando, tratando de se antecipar ao futuro e ao que este poderia trazer consigo.

CAPÍTULO OITO

PREPARATIVOS DE GUERRA

Onde Conan aprendeu as artes da guerra? Sabe-se que foi um guerreiro mercenário durante boa parte da juventude; até onde contam as crônicas, porém, por muito tempo ele foi um soldado simples, só mais um em uma tropa numerosa e heterogênea composta por indivíduos de centenas nações e origens distintas. Sem dúvida, foi nesse período que desenvolveu suas habilidades marciais e aprendeu técnicas variadas de combate — mas de onde tirou as noções de tática e estratégia que mais tarde aplicaria quando começasse a comandar as próprias tropas?
É necessário lembrar que ele não seguiu carreira militar, não foi ascendendo pouco a pouco até alcançar o cargo de oficial para depois ir subindo até postos de mais autoridade. Até o incidente de Nathok, ele não fizera mais do que comandar um punhado de lanceiros que fazia parte de um exército mercenário de Amalric da Nemédia.
E depois, por um capricho do destino, viu-se de repente diante das tropas do pequeno reino fronteiriço de Khoraja.
Na época, logo se revelou um general sagaz, astuto e intrépido, um tático brilhante e um estrategista imprevisível.
Teriam tais qualidades surgido do nada, ou houve algum momento obscuro de sua biografia que não foi registrada pelas crônicas?

— As crônicas da Nemédia

Uma atividade febril se espalhava pouco a pouco não só pela ilha de Nakanda, mas também por todo o arquipélago que a cercava. Mensageiros velozes levavam o decreto real com a convocação até os confins do reino, os quartéis preparavam as instruções finais, a frota começava a manobrar e centros de treinamento para novos recrutas eram criados.

A transformação foi total e repentina. Uma sociedade passou quase que da noite para o dia a se dedicar por completo à guerra, e a orientar toda a economia ao esforço bélico. E fizeram isso sem se importar, como se tivessem esperado a vida toda por aquele momento.

Certa manhã, Conan e Bêlit receberam a visita inesperada do general Burgún, que os informou de que fora autorizado a oferecer à shemita um posto no estado-maior. Depois, pediu a ajuda de Conan para treinar os homens no combate corpo a corpo e criar um batalhão de elite.

— Foste mercenário — disse o general, sempre lacônico. — Até onde sei, ao menos — acrescentou, e o cimério assentiu. — Não contamos com muitos homens que conheçam os métodos de luta hiborianos, seja no corpo a corpo ou em unidades de guerra.

Aquilo parecia razoável, mas por algum estranho motivo Conan não conseguia deixar de encarar Burgún com uma desconfiança instintiva. Não entendeu a razão exata até que o homem completou:

— Além disso, teu povo é feroz e astuto, ainda que indisciplinado. Demonstrou isso claramente no ataque a Venarium. A disciplina é algo que qualquer um pode ensinar, mas preciso dessa ferocidade e astúcia em minha milícia.

Conan, que franzira o cenho ao ouvir aquelas palavras, perguntou:

— Você é da Gunderlândia?

Burgún assentiu com um gesto seco.

— Ah, claro, eu devia ter imaginado. — Conan sorriu, mostrando os dentes. — Se esteve em Venarium, é uma pena nunca termos chegado a cruzar as espadas — acrescentou em seguida.

— Ou uma sorte — respondeu Burgún. — Pelo menos para ti. Segues com vida.

Conan reagiu à bravata com uma gargalhada, e o rosto seco do general deixou escapar um sorriso.

— Sempre podemos resolver a questão, agora que o destino voltou a nos juntar a meio mundo de distância de lá — disse o bárbaro, em tom brincalhão.

— Quando a guerra acabar, terei muito prazer em aceitar tua proposta — respondeu o general no mesmo tom. — Agora, tenho um dever para com meus monarcas.

Bêlit chegou ao terraço nesse instante. Alternou o olhar de um para o outro, surpresa com a repentina corrente de simpatia e respeito que fluía entre os homens. Convidou o general a ficar para a refeição. Parecia óbvio que Burgún queria aceitar o convite, mas que ao mesmo tempo não se sentia de todo à vontade ali.

— Por Crom, fique — insistiu Conan. — Como dois antigos inimigos, vamos ao menos compartilhar uma refeição antes de entrar em batalha.

Burgún se deixou convencer e almoçou com Bêlit, Conan e Demetrio. O último não falou muito, absorto e ensimesmado — algo frequente nos últimos dias. Conan e Burgún não tardaram a voltar juntos a um passado em que, se as coisas tivessem sido um pouco diferentes, talvez tivessem matado um ao outro.

— Não tínhamos sequer um plano — dizia o cimério, com uma taça na mão. Sobre a mesa, usando pedaços de pão, pratos e talheres, tinham reproduzido a situação do forte aquilônio de Venarium e da hoste ciméria que o atacara. — Eu mesmo me uni à horda no último momento, na verdade. Creio que mais por curiosidade de ver como eram os civilizados do que por realmente me sentir ofendido pela ideia de um posto avançado aquilônio em nossas terras. No fim das contas, ninguém sabia muito bem onde acabava a Aquilônia e onde começava a Ciméria.

— Nós sabíamos, sim — grunhiu Burgún enquanto movia os pedaços de pão de um lado para o outro da miniatura improvisada de forte. — Ou pelo menos era o que diziam os agrimensores do rei. E sim, a tua foi a horda mais selvagem e desorganizada que já vi na vida. Mas, apesar disso, os membros tinham uma forma natural de se comunicar uns com os outros que, de algum modo, fazia com que funcionassem como uma unidade.

Conan deu de ombros e franziu o cenho, tentando se lembrar com mais clareza. Parecia que aquilo acontecera em outra vida, centenas de anos antes, e que as memórias estavam inundadas de bruma e distância.

— Se é assim que enxergou, talvez esteja certo — disse. — Vai ver estava a uma distância suficiente para enxergar o que não podíamos. Para mim foi um caos de sangue, barulho e aço. Uma confusão danada. Foi minha primeira batalha de verdade, fora algumas escaramuças com clãs rivais. Creio que eu esperava algo diferente. — Encolheu os ombros enormes. — Mas, pensando agora, a batalha foi mais uma escaramuça exagerada do que qualquer coisa. Depois, participei de batalhas o suficiente no mundo civilizado; não creio que teríamos durado muito contra um exército de verdade, disciplinado e bem formado.

— Tens razão — reconheceu Burgún. — Éramos um punhado de homens. Boa parte da guarnição era formada por grupos que estavam ali a contragosto, e a outra por recrutas em vias de se formar. Sé tivessem nos atacado apenas um ou dois meses depois, as coisas teriam sido muito diferentes. É muito possível que nem tu e nem eu estivéssemos aqui. Ou em qualquer outro lugar.

A conversa seguiu esse rumo por um tempo, até Burgún se dar conta de como as sombras estavam alongadas e dizer que já era tarde. Despediu-se de Conan com um tapinha cordial no ombro e de Bêlit com uma cortês mesura. Demetrio estava tão perdido em pensamentos que nem o viu partir.

Conan e Bêlit não tinham deixado de perceber o humor taciturno e meditativo do nemédio, mas fingiam não estar notando nada.

— É assim que os homens civilizados sofrem por amor. Se trancam, definham, ficam obcecados com quem desejam. Não são capazes de olhar ao redor para ver que o mar está cheio de peixes e que, se um escapar, outro logo morderá o anzol.

Era noite. Bêlit e Conan sussurravam no escuro, esparramados na ampla cama do quarto que compartilhavam. As grandes janelas estavam abertas, e por elas entrava o ar fresco da noite. Ao longe, as estrelas reluziam brejeiras sobre o mundo. O zumbido dos insetos era uma canção distante e tranquilizadora.

— Ah, é? — perguntou Bêlit. — Então sou só mais uma peixinha? Se amanhã eu partir, vais me trocar pela primeira que chacoalhar as cadeiras na tua cara?

Apesar das palavras, o tom era brincalhão.

— Talvez não com a primeira. Sou um homem de gostos exigentes — disse Conan, com um sorriso que a shemita devolveu. Ficou sério de repente. — Sabe que não, sua tonta. Não ia ser nada fácil substituir você... Desgraçada seja! Além disso, nem gosto de falar nesse assunto. É uma bobagem. Não vai partir, nem amanhã nem depois de amanhã.

— Isso é impossível saber — disse ela. — O futuro é incerto, mas a morte é uma certeza que nos aguarda ao final. Sempre.

— Não temo a morte — disse o bárbaro.

— Eu também não — respondeu Bêlit, reflexiva, de repente deixando de lado os sofrimentos de Demetrio por amor. — Nunca o tive, nem mesmo quando era criança e tivemos de fugir de Ascalão entre sangue e fogo. Encarei muitas vezes o rosto encovado da morte. Mas me diz tu: temes os deuses?

— Não ousaria ficar no caminho deles — disse o bárbaro, com cautela. — Alguns deuses se divertem ajudando e outros fazendo o mal, ou é o que os sacerdotes dizem. Mitra, dos hiborianos, deve ser poderoso, pois o povo dele construiu cidades por todos os lados. Mas até os hiborianos temem a Set; e, pelo pouco que vi dele, fazem muito bem. Ainda que aqui estejam convencidos de que Ísis e Osíris são mais poderosos, para mim não passam de uma incógnita. Bel, o deus dos ladrões, é um deus bom. Quando fui ladrão em Zamora, aprendi muito sobre ele.

Bêlit o encarava com curiosidade.

— E teus deuses, quem são? — perguntou. — Nunca te ouvi invocá-los.

Conan franziu o cenho.

— O principal é Crom — respondeu com relutância. — Ele mora em uma grande montanha. De que serviria invocá-lo? Para ele, pouco importa se vivemos ou morremos. É melhor passar despercebido do que atrair a atenção dele; o que envia são maldições, e não sorte. É frio e taciturno, mas quando nascemos nos sopra na alma o poder para lutar e matar. O que mais um homem pode pedir aos deuses?

— E o que me dizes sobre os mundos além do rio da morte? — insistiu ela.

— Na religião do meu povo não há esperança, nem aqui nem do outro lado — respondeu o cimério. Havia um tom curioso em sua voz, como se estivesse se lembrando pouco a pouco de algo em que não pensava havia muito tempo. — Nesta vida, as pessoas lutam e sofrem em vão, e só encontram prazer na loucura resplandecente da batalha. Depois da morte, as almas vão parar em um reino cinzento coberto de névoa, nuvens e ventos gélidos, pelo qual vagam desconsoladas durante toda a eternidade.

Bêlit estremeceu.

— Qualquer vida, por pior que seja, é melhor que um destino como esse. Mas ainda não me disseste em que crês.

O cimério encolheu os ombros largos.

— Conheci muitos deuses. Aquele que nega a existência de divindades é tão tolo quanto o que confia nelas sem duvidar. Não busco nada do outro lado da morte. Talvez não haja nada além da escuridão infinita que os céticos nemédios proclamam, ou o reino de gelo e névoa de Crom, ou os prados nevados e os salões abobadados de Valhala dos homens de Nordheim. Não sei, e não me importa. Quero viver com intensidade enquanto puder; saborear o suco da carne e sentir o amargor do vinho no paladar; sentir o abraço cálido de um corpo acolhedor; experimentar o júbilo enlouquecedor da batalha, quando as espadas brilham azuis e carmesins. Isso me basta. Que os sábios, os filósofos e os sacerdotes queimem os miolos elucidando o que é verdade e o que é ficção. Só sei uma coisa: a vida é uma ilusão, assim como eu; assim sendo, a ilusão é real para mim. Vivo, abraço a vida, amo, mato... É suficiente.

— Mas os deuses são reais — insistiu ela, seguindo a própria linha de pensamento. — E, acima de todos os outros, independentemente do que digam em Nakanda, estão os deuses dos shemitas: Istar, Astarte, Derceto e Adônis. Bel também é shemita, pois nasceu na antiga Shumir há muito tempo e de lá partiu às gargalhadas, com a barba cacheada e os olhos brincalhões e sábios, para roubar as pedras preciosas dos reis do passado. Há vida além da morte, disso estou segura. E de outra coisa também, Conan da Ciméria. — Ela caiu de joelhos e o abraçou com uma ânsia felina. — Meu amor é mais forte do que a morte! Já me deitei em teus braços; já gemi com a violência de teu amor. Tu me tomaste, me esmagaste, me conquistaste. Arrastaste minha alma a teus lábios com a paixão furiosa de teus beijos. Meu coração está engastado no teu. Minha alma é parte da tua! Se estivesse morta e tu precisaste lutar por tua vida, eu voltaria dos abismos para ajudar-te. Sim, mesmo que meu espírito estivesse flutuando com velas púrpuras pelo mar cristalino do paraíso ou se retorcendo por entre as chamas abrasadoras do inferno! Sou tua, e nem todos os deuses do mundo, nem mesmo a própria eternidade, poderiam nos separar.

Conan, tomado de surpresa, não soube como responder àquela veemência repentina. Se limitou a acolher a mulher nos braços e a beijar com ternura seus lábios. Nos olhos azuis do cimério dançava uma pergunta não feita que ela respondeu meneando a cabeça.

— Não pergunte — disse. — Não era algo que eu tinha planejado dizer-te, nem agora nem nunca, assim como tu não havias planejado lembrar com nostalgia de tua terra brumosa de colinas intermináveis. Mas não negues nem tuas memórias nem minhas palavras. Ambas são reais.

Bêlit passou as pernas ao redor da cintura do bárbaro e se sentou sobre ele. Um brilho brincalhão tomou seus olhos amendoados enquanto sussurrava uma ordem:

— Agora, me ama!

Conan assim o fez, encaixando-se com facilidade à pressa e ao frenesi com que Bêlit se entregava a ele. Depois, ambos esparramados na cama, retomaram a conversa como se nunca a tivessem interrompido.

— Se eu fosse Demetrio, não perderia tempo suspirando pelas esquinas — disse Conan, cuja paciência para certos assuntos nunca era muito grande. — Ele quer Isuné? Então que fale logo com ela. E se ela o negar... Por Crom, há mulheres lindas de todos os tipos nesta ilha. E se ela sentir o mesmo por ele, que fiquem juntos.

Bêlit considerou a ideia por alguns instantes antes de menear a cabeça.

— A situação é um pouco mais complicada — disse. — Como rainha e irmã do rei, ela é também sua consorte oficial. É claro que ninguém espera que consumem o matrimônio, e ela tem a permissão de tomar um amante oficial. Mas este deve ser aprovado pelo Conselho Real, que tem como missão manter e garantir a pureza da estirpe, entre outras coisas. Assim, por mais que Isuné esteja interessada em Demetrio também, talvez não seja possível nutrir uma relação com ele.

Conan arregalou os olhos, incapaz de crer no que estava ouvindo.

— Por Crom, Mitra e Bel! — exclamou. — Nunca entenderei tantas complicações. A pureza da estirpe faz sentido para um cavalo, maldição, mas se aprendi algo com a vida é que quanto mais puro é um povo, mais apático e decadente fica. Veja esta ilha mesmo, mulher. Os lemúrios e os nativos da Costa Negra mesclaram seu sangue, e a raça que surgiu é cheia de vitalidade, impulso e genialidade. Não deixa nada a desejar ao aquilônio de sangue mais puro; pelo contrário, talvez. Por acaso, tem algum problema em misturar seu sangue shemita com o meu sangue bárbaro de cimério? Se algum dia tivermos filhos, vai repudiá-los por serem mestiços?

Surpreendido ao não obter resposta, ele se virou e viu que Bêlit sorria como se o tivesse feito cair em uma armadilha. Conan franziu o cenho, sem entender.

— Filhos? — disse ela, brincalhona. — Queres filhos?

Ele assentiu sem hesitar.

— Por que não? — respondeu. — Cedo ou tarde nossa vida de pirata chegará ao fim. E eu prefiro que seja por vontade própria do que pendurados em uma forca argiva. Este parece um bom lugar para se instalar e criar uma família. Por Crom, é o melhor que vejo em muito tempo. Não ligaria de ficar velho e decadente aqui, com você.

Incapaz de falar, Bêlit respondeu com um beijo no qual, pela primeira vez, havia mais afeto do que paixão. Desconcertado, Conan o devolveu sem compreender de verdade a razão de tudo aquilo.

— Voltando a Demetrio... — continuou, em seguida.

— Sim, voltemos a Demetrio — concordou ela, com um sorriso.

— Complicado ou não, impossível ou não, ele nunca saberá se não tentar.

Bêlit hesitou por um instante.

— E ele vai tentar, tenho certeza. Quando considerar que é o momento oportuno.

— Tomara que não espere demais.

Quando se levantaram na manhã seguinte, descobriram que Demetrio não estava em casa. O chefe dos criados informou que o nemédio, de pé desde antes do amanhecer, solicitara um cavalo e seguira até a cidade — para resolver certos negócios, ao que parecia.

— Bem — disse Conan enquanto tomavam o desjejum —, parece que enfim se decidiu.

Era um grupo totalmente díspar formado por rufiões da pior estirpe, desafortunados irmãos mais novos, mendigos maltrapilhos, pescadores com o desejo de mudar de vida e camponeses recém-chegados à aldeia. Alguns tinham se alistado por conta do soldo, outros buscando a suposta glória da função e outros ainda porque era a única alternativa que lhes restava em uma vida condenada à própria destruição. Conan os examinou com atenção e, aqui e ali, distinguiu elementos que tinham potencial. De qualquer forma, estavam todos muito longe de serem soldados.

Olhou para o farnel a seus pés, que continha sua armadura e suas armas. Ao lado da espada e da couraça, o grande arco de madeira polida parecia fora de lugar — embora talvez fosse, afinal de contas, encontrar uma utilidade para ele. A missão que Burgún lhe dera fora converter os homens sob suas ordens em uma unidade dura, resistente e o mais versátil possível, capaz de manejar com desprendimento qualquer tipo de arma. Talvez alguns pudessem ser bons arqueiros com o treinamento adequado.

Repassou mentalmente o que aprendera sobre as artes da guerra desde que começara a oferecer a espada em troca de dinheiro e sustento. Nunca fora nada além de um simples soldado — enquanto os companheiros se limitavam a obedecer às ordens sem nem questionar, porém, ele prestara atenção e se esforçara para entender por que as coisas eram feitas, o que levava a cada decisão tática, de que modo se decidia encarar o inimigo, fugir dele, emboscá-lo ou enganá-lo, como distribuir seus homens de acordo com posicionamentos favoráveis ou não, como usar os próprios acidentes do terreno como uma arma adicional... Fora a curiosidade nata que o levara a se interessar por tudo aquilo, sem chegar a considerar seriamente se algum dia teria a oportunidade de colocar em prática o que aprendera.

Ao que parecia, o momento chegara.

Perguntava-se o que Burgún teria visto nele para lhe ter oferecido o posto. Para o gundério, Conan devia ser uma incógnita, e ninguém coloca uma incógnita no comando de um batalhão às vésperas de uma guerra.

Seus pensamentos foram interrompidos pela chegada ao acampamento de uma carruagem, da qual desceu mais de meia dúzia de homens. O cimério achou que se tratava de novos recrutas, mas em seguida se deu conta de que eram marinheiros do *Tigresa* e que, à frente deles, vinha N'Gora. Com um sorriso aberto, Conan se aproximou do lanceiro e o abraçou.

— Por Crom, N'Gora, chegou na hora certa! — exclamou. — Quando pedi que me mandassem um grupo de soldados experientes para servirem de instrutores, não esperava você e seu grupo de lanceiros, mas são bem-vindos e chegam em ótima hora. Não poderia ser melhor.

O sério corsário encolheu os ombros e disse:

— A deusa nos chamou e nós viemos. Servir junto a Amra é sempre uma honra.

Conan se perguntou até que ponto N'Gora acreditava naquela ficção sobre o status de divindade de Bêlit. Boa parte dos homens dela vinham das ilhas menores do arquipélago e, antes de embarcarem como corsários, tinham sido camponeses que pouco ou nada sabiam sobre a realidade de Nakanda e sua política. N'Gora, no entanto, era nativo da ilha principal, e sofisticado o bastante para não crer em certas coisas sem as questionar.

Mas não importava. Por conveniência ou por crença real, ele aceitava a alegação de que Bêlit era uma divindade e sentia prazer em estar às ordens dela. Era rápido, astuto e dono de uma mente veloz, justamente o tipo de pessoa que Conan precisava como líder dos instrutores. Durante os meses passados juntos no *Tigresa*, os dois haviam aprendido a trabalhar em conjunto; quase desde o princípio, surgira uma confiança instintiva entre eles. Com N'Gora e parte dos homens dele a seu lado, talvez o cimério tivesse uma oportunidade de converter aqueles miseráveis em bons soldados.

— Além disso, o general Burgún parece lhe ter em alta estima — disse o chefe de lanceiros. — Nunca vi ninguém estudar com tanta intensidade os relatórios de campanha do *Tigresa*. Afirmo com certeza que ele deve conhecer todos de cor e salteado a esta altura. E, considerando a forma com que nos interrogou depois, era como se tivesse presenciado tudo o que não constava nos relatórios.

— Quer dizer que ele os interrogou?

— Parecia bem interessado em saber como tínhamos aprendido as técnicas de luta que empregamos nesta última campanha. Ficou muito impressionado com os resultados.

— Entendo — comentou o cimério.

Enfim reparou em dois jovens que tinham vindo com o grupo de corsários. Não deviam ter mais de dezesseis anos, e encaravam os arredores com os olhos arregalados. Reconheceu nos gestos nervosos e nos olhares questionadores a mesma ânsia de aventuras que levara ele próprio a sair de casa quando tinha dezessete anos.

— E esses rapazes? — perguntou Conan.

— São filhos da minha irmã. Yasunga e Laranga. São jovens, mas estão dispostos a aprender, Amra.

O cimério assentiu com um gesto e N'Gora orientou os sobrinhos a se juntarem ao grupo de recrutas.

— Já deve ter percebido que a matéria-prima que temos não é muito boa — disse o bárbaro. — Quero que atue como chefe dos instrutores, seguindo ordens diretas minhas — explicou. Não ligou para o modo com que o corsário se aprumou e conteve um sorriso de orgulho, mas o detalhe não lhe passou despercebido. — Quero que você e seus homens separem esta multidão em grupos de vinte e quatro. O mais heterogêneos possível. Depois, os façam correr em turnos. — Olhou ao redor, procurando um lugar adequado. — Até aquela colina e depois de volta ao acampamento. Não deve dar mais de três mil varas de distância. Um passeio.

N'Gora assentiu e explicou a seus homens o que Amra pretendia. Depois de separar os recrutas em grupos, disse a eles o que precisavam fazer, provocando murmúrios e queixas.

O que mais se ouvia era:

— Estamos aqui para lutar, não para correr.

Um rugido feroz interrompeu os murmúrios.

— Me escutem bem, miseráveis! — Conan subira em uma plataforma e os fitava com o olhar inflamado, os braços fortes cruzados sobre o peito. — Vocês não são soldados! Por Crom, não sei nem se são homens! A maioria não sabe sequer que lado da lança usar, o que dirá o de uma espada! Precisam virar soltados antes de sonhar em brandir uma arma. No momento, não passam de ralé. Assim, vão correr e obedecer a qualquer ordem dada pelos instrutores.

Os homens ficaram olhando para Conan, sem saber o que fazer. O mais provável era que nunca tivessem visto alguém como ele, e deviam estar se perguntando nas mãos de que tipo de demônio tinham caído. O cimério nem lhes deu tempo de despertar do desconcerto.

— Vamos, miseráveis! O que estão esperando?

— Primeiro pelotão — exclamou N'Gora, aproveitando a deixa de Conan. — Avançar!

Indeciso a princípio, o primeiro grupo de vinte e quatro homens começou a correr. N'Gora esperou pouco mais de um minuto antes de ordenar que o segundo grupo também entrasse em movimento.

Conan, do alto da plataforma, esperou até o último grupo sair. Deu a eles uns quinhentos passos de vantagem, depois saltou do tablado e começou a correr atrás deles.

Assim como supunha que seria, os grupos corriam em total descontrole, mas a ideia era ver quem estava ou não em boa forma física. Não demorou muito para alcançar e ultrapassar o último grupo, que ficou apenas olhando para o bárbaro de queixo caído.

O cimério corria a passadas largas com velocidade impressionante, e foi ultrapassando pelotão atrás de pelotão. Chegou até a colina, correu até o pico e voltou a correr encosta abaixo. Respirava normalmente, como se não estivesse nem um pouco cansado. Na volta até o acampamento, passou de novo por cada um dos grupos.

O primeiro estava a uns vinte ou trinta passos do objetivo quando Conan chegou ao ponto de origem. Sentou-se com tranquilidade na plataforma mascando um punhado de ervas, e esperou que os recrutas fossem chegando.

Seu olhar recaiu de novo sobre o arco aquilônio. Sua mente voltou ao dia em que o *Tigresa* abordara o *Argus*. Viu as flechas cruzando o ar e se cravando em um dos corsários. Mentalmente, calculou a velocidade e a força do projétil.

Interessante.

Isuné esperava Bêlit na porta do palácio e escoltou a pirata até o salão de conselho, onde Osuné e seus homens de confiança começavam a planejar a próxima campanha contra a Estígia. Houve um instante de silêncio tenso quando as mulheres adentraram o salão. Vários indivíduos trocaram olhares cheios de significado. Já era extraordinário por si ter no estado-maior um general de origem hiboriana; uma mulher shemita incluída no grupo, porém, por mais que fosse uma capitã corsária, era demais — ao menos, era o que pareciam dizer o olhar dos presentes.

Osuné percebeu o clima, mas recebeu Bêlit com sua cordialidade costumaz e cedeu à mulher um posto de honra. Insistiu que a irmã se sentasse com eles — era o direito dela como monarca, afinal —, mas a jovem declinou a oferta com um sorriso enigmático e abandonou o salão.

Sobre a mesa havia um mapa da Estígia em grande escala, confeccionado a partir dos informes dos espiões e da informação facilitada por pessoas que chamavam a si mesmas de leais: estígios que, em segredo, mantinham vivo o culto a Ísis e Osíris e esperavam o momento oportuno para se livrar do jugo dos sacerdotes de Set.

Era um mapa detalhado e profusamente colorido, cheio de anotações nas margens e rabiscos de várias cores. Um dos generais mais velhos seguia com o dedo o curso do rio Estige e explicava em detalhes sua estratégia. Bêlit viu que, para Burgún, o que o outro dizia parecia uma completa estupidez, embora o homem não ousasse dizê-lo.

— Excelente plano, general Nuanda — interrompeu Osuné de repente. — Mas me parece que não faz muito sentido, considerando o propósito da missão. Vamos salvar o povo estígio do jugo de Set, não comprar servos escravizados por atacado.

O homem engoliu o orgulho ferido, assentiu e recuou um passo, deixando que outro ocupasse seu lugar. O que este sugeriu também não era muito mais inteligente do que propusera o predecessor — mas pelo menos tinha claro qual era o objetivo do esforço, o que já era um começo. Um após o outro, diferentes assessores foram dando suas versões de planos. Algumas sugestões pareciam razoáveis, mas ninguém ali parecia ter nada remotamente parecido a uma estratégia geral. Osuné aquiescia a tudo o que diziam com um gesto de compreensão enquanto parecia se dar conta da magnitude do problema: nenhum de seus generais já havia estado em combate antes, com exceção do silencioso Burgún. Eram bons homens, leais e inteligentes, mas não tinham a visão proporcionada apenas pela experiência.

O olhar dele cruzou com o de Bêlit, que não invejava nem um pouco os generais e parecia preferir estar em outro lugar.

— Não sabemos o que nos espera — disse a shemita quando chegou a vez dela, tratando de aparentar uma serenidade que estava longe de sentir. — Se colocarmos todos os ovos na mesma cesta, podemos acabar cometendo um erro fatal. Minha sugestão é termos paciência e centrarmos em um objetivo por vez.

Olhou ao redor. Todas a contemplavam com interesse, e viu que Burgún fazia um gesto para que continuasse.

— O lugar que escolheremos como cabeça de ponte da nossa invasão é fundamental. Se não escolhermos direito, a campanha pode se prolongar desnecessariamente, com um custo equivalente em vida e recursos.

Viu que alguns dos generais mais jovens e boa parte dos capitães corsários assentiam.

— Minha proposta é simples — prosseguiu. — Se bloquearmos a foz do Estige e lidarmos com Jemi, teremos toda a Estígia na palma da mão. Bloquearemos o comércio e controlaremos a principal via de comunicação deles com as outras nações. Isso sem falar do fato de que disporemos de um assentamento bem construído e fortificado a partir do qual poderemos encarar o que quer que nos enviem de Luxur ou de Sujmet.

Burgún sorriu, como se Bêlit tivesse expressado exatamente o que se passava pela cabeça dele.

— Eu colocaria boa parte da frota corsária na desembocadura do rio. Tomar Jemi não deve ser tão difícil, não se formos rápidos e decididos. Com Jemi em nosso poder...

Continuou falando por mais um tempo. De vez em quando algum general fazia alguma objeção ao plano; a shemita parecia ter resposta para tudo, porém, como se tivesse passado anos planejando a invasão da Estígia.

Quando a reunião terminou, tinham um esboço de estratégia bem sólido sobre o qual construir um plano detalhado de invasão, ocupação e expansão. Havia certo ressentimento entre alguns dos generais, que não tinham ficado nada felizes ao notar que uma mulher vira com clareza algo que lhes escapara. Mas eram honrados o bastante para reconhecer que ela tinha razão. O resto dos capitães corsários parecia encantado com o fato de que fora um dos seus que propusera a estratégia.

Após as despedidas, Osuné indicou a Bêlit que esperasse na sala. Quando o rei, Burgún e ela ficaram a sós, Osuné fez um sinal para o general e este tirou um calhamaço de papéis de um nicho escondido na parede. Espalhou as páginas diante da shemita e esperou alguns instantes enquanto a jovem as examinava, intrigada.

Pareceu compreender de imediato do que se tratava.

— Pólvora! — exclamou. — Conseguiram criar uma arma funcional a partir da pólvora!

Osuné assentiu, satisfeito, e trocou um olhar com Burgún.

— Exato. Estamos trabalhando em tal arma há quatro anos, desde que trouxeste as primeiras amostras de uma das aldeias que pagam tributo a ti — disse o general. — Creio que pode ser a chave para tomarmos os bastiões de Jemi.

Bêlit assentiu e voltou a examinar os projetos, fascinada. Recordava perfeitamente do momento em que encontrara aquele material misterioso que provocava uma chama explosiva ao pegar fogo. Achava que os técnicos de Nakanda jamais seriam capazes de encontrar um modo de manejar de forma controlada o enorme poder da substância, mas a solução que Burgún apresentara diante de seus olhos era genial.

— E por acaso é apenas um projeto no papel? — perguntou de repente.

O general respondeu que as primeiras provas de campo tinham sido realizadas seis meses atrás. Desde então, o processo fora aperfeiçoado.

— Conseguimos! — murmurou Bêlit, com um brilho sanguinário no olhar.

Os dias seguintes passaram como um borrão. Conan não demorou a perceber que não fazia sentido algum voltar à propriedade de Bêlit todas as noites e retornar ao acampamento no dia seguinte, de modo que acabou montando uma barraca junto às dos instrutores.

Era o primeiro a se levantar e o último a se deitar. Comia a mesma comida que os recrutas — que, na verdade, era surpreendentemente boa. Em seus dias como mercenário, comera verdadeiras lavagens; as refeições em Nakanda, porém, vinham quentinhas e dava para comer sem sentir o estômago embrulhar.

Exigia muito dos instrutores e dos recrutas, mas não cobrava menos de si mesmo. Com isso, logo ganhou o respeito de todos. Tratava todas as pessoas com a mesma familiaridade soturna e rude, e não dava muita atenção a saudações apropriadas ou questões protocolares contanto que as coisas fossem feitas à sua maneira e que todos dessem o máximo de si.

Não tinha muita paciência para reclamações, mas estimulava sugestões e comentários não só do grupo de instrutores, mas também de qualquer soldado que acreditasse ter algo valioso a dizer. Preferia que fosse assim para evitar que remassem e remassem sem sair do lugar.

Ao fim da primeira semana já separara o joio do trigo; com a ajuda de N'Gora e seus homens, começou a criar pelotões e agrupá-los em companhias. Como comandante do batalhão (a nomeação chegara no segundo dia, em um pergaminho de escrita floreada e decoração excessiva que ele jogou de qualquer jeito em um canto da barraca sem dar muita atenção), tinha o poder de nomear oficiais. Com isso, fez questão de promover N'Gora e seus melhores homens à patente de capitão, nomeando os demais a tenente.

Tudo que aprendera em seus anos de mercenário a respeito de como se organizar um exército e como se gerenciar homens foi se somando pouco a pouco às próprias ideias que tinha sobre o assunto. Com a ajuda de N'Gora e seus lanceiros, descobriu que era mais fácil do que parecia; também entendeu que tinha uma mente organizada e focada na vitória, e a única coisa que lhe faltava era se livrar de preconceitos e atuar um pouco mais de acordo com o senso comum.

No fim da terceira semana, depois de um treinamento físico intenso, os soldados se sentiam homens superpoderosos capazes de tudo. Foi quando Conan distribuiu entre ele as grevas, as armaduras de couro curtido, os elmos, as lanças e os escudos. Fez os recrutas colocarem o equipamento completo — que ele próprio já usava desde o amanhecer — e saiu correndo em direção à colina sem esperar para ver se seria seguido. Depois de uns instantes de hesitação, os outros começaram a correr atrás dele.

Voltou com tempo suficiente para tomar o desjejum com calma, sentado na plataforma com o elmo ao lado, enquanto os recrutas ainda se esbaforiam com a corrida. Os primeiros começavam a chegar quando viu uma carruagem se aproximar do acampamento, e Bêlit descer dela. Franziu o cenho — não porque não estava alegre em vê-la, mas sim porque sabia o efeito que ela causaria nos recrutas depois de quase três semanas de exercício intenso e abstinência, sem nem verem uma mulher. Conhecia bem a natureza dos homens, e melhor ainda a dos soldados, de modo que foi incapaz de ignorar a pontada de inquietação diante da presença da corsária ali.

— Agora entendi por que não queres voltar para a minha propriedade — disse, sentando-se ao lado dele e analisando os restos de comida. — Com um manjar desse, eu também não iria querer sair nunca daqui.

O cimério sorriu, mas ainda não estava de todo tranquilo. Viu os primeiros homens voltando da corrida. Ficou feliz de ver que, entre eles, estavam os sobrinhos de N'Gora.

— Além disso, tenho essa bela companhia — acrescentou ele. — Por que estaria com uma mulher linda se posso compartilhar meu dia com quinhentos homens suados e ofegantes?

Ela se virou um pouco e não disse nada por um longo tempo, perdida na contemplação dos soldados que chegavam à linha de chegada aos tropicões, com a armadura suja e as pernas trêmula. Depois observou com atenção o rosto do bárbaro e viu a preocupação pintada nele.

— Te compreendo perfeitamente — respondeu, brincalhona. — Quase descreveste minha fantasia preferida.

Uma gargalhada estrondosa chacoalhou o corpanzil de Conan.

— Nunca deixará de me surpreender, mulher — soltou.

— É meu plano. Mas não vim ver como estavas; não só, ao menos. O general quer saber como anda o treinamento.

— Ainda falta muito para serem soldados de verdade — disse, depois de refletir um pouco. — Mas já nos livramos do peso morto, e os que restaram têm o que é preciso.

Pouco a pouco, todos foram chegando. A maioria arquejava, outros se apoiavam na lança como se ela fosse um cajado; alguns poucos caíam a cada poucos passos, mas se levantavam logo depois. Conan se deu conta de que nenhum deles desistira. Estavam completando o percurso, na velocidade que conseguiam e da maneira que era possível.

— Ótimo, miseráveis! — disse, ficando de pé. — Tenho que reconhecer que me surpreenderam! Não achava que metade de vocês ia completar metade do percurso, então calculem como estou impressionado. Talvez possa transformar vocês em soldados, afinal de contas. — Sorriu, brincalhão. — Mas tenho certeza de que vou acabar me decepcionando.

Os homens fizeram uma algazarra, em meio à qual Bêlit distinguiu o nome "Amra". Todos gritavam, inclusive os que pareciam incapazes de respirar.

Assim como a bordo do *Tigresa*, o cimério conquistara a lealdade daqueles homens. Eles o seguiriam até o fim do mundo sem pestanejar e sem questionar as ordens recebidas. Foi só naquele momento que Bêlit compreendeu de verdade como Conan funcionava, e se deu conta do quão genuíno e real era o que ela assumira ser um truque. Se os homens eram leais a ele, era porque ele não era menos leal em troca. Se estavam dispostos a morrer por ele, era porque ele não estava menos disposto a morrer em troca. Conan ganhava a lealdade dos soldados usando a mesma técnica que empregava em tudo: entregando-se por completo, sem parar para pensar e sem se importar com as consequências.

Conteve um sorriso, pois se deu conta de que poderia ser mal interpretada por quem estava por perto, e a última coisa que queria era minar a autoridade de Conan. Os reis de Nakanda e da Estígia tinham sorte de que o cimério não tinha ambições de poder, disse a si mesma. Muita sorte.

— Melhor esperar na minha barraca — murmurou ele. — Tenho algumas coisas para terminar aqui.

O corpo de Bêlit ficou rígido de repente, e um brilho de fúria tomou seus olhos. Mas logo relaxou, como se tivesse dado conta do que acontecia, e o questionou com o olhar. Como se não desse muita importância a ela, Conan assentiu. A shemita deixou o pátio de treinamento e se enfurnou na barraca do cimério enquanto ele dava as últimas ordens a seus capitães.

Não teve de esperar muito. Conan entrou alguns minutos depois, sorrindo ao ver o leito que ela improvisara com várias peles.

— Acho que teremos de ser silenciosos — disse Bêlit enquanto ele se deitava ao lado dela. — É melhor não despertar certos instintos nos soldados.

Ele se mostrou veementemente de acordo.

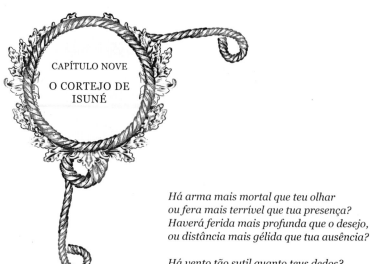

CAPÍTULO NOVE
O CORTEJO DE ISUNÉ

*Há arma mais mortal que teu olhar
ou fera mais terrível que tua presença?
Haverá ferida mais profunda que o desejo,
ou distância mais gélida que tua ausência?*

*Há vento tão sutil quanto teus dedos?
Fortaleza mais erma que teu rosto,
abismo mais profundo que teus lábios,
ou inimigo mais teimoso que teus olhos?*

*Há porto mais oculto que teus braços,
facção mais letal que teu zarpar,
descanso mais temível que teu colo
ou animal mais faminto que teu gargalhar?*

*Há algo mais letal que a distância,
ou desastre mais feroz que a esperança?*

— Rinaldo, trovador aquilônio

N'Yaga sabia que tudo o que Demetrio lhe dizia a respeito da necessidade de se sentir útil era uma farsa. Talvez não uma farsa completa, mas tampouco era tudo verdade — talvez, nem a parte mais importante da história o fosse.

Não demorou a se dar conta, por outro lado, do quão útil o nemédio poderia ser. Ele tinha a mente afiada e jeito com os números, e sem dúvida seria um intendente da melhor qualidade para organizar os suprimentos e recursos do exército. Também era sagaz o bastante para perceber quando valia a pena ser inflexível ou quando era melhor fazer vista grossa.

As intenções verdadeiras de Demetrio não importavam. Ele era um sujeito valioso e desperdiçá-lo teria sido uma estupidez; assim, tratou de encontrar logo uma função adequada às capacidades dele. Logo comprovou que, graças a sua eficácia e caráter conciliador, era rapidamente aceito pelos companheiros, inclusive os mais receosos. Em pouco tempo, a maioria começou a ir atrás dele para tirar dúvidas, e em pouco mais de duas semanas Demetrio se viu promovido a líder do departamento em que trabalhava.

O trabalho, por outro lado, não o deixava com muito tempo livre. Havia muitas coisas a se organizar. A capacidade ofensiva e militar de Nakanda estava sendo triplicada de forma repentina; isso implicava em uma série de mudanças que não seriam nem fáceis nem baratas, por mais que estivessem preparados para elas.

Ele de certo modo ficava grato pela quantidade de trabalho que se acumulava em sua mesa todas as manhãs. Não só porque era justamente o tipo de tarefa que caía como uma luva a sua mente metódica e organizada — mas também porque não o deixava com tempo livre para pensar, pelo que agradecia aos deuses.

Seu único momento de descanso era ao entardecer, quando os demais se retiravam para seus aposentos e ele ficava sozinho no escritório. Passava boa parte desse tempo encarando a janela, vendo o mundo se apagar pouco a pouco à medida que o manto da noite caía sobre a ilha até a iluminação pública devolver vida à cidade — uma vida borrada e fantasmagórica, naquele caso, não de todo real.

Às vezes ele saía para o pequeno jardim que havia diante do edifício, sentava-se em um dos bancos de pedra e deixava a imaginação vagar com o olhar perdido no fio d'água que jorrava da fonte na bacia. Poderia passar horas assim, enquanto a noite avançava e o tempo passava a seu redor como se não o tocasse.

Em tais momentos, a única coisa que lhe ocupava a mente era Isuné. O trabalho diário, quase esgotador, de fato conseguia exorcizá-la e mantê-la afastada de seus pensamentos; mas era a noite cair e ele ficar a sós para que começasse a imaginar e reinventar a garota. Ela lhe ocorria em milhares de formas distintas, em centenas de lugares diferentes, sempre o fitando com aqueles enormes olhos negros, sempre sorrindo para ele como se ele fosse a única pessoa do mundo.

Estava tão absorto em fantasias que, certa noite, ouviu uma voz melodiosa e não soube dizer se era real ou fruto da imaginação.

— O que pode ser tão importante?

Ele se virou de supetão e a viu diante de si — ela, o foco de seus desejos, o norte de suas vontades, a dona de seus pensamentos. Como sempre, vestia uma túnica simples de linho e o mirava com um sorriso um tanto triste.

— Me perdoe, majestade — conseguiu dizer Demetrio. — Não sabia que estavas aqui.

Começou a se levantar, mas ela o interrompeu com um gesto e o fez se sentar de novo.

— Podes me chamar de Isuné — disse. — Assim, posso te chamar de Demetrio.

Era a primeira vez que ouvia o próprio nome saindo daqueles lábios. Foi como se alguém martelasse seu coração, que começou a bater sem controle.

— Como quiseres... Isuné — disse com esforço.

Não se atreveu a se mover. Se o fizesse, não seria capaz de governar os desejos de seu corpo, não seria capaz de se refrear, e tudo o que sentia sairia em um borbotão de palavras atropeladas e gestos torpes que, sem dúvida, ela acharia ridículos.

A garota se sentou em um banco diante dele. Durante alguns segundos, nenhum dos dois disse nada, os olhares cravados um no outro. Demetrio não sabia se queria ou não que aquele momento acabasse: a tensão o partia ao meio, mas ao mesmo tempo jamais se sentira tão pleno. Se estivesse mais tranquilo, se fosse capaz de pensar com um mínimo de coerência, teria se dado conta de que ela estava tão nervosa quanto ele. Preso nos próprios temores, porém, era incapaz de ver qualquer outra coisa.

— No fim das contas, naquela noite não me constaste de tuas aventuras — disse Isuné de repente. Soava tranquila até demais, como se não tivesse passado horas ensaiando a frase. — Bêlit me disse que eras inquisidor da polícia na Nemédia. Como acabaste em uma galé estígia?

Demetrio engoliu em seco e respirou fundo.

— É uma história tediosa, creio eu — disse, com a sensação de que a voz tremia.

— Pois deixa que eu julgue.

Demetrio assentiu e vasculhou as lembranças, tentando transformar em algo interessante o que para ele parecia prosaico. De novo contou a história do assassinato no museu, do encontro com Conan e do monstro terrível que o cimério decapitara.

— Meu superior queria jogar uma pá de cal sobre o assunto. Enterrar em qualquer lugar o corpo e a cabeça do monstro, e sem cerimônias enviar a bacia ao sacerdote de Ibis à qual estava destinada. Lavar as mãos e pronto. Eu não podia permitir; era consciente demais de meus deveres e não conseguia trair a confiança que a cidade depositara em mim. Mas não pude fazer muito para evitar que o assunto fosse enterrado. O ferimento em minha coxa infeccionou, e logo comecei a sentir febre. Passei as semanas seguintes à beira da morte e, quando recobrei a saúde, descobri outro em meu lugar. Soube na mesma hora que não era mais inquisidor. Que estava desempregado, na verdade, pois ninguém queria me contratar em toda a Numália.

Olhou para a jovem, que parecia ansiosa por suas palavras, e só conseguia se perguntar qual seria o verdadeiro propósito dela. Que interesse poderia ter, afinal, pela história de um inquisidor manco que perdera tudo ao insistir em cumprir com seu dever, e que passara metade da vida vagando pelo mundo?

— Não tive escolha a não ser partir — continuou, apesar de tudo, incapaz de negar qualquer coisa àqueles dois olhos enormes cravados nele. — Nos anos seguintes exerci vários ofícios, maj... Isuné, e fui aprendendo e desenvolvendo algumas habilidades. Sempre tive facilidade de ver uma situação sem me iludir com o que esperava ver. Como quando conheci Conan, por exemplo. Para quase todos que estavam ali, o bárbaro tinha entrado no museu para roubar, Kallian Público o pegara em flagrante e Conan o matara. Mas eu logo vi que algo não se encaixava. O bárbaro sem dúvida era um ladrão, mas não um assassino. Se quisesse tanto matar Kallian, teria aberto a cabeça dele com um golpe da espada; não se contentaria em estrangulá-lo. Além disso, as marcas no pescoço do cadáver não se encaixavam. Sempre fui bom em ver esse tipo de coisa. O que aprendi com o tempo foi a não acreditar em tudo que via, e a saber quando era melhor me calar.

Ela sorriu.

— A arte da discrição — murmurou.

— Nunca tinha ouvido descreverem assim, mas sem dúvida é uma arte — respondeu ele. — Também sou bom com números, e tenho facilidade de enxergar padrões e esquemas nas coisas. Isso, aparentemente, me torna um excelente contador. Como homem de armas nunca fui grandes coisas. — Deu de ombros. — Manejo mais ou menos uma espada, e apenas se não tiver outra alternativa, mas toda a inclinação que tinha à violência foi ceifada por Conan quando ele golpeou minha coxa. Assim, prefiro sempre conversar a lutar. Suponho que isso não... — Encolheu os ombros mais uma vez, como se não valesse a pena falar sobre o assunto. — Durante os três anos seguintes, percorri boa parte do mundo hiboriano até acabar virando contador em uma companhia mercantil de Messântia. Não era um trabalho ruim, e com certeza eu continuaria me dedicando a ele se não tivesse cometido certo dia o erro de embarcar, levado pela bobagem romântica de querer conhecer o alto-mar. Creio que já imaginas o resultado: um barco pirata nos assaltou, acho que eram baracanos, e vendeu os sobreviventes. Acabei na mão de estígios. Talvez, se eu conhecesse o idioma, pudesse ter feito com que meus novos amos entendessem meu valor; eu não conhecia, porém, então acabei virando remador em um navio mercante. E tal foi minha vida durante dois anos, até voltar a ver Conan. Amra, como ele agora é chamado.

Abriu os braços com as palmas das mãos viradas para cima, como se pedisse desculpas.

— Como viste, Isuné, não é uma história muito divertida ou emocionante. Com certeza eu teria aguentado no máximo mais uns dois anos remando. Assim, é justo dizer que Conan e Bêlit salvaram minha vida.

Isuné assentiu.

— Nunca vi ninguém como ele — sussurrou ela. — Tão enorme, tão feroz, tão... — Balançou a cabeça, sem saber como as palavras machucavam Demetrio. — Olho para ele e sinto medo. Até a risada do homem é ameaçadora. — A jovem estremeceu, e o nemédio compreendeu que não era um calafrio de desejo ou antecipação. A compreensão o fez sentir um alívio feroz. — Não entendo como Bêlit não tem medo dele.

Demetrio sorriu.

— Creio que a tigresa sabe lidar muito bem com o leão. E vice-versa, o que também não é nada fácil — acrescentou ele. Foram feitos um para o outro.

— Sim, foi o que pensei quando os vi. São como personagens de uma lenda, não são? Engraçado... Durante toda a minha vida, Bêlit foi como uma irmã mais velha para mim. Quando ouço falar dela e de suas façanhas como capitã de uma embarcação corsária, é como se estivessem falando de outra pessoa. Não, não é possível que minha Bêlit seja a espadachim sanguinária que os marinheiros me descrevem com fervor e adoração, que não hesita em cortar a garganta de um homem e não tem piedade dos estígios. É impossível. É minha irmã risonha e sensata, a que me impedia de cometer loucuras e me consolava quando não conseguia evitar que eu as cometesse. Mas quando a vi junto desse gigante bárbaro, quando me dei conta de como combinavam um com o outro... Creio que até tal momento não tinha aceitado de verdade de que, além de minha irmã, Bêlit também é outras coisas.

Saltou de pé em um supetão e olhou para trás como se tivesse medo de ter sido seguida.

— Minha vida sempre foi planejada — murmurou. — E nunca tinha desejado que fosse de outra forma... até agora. — Sorriu, triste. — Boa noite, Demetrio.

— Boa noite, Isuné — conseguiu dizer o nemédio, enquanto ela dava meia-volta e ia embora do jardim.

O que Conan tinha em mente não chegava a ser uma ideia completa — estava começando a tomar forma, porém, e o pouco que conseguia vislumbrar parecia bastante promissor. Não dependia inteiramente dele, e sim das habilidades dos artesãos de Nakanda para reproduzir o arco aquilônio e seus projéteis.

Passou vários dias remoendo a ideia; dias em que, de forma quase inconsciente, analisou a fundo as capacidades e fraquezas dos homens sob seu comando, pesando o reflexo, a elasticidade, a resistência, a capacidade de reação e a aptidão de cada um deles para funcionar de forma coordenada com os demais.

Abandonou o acampamento na tarde do terceiro dia, deixando N'Gora no comando de tudo, seguro de que o lanceiro estaria à altura da tarefa.

Já na cidade, foi às oficinas dos artesãos e as examinou meticulosamente. Todas fervilhavam de atividade, dedicadas aos preparativos da próxima campanha. A maioria estava bem-organizada, e todos trabalhavam de um modo eficiente, mas Conan sempre encontrava um motivo ou outro para descartar cada um: pequenos detalhes que, para outros tipos de arma, talvez não fizessem tanta diferença, mas que eram fundamentais para o que ele tinha em mente. No fim, o cimério pareceu encontrar o que procurava: uma oficina pequena, mas muito bem dirigida e organizada. Depois de uma inspeção dos produtos fabricados ali, decidiu que era daquilo que precisava.

— No que posso ajudar, comandante Amra?

Conan se virou e se deparou com um homenzinho enrugado de pele tão negra quanto o carvão e olhos sonhadores. Sem dúvida era o mestre artesão, a julgar pela autoridade tranquila que parecia emanar dele.

— Tenho uma encomenda — respondeu.

Tirou das costas o enorme arco aquilônio e o mostrou ao homem. Ele o sopesou nas mãos enrugadas e o analisou com atenção por um bom tempo, usando a ponta dos dedos. Conan gostou do modo metódico com que alisava a superfície polida e testava a flexibilidade da arma, sem pressa alguma.

— Uma arma magnífica — declarou depois de um tempo. — Muito superior aos arcos que conheço. Confesso que nunca tinha visto nada igual na vida. Nem os estígios ou os hircanianos têm arcos como este. Suponho que apenas pessoas com força excepcional conseguem tencioná-lo. Sem falar na força para mantê-lo assim pelo tempo necessário.

— Não tanto — respondeu Conan. — É mais uma questão de resistência, paciência e habilidade. O senhor seria capaz de fazer outros como este?

O rosto do mestre se iluminou com o entusiasmo. Logo depois, porém, pareceu se lembrar de algo e olhou por cima dos ombros.

— Mesmo que pudesse, todos os meus aprendizes e funcionários estão ocupados agora — respondeu, com pesar na voz.

— Eu vi. As balestras que fazem são magníficas.

— Tanto quanto uma arma tão vulgar quanto uma balestra pode ser — concordou o homenzinho. — Mas isto... — Era evidente que não conseguia tirar os olhos do arco. — Fazer um deste seria um desafio. É uma arma elegante e poderosa, que requer força, habilidade e destreza. Talvez... Não. Sinto muito — disse, depois de hesitar por uns instantes. — Não posso descumprir as ordens reais que tenho. Lamento muito. Em outras circunstâncias, teria sido um prazer ser responsável por tua encomenda, comandante.

Conan franziu o cenho e considerou as opções por alguns instantes.

— E se as suas ordens mudassem?

O homenzinho mordeu os lábios.

— Nesse caso, comandante, seria um prazer trabalhar contigo. Um verdadeiro prazer.

Conan sorriu.

Demetrio não voltou a ver Isuné na noite seguinte, nem na próxima, mas continuou visitando o jardim ao anoitecer, maldizendo a si mesmo por ser tão idiota.

No terceiro dia, encontrou a garota sentada ao lado da fonte, passando os dedos compridos e delgados pela superfície da água da bacia. Ergueu o olhar quando o viu chegar e sorriu.

— Não sabia se continuarias voltando a vir — disse ela.

Ele se limitou a assentir e se sentou diante dela. Sentia o estômago se revirar e sua pele parecia um formigueiro frenético. No início, cada vez que um dos dois tentava falar, era como se a língua e a boca tivessem se transformado em obstáculos que as palavras precisavam transpor.

Depois de certo tempo, porém, os obstáculos desapareceram e as línguas se soltaram. Falaram sem parar, cada um ávido por saber mais a respeito da vida do outro, trocando trivialidades e lembranças que não tinham sentido para mais ninguém, compartilhando insignificâncias vergonhosas ou bobagens ridículas. O tempo passava por eles sem os tocar, ou era o que parecia — enfim perceberam um resplendor rosado no céu a leste e compreenderam que estava amanhecendo. Ao baixar os olhos, notaram as mãos entrelaçadas; não compreenderam como tinham acabado assim, mas não importava nem um pouco.

Isuné se levantou e Demetrio a imitou. Soltar a mão dela foi talvez a coisa mais dolorosa que fizera na vida, e compreendeu que ela se sentia igual. De alguma forma, conseguiram deixar o outro partir e Isuné foi embora do jardim, detendo-se de tempos em tempos para olhar para trás.

Demetrio voltou para o escritório. Tomou o desjejum, lavou-se com água fria e começou a trabalhar. Quando o primeiro companheiro chegou e perguntou a ele, em tom de brincadeira, se ele passara a noite ali, o nemédio não soube o que responder. Apenas se limitou a dar de ombros.

A estratégia ia tomando forma a partir da sugestão original de Bêlit. Todos os dias o estado-maior se reunia, discutia e submetia diversas possibilidades ao escrutínio dos demais antes de apresentar as conclusões ao rei.

Ele as aceitava em silêncio. De vez em quando fazia algum comentário sobre algum aspecto concreto da estratégia ou alguma pergunta sobre elementos que não lhe estavam de todo claros. Logo se deu conta de que, uma vez orientados por Bêlit, os generais estavam fazendo um bom trabalho, sólido e robusto. Ainda assim, tinha noção de que não saberia realmente se aquilo era verdade até que a estratégia deixasse de ser um monte de palavras, mapas e diagramas e se transformasse em algo real.

Não sabia muito bem como se sentia. Vivera com tranquilidade toda sua vida. Fora um príncipe querido na infância, não muito mimado, e depois um rei jovem e sério sob tutela do velho N'Yaga até tomar posse de sua herança ao chegar à idade adulta. Sempre soubera que estaria à altura da tarefa de governar seu povo — não por acreditar que suas capacidades eram excepcionais, mas sim porque sabia que vivia em um reino bem-organizado. Nele, os conflitos eram mínimos e a maioria era resolvida usando a razão, e sempre sob o emprego de uma lei que era aceita e acatada por todos.

Claro, conhecia as lendas e a profecia desde muito pequeno, e nunca colocara em dúvida nem a veracidade das primeiras e nem o cumprimento da segunda. Não acreditava, porém, que aquilo aconteceria durante seu reinado. Estava preparado para ser o monarca benévolo de um povo tranquilo, e agora se transformara no rei de uma nação em pé de guerra.

O que mais o surpreendia não era se descobrir capacitado para tal — fora bem educado por seus tutores. Não, o que o assombrava e o enchia de medo era ver quanto lhe agradava a ideia da iminência da campanha.

Um lacaio do palácio foi buscar Demetrio no meio da tarde levando uma mensagem. Ele a leu, perguntando-se o que N'Yaga queria, mas se levantou de imediato, recolheu os pertences e disse ao servo que o acompanharia.

Entraram no palácio, mas não foram até os aposentos do xamã. Em vez disso, o homem o conduziu até um quarto sem janelas. Antes de o deixar a sós, disse que alguém o viria ver em seguida.

Demetrio se sentou e olhou ao redor. A iluminação do quarto consistia em dois candelabros diante de um espelho. A decoração era de bom gosto, mas simples. Na parede ao fundo havia uma cama e, ao lado, uma mesinha com um lavatório. Aproveitou a oportunidade para se limpar. Estava terminando de se secar quando ouviu a porta se abrir atrás de si.

Ao se virar, viu o que imaginara mil vezes, mas jamais se atrevera a esperar.

Isuné entrou no quarto, fechou a porta e passou a tranca. Depois, fitou Demetrio.

— Não sou dona de mim mesma — disse enquanto se aproximava. — Sou a rainha, e meu irmão sempre será meu esposo. Não creio sequer que poderei tomar-te como amante oficial. Não há precedentes de pessoas de fora de Nakanda sendo amantes da rainha. Nunca poderemos...

— Não me importa — respondeu ele, ansioso.

— Mas importará — disse ela. — E a mim também. Chegará um momento em que iremos querer mais, iremos querer ser como os outros e ter o que os outros têm. E isso será impossível. Nunca seremos um casal. Jamais poderemos ter um filho juntos. O que quer que tenhamos será secreto, e não poderá deixar rastros. Morrerá conosco.

— Não me importa — insistiu Demetrio, impressionado pela sabedoria da garota. — Não me... — Meneou a cabeça. — O que queres de mim, majestade?

— A rainha não quer nada de ti, Demetrio da Numália. Para a rainha, quando existe, o que não ocorre com frequência, não passa de um aliado de um de nossos capitães corsários. A rainha não espera nada de ti, e nunca o fará.

Deu um passo na direção dele. Ergueu as mãos e acarinhou o rosto de Demetrio com a ponta dos dedos longos e delicados.

— Mas eu, Isuné, quero-te por completo. Quero tudo o que puderes me oferecer.

Demetrio engoliu em seco.

— Sou teu — disse. — Para sempre.

CAPÍTULO DEZ
ANIVERSÁRIO REAL

Durante o reinado de Yildiz, Turão olhou mais para dentro do próprio território do que para fora. O rei consolidou o que fora conquistado por monarcas anteriores, subjugou províncias desobedientes e, em geral, ocupou-se acima de tudo de estabilizar e melhorar as estruturas do império que herdara.
Foi pródigo ao extremo em termos de obras públicas como estradas, banhos públicos, bibliotecas, silos de grãos, jardins comunais e edifícios do governo. É atribuída a ele a frase, provavelmente falsa, que diz que recebeu Agrapur como uma aldeia com pretensões e, quando a passou para seu herdeiro, ela era a cidade mais magnífica do mundo.
Foi, em geral, um administrador capaz, que fortaleceria a infraestrutura de Turão e passaria para seu sucessor uma ferramenta estável e bem-organizada a partir da qual se lançar à conquista de outros reinos.

— As crônicas da Nemédia

Dos jardins do palácio de Agrapur, o mar de Vilayet parecia uma piscina hircaniana. Estendia-se até o horizonte, manso e azul sob um céu repleto de nuvens. De vez em quando, uma vela rompia a uniformidade índigo da superfície e Yezdigerd não tinha dúvida alguma de que se tratava de uma embarcação turânia, fosse civil ou militar.

Mas era uma ilusão, disse a si mesmo, enquanto a algazarra crescia às suas costas. De onde estava, era fácil acreditar que Turão controlava por completo o mar interior e a costa, mas ele sabia que não era assim. Ainda não. E não seria enquanto seu débil pai continuasse perdendo tempo e desperdiçando dinheiro em reformas e obras públicas que não beneficiavam a ninguém em vez de investir na força militar.

Ele se apoiou na balaustrada de pedra e cerrou os dentes. Estava tão perto...

Deu meia-volta ao notar que o burburinho se aproximava e, com ele, a festa. Ajustou o casaco militar fechado no pescoço por um alfinete de prata, única concessão ao luxo. Garantiu que até a última peça de seu vestuário estava como deveria: a faixa vermelha ao redor da cintura, os altos coturnos, as calças ajustadas de pele e o barrete com a borla caída para a direita. Em seguida, com um sorriso que não enganaria a ninguém, aproximou-se do grupo que entrava nos jardins.

Misturou-se aos convidados. Cumprimentou e foi cumprimentado. Serviu-se de uma taça, molhou os lábios e logo depois verteu a maior parte do conteúdo em um vaso sem que ninguém visse. Com a taça vazia em mãos, procurou um canto tranquilo onde pudesse observar o espetáculo à vontade.

Estavam ali cortesãos, conselheiros do rei, algumas de suas mulheres favoritas, uma seleção da nobreza turânia e alguns poucos — e extremamente ricos — burgueses e comerciantes. Todos usavam as roupas mais luxuosas possíveis, todos tagarelando bobagens, todos esperando o momento adequado para bajular de forma mais abjeta o rei dos reis.

Yezdigerd se perguntou se queria aquele tipo de coisa em sua corte. Que prazer obscuro seu pai sentia de se rodear daquela multidão de sicofantas e aduladores? Um homem de verdade precisava mesmo de algo assim? O rei Yildiz era tão pequeno a ponto de precisar que lhe dissessem a todo momento como ele era grandioso?

Um rei débil e pequeno criava um reino débil e pequeno, disse a si mesmo. Não permitiria uma coisa daquelas.

Viu um dos irmãos em meio à multidão. Era Yozbal, o mais novo, o corpo robusto enfiado em um traje ridículo repleto de pedrarias e bordados de ouro, o rosto infantilizado e traiçoeiro eternamente retorcido em um sorriso brincalhão. Sem dúvidas Yelgerdén estaria junto ao pai, adulando-o sem limites e tratando de demonstrar com cada palavra e cada gesto o quanto ele era necessário para que tudo funcionasse como devia.

Para sua surpresa, quando chegou ao jardim, Yelgerdén o fez só, sem o rei. Sua figura corpulenta pairou sobre os convidados por um segundo antes que seu rosto corado de olhos minúsculos e nariz aquilino esboçasse um sorriso benevolente enquanto descia as escadas.

Todos receberam o primogênito com alvoroço. E com razão, pois afinal de contas esperavam que ele herdasse o trono. Algo que quase todos davam por certo e supunham ser iminente.

O rei chegou alguns minutos depois, carregado em uma liteira por quatro robustos servos kushitas cuja oleada pele cor de ébano parecia reluzir sob a luz do entardecer.

Todos se ajoelharam diante do rei dos reis, tocando o solo com a testa. Yildiz deu permissão para que se aprumassem com um sinal bonachão da mão gorducha e ordenou aos criados que o levassem até o lugar de honra preparado para ele.

Estava enfraquecido — Yezdigerd suspeitava que nem a metade do quanto acreditavam seus aduladores, porém. O velho conseguira chegar a uma idade avançada com um estado de saúde razoável; se não tivesse se deixado levar tanto pelos prazeres da boa comida e da preguiça, estaria em uma forma física muito melhor. Nada que não fosse reparável com uma dieta adequada, ar livre e exercício — mas, ao que parecia, o pai preferiria ficar o dia inteiro deitado a renunciar a qualquer um de seus prazeres. Pior para dele.

A festa de aniversário transcorreu como esperado, uma demonstração ostentosa de luxo e poder em que a comida, o entretenimento e o espetáculo ocultavam tramas sussurradas, complôs compartilhados em olhares e planos tortuosos elaborados através de gestos.

Yezdigerd se misturou aos convidados, fingiu estar aproveitando e fez de conta que estava ligeiramente alto, mesmo tendo apenas provado os licores. Sabia muito bem que as pessoas eram míopes quando confrontadas com o que não tinham interesse de ver. Viam o príncipe com uma taça na mão o tempo todo, levando-a à boca de tempos em tempos. Para a maioria dos presentes, era mais do que suficiente para supor que ele já bebera bastante. Os que o conheciam, porém, sabiam que a realidade era muito diferente.

Mas, naquela multidão aduladora, não havia ninguém que o conhecesse bem. Tampouco havia alguém que ele desejasse conhecer melhor. Passara boa parte da vida no exército, trabalhando lado a lado com generais e estrategistas, lutando para transformar a força armada em uma máquina eficaz, veloz e mortal, comandando as tropas em qualquer oportunidade que se apresentasse, por menor que fosse. Como resultado, no estamento militar as pessoas gostavam e confiavam nele — seus contatos com a corte eram breves e superficiais, porém, e não tinha partidários de verdade nela.

Até então, aquilo não importara. Começava a pensar que talvez tivesse sido um erro, que deveria ter dedicado parte de seu tempo a ganhar a confiança de alguns poucos nobres seletos e um ou outro cortesão em postos relevantes.

O apoio dos militares era importante, mas nada definitivo. Precisava de tempo; tempo para criar raízes na corte e ganhar adeptos — fosse com dinheiro, com promessas ou com lisonjas, por mais que o comportamento lhe parecesse desprezível.

Voltou a olhar para o pai. Será que ele aguentaria? Será que o velho viveria por tempo o bastante para que Yezdigerd alcançasse seu propósito?

Tentou, em vão, desfrutar da habilidade dos malabaristas e da beleza das bailarinas. Falou com os irmãos, perguntou de forma cortês sobre seus assuntos e manteve uma expressão de interesse educado diante do monte de trivialidades que emitiam. Sorriu para conhecidos cujas cabeças gostaria de arrancar — em geral, comportou-se como se esperava que o segundo filho de rei de Turão se comportasse. Durante todo o tempo, não desviou os olhos das correntes de poder ocultas que transitavam pelos jardins, e sua mente inquieta se perguntou mais de uma vez como poderia se aproveitar delas.

A noite já caía quando os convidados foram embora e deixaram Yildiz em companhia apenas dos quatro servos robustos e dos três herdeiros. O rei fez um sinal para que carregassem a liteira até o terraço diante do mar e depois pediu aos filhos que o acompanhassem.

O Vilayet era uma superfície escura e ondulante, quebrada apenas pela espuma ocasional das marolas. Parecia tranquilo e quieto como um lago, e a superfície refletia as estrelas brincalhonas.

— Todo império precisa de um herdeiro — disse Yildiz de súbito. — E apenas um. No passado, nossos ancestrais dividiam as posses entre os filhos como achavam melhor, mas é algo que não podemos continuar fazendo.

Yezdigerd assentiu, impressionado com a perspicácia do velho. Yozbal fechou os olhos, tentando entender o significado das palavras do pai. Yelgerdén se estufou como um pavão e ergueu a cabeça, como se já ostentasse a coroa nela.

— Apenas um de vós podeis herdar Turão — continuou Yildiz. — Sei que os três desejais isso. Yozbal quer o reino para ser seu espaço de diversões. Yezdigerd, pois anseia que seu nome seja ouvido nos confins do mundo. Yelgerdén, para tê-lo sob controle e organizá-lo como uma maquinaria bem azeitada.

Fez uma pausa e olhou para cada um dos filhos. Parecia vagamente decepcionado, como se nenhum tivesse cumprido por completo suas expectativas.

— Não vou julgar vossos motivos — continuou. — Quem sou eu para dizer quais aspirações são válidas a um futuro governante? Além disso, não importam vossos motivos em si, e sim as consequências que teriam para o reino. Devo escolher com cuidado: sem levar em conta o que é melhor para vós, e sim o que é melhor para Turão. — Fez uma pausa longa enquanto olhava os três nos olhos, mais uma vez decepcionado. — Yozbal arruinaria o país, ou ao menos tentaria até que alguém se fartasse de seus excessos e desse um fim nele. Yelgerdén asfixiaria a nação, convertendo-a em uma máquina sem coração e sem vida, a sombra morta de uma árvore outrora forte que se desfaria em pó com um único sopro. Já Yezdigerd quer ser grande e temido, e para tanto precisa de uma Turão forte e agressiva. Com ele, a nação crescerá e se transformará em um império de verdade.

Sem perder o semblante impassível, Yezdigerd conteve uma exclamação admirada. Deu-se conta de que, como muitos outros, subestimara o ancião — erro que, em outras circunstâncias, poderia ter sido fatal. Disse a si mesmo que não voltaria a cometer tal equívoco. O corpo do rei podia até estar inchado e cheio de pregas gordurosas, mas não havia gordura alguma na mente ágil que os contemplava por trás dos olhinhos semicerrados.

— Meu testamento está escrito, selado e entregue nas mãos dos sacerdotes de Tarim — disse Yildiz. — Tolo é aquele que crê que pode moldar o futuro segundo seus desígnios. Sei muito bem que não posso evitar que, depois de minha morte, pulem uns no pescoço dos outros; o que posso, porém, é tentar evitar um massacre inútil que em nada beneficiaria Turão. Para tal, basta inclinar a balança a favor do herdeiro que considero mais conveniente. Foi o que fiz. Não estarei aqui para descobrir se terei sucesso; o que, de certo modo, suponho ser uma bênção.

Durante um bom tempo, não disse mais nada, perdido na contemplação do escuro mar noturno. Yozbal e Yelgerdén encaravam Yezdigerd de canto de olho, um com malícia e o outro com assombro. Yildiz voltou a chamar os quatro carregadores da liteira com um gesto dos dedos.

— Que Tarim vos dê a prudência e o bom senso necessários, meus filhos — disse enquanto o levavam para o interior do palácio.

Mais tarde, quase ao amanhecer, alguém bateu à porta dos aposentos privados de Yezdigerd. O príncipe se aproximou em silêncio, escondendo um punhal atrás das costas.

— O que queres? — perguntou.

— Trago um presente em nome de Aruk Darek — sussurrou alguém do outro lado.

Podia ser uma armadilha. Talvez algum de seus irmãos tivesse descoberto seus negócios com os hashins e agora usasse o nome como salvo-conduto para entrar e desferir nele um golpe letal. Mas se fosse uma armadilha, não havia uma escapatória fácil; com certeza, as outras saídas do quarto estariam cobertas.

Soltou a tranca e abriu a porta. Um homem atarracado coberto com um manto cinzento esperava no umbral. Tinha aos pés um grande saco, cujo conteúdo tremia e se mexia.

O hashin fez uma mesura diante de Yezdigerd.

— Que Tarim fortaleça tua estirpe, ó príncipe, e mantenha teu punho firme até o fim de teus dias — disse. — Aruk Darek me instruiu a dizer-te que ele mantém o acordo contigo, e disse para que te entregasse este presente.

Yezdigerd deu um passo para o lado e permitiu que o homem entrasse. O hashin carregou o saco até o centro do aposento e em seguida cortou com um golpe limpo o cordão que o mantinha fechado. O tecido revelou um corpo amordaçado e algemado. O herdeiro logo reconheceu o irmão mais novo, cujo olhar se ergueu e encontrou com o de Yezdigerd em uma súplica muda.

— Havia um atentado contra o rei e seu primogênito planejado para esta noite — disse o hashin. — Conforme nosso acordo, a tentativa contra o rei foi frustrada. O ataque a teu irmão ainda pode ser bem-sucedido, se assim convier. Trazemos o responsável diante de ti.

Yezdigerd olhou para Yozbal com um sorriso retorcido no rosto. O irmão se debatia e murmurava, sem dúvida pedindo uma oportunidade de defender a vida com palavras. Sua língua sempre fora sua melhor arma. Descobriu que não estava interessado nas desculpas de Yozbal.

— Deveria ter te limitado a causar intrigas com as palavras, irmãozinho — falou. — É o que fazes bem. — Virou-se de repente para o hashin. — Conseguem fazer com que a morte dele pareça acidental? — perguntou.

— Claro, meu príncipe.

Yezdigerd considerou a questão por alguns instantes. Conhecia Yozbal muito bem e sabia que, durante algum tempo, ele não ofereceria perigo algum, acovardado demais pelo acontecido. Mais cedo ou mais tarde, porém, ele se recuperaria e voltaria a tentar alguma coisa. Era melhor se livrar dele logo, agora que o tinha à sua mercê, do que depois, quando ele talvez tivesse novos meios de se defender.

— Que assim seja, então — disse, enfim.

— E a respeito de teu irmão mais velho?

A pergunta era pertinente. Poderia matar dois coelhos numa cajadada só, porém a morte de dois irmãos na mesma noite seria suspeita demais. Era melhor ser prudente.

— Deixemos que ele viva, por enquanto — respondeu. — Agradeça a Aruk Darek pelo presente. Não esquecerei o que ele fez por mim.

O hashin fez uma mesura diante de Yezdigerd e colocou Yozbal de novo dentro do saco sem dar a mínima para suas tentativas de resistir. Amarrou o cordão e colocou o fardo sobre o ombro antes de desaparecer de forma tão sigilosa quanto chegara.

Yezdigerd se aproximou da janela. Estava quase amanhecendo e, de toda forma, não estava com sono.

Yozbal fora rápido e audaz, isso ele precisava admitir. Vira uma oportunidade e a aproveitara. Não fosse o pacto de Yezdigerd com os hashins, o plano do caçula teria sido bem-sucedido. Mas "teria sido" valia tanto quanto "quase" — ou seja, nada.

Não seria difícil controlar o irmão mais velho. Ele era prudente demais para tentar algo parecido com o movimento de Yozbal. Em vez disso, preferiria minar o prestígio de Yezdigerd entre os membros do conselho de nobres e ganhar partidários à sua causa distribuindo favores e riquezas.

Yezdigerd tinha os próprios meios de atrair partidários sem chamar tanta atenção. Ainda assim, reconhecia que seria difícil superar o irmão de forma clara, de modo que todos reconhecessem sua vitória — o que poderia ser um problema. Não queria o país dividido em dois grupos mais ou menos iguais em tamanho; a última coisa de que Turão precisava naquele momento era uma guerra civil.

Sem o Olho de Tarim para inclinar a balança a seu favor de forma definitiva, a guerra poderia ser inevitável, e talvez ele devesse se preparar para ela. Já que precisaria haver uma, que ao menos fosse o mais breve e o menos sanguinária possível.

O príncipe se apoiou no peitoril e contemplou o sol nascente que tingia de carmesim a crista das ondas. Um vento soprava do norte, fresco e úmido; Yezdigerd fechou os olhos e se deixou levar pela brisa enquanto a mente tratava de prever todos os caminhos possíveis do futuro e se antecipar a eles.

O Olho de Tarim continuava sendo a melhor vantagem que poderia ter. Precisava considerar a possibilidade de não o recuperar a tempo, porém. Nunca, talvez.

CAPÍTULO ONZE

A COROAÇÃO DUPLA

Não há nada mais perigoso do que um povo convencido de que está saindo em uma guerra justa e necessária. Perigoso para o inimigo, sem dúvida, mas também para si mesmo. É uma lição que se aprende de novo e de novo, pois sempre esquecemos que a aprendemos.

— Astreas da Nemédia

Durante as semanas seguintes, Conan se acostumou a confiar cada vez mais em N'Gora, a ponto de começar a delegar a ele parte das próprias funções. Continuava passando o dia no acampamento e observava o treinamento dos recrutas com o olhar atento, mas não demorara a se dar conta de que a supervisão constante não só não era necessária como também poderia ser contraproducente. Os homens tinham aprendido os rudimentos do ofício, estavam com o físico preparado e começavam a descobrir como funcionar como uma só unidade em campo de batalha. Era hora de se retirar e deixar que seus eficazes subordinados completassem o treinamento.

Decidiu concentrar os esforços no esquadrão de arqueiros que começara a formar uns dias antes e deixou que os instrutores se ocupassem do resto dos homens. Bêlit o ajudara a obter a ordem real que permitira ao artesão cumprir a encomenda do cimério, e recebera os arcos pouco tempo antes. Maravilhado pelo trabalho hábil e delicado do homem, alegrou-se por ter escolhido bem; aquele era o fruto de alguém que amava o próprio trabalho. As grandes flechas eram, à sua maneira, uma obra tão habilidosa quanto os próprios arcos; depois de alguns testes de tiro, o bárbaro aprovara com entusiasmo o resultado da encomenda. No meio tempo, ao longo das semanas anteriores, selecionara mentalmente os homens que fariam parte do esquadrão.

Uma de suas últimas ordens antes de deixar a instrução geral nas mãos de N'Gora e dos demais capitães fora nomear Yasunga e Laranga, sobrinhos do lanceiro, como sargentos de pelotão. Sabia que N'Gora era correto demais para sugerir o nome dos parentes, mas Conan acompanhara os progressos de ambos de perto e sabia também que eram dignos do cargo apesar da pouca idade. Eram decididos, resistentes, sagazes e sérios, e se tornariam soldados de primeira se continuassem naquele caminho. Assim, riscou os nomes propostos por N'Gora e apontou para os dois garotos com um gesto antes de montar no cavalo e voltar à propriedade de Bêlit.

Seguiu frequentando o acampamento todos os dias. Vigiava de perto o ensino dos arqueiros, que avançava num bom ritmo. Do treinamento com alvos estacionários tinham passado a atirar contra objetos móveis, e depois a usar os arcos enquanto caminhavam ou corriam, agachados ou deitados. Viviam grudados nas armas, e muitos dormiam com elas.

De vez em quando, comia com os soldados e se exercitava ao lado deles. Ainda assim, precisou dar uma bronca no grupo depois das primeiras tentativas de manobrar como uma unidade disciplinada.

— Por Crom! Qual acham que é a razão dos exércitos hiborianos serem os mais letais do mundo? — exclamou ao ver o resultado pífio da manobra. — Garanto que cada soldado sozinho não tem nem metade da força e da agilidade de vocês, e que tampouco foram treinados para suportar um quarto do que conseguem aguentar. Homem a homem, vocês são superiores. Mesmo assim, caso se encontrassem em batalha, eles lhes surrariam com uma mão nas costas e depois limpariam a bunda com os restos espalhados pelo campo de batalha. Sabem por quê? Porque eles sabem agir como uma unidade. Porque confiam cegamente nos homens com os quais lutam lado a lado, porque sabem que cada soldado fará sua parte conforme as instruções e que isso manterá o pelotão, a companhia e o batalhão vivos. Vão deixar que uns hiborianos bobocas lhes ensinem como ser bons soldados? Vão deixar que riam de vocês?

O discurso teve o efeito habitual e, durante os dias seguintes, os soldados redobraram os esforços — como Conan previra. Ele ficou satisfeito. Eram bons, e estavam criando um batalhão de primeira classe, digno de lutar na vanguarda e resistir ao embate inicial contra o inimigo. Com tempo e esforço, formariam um dique capaz de resistir a qualquer maré.

Não via muito Bêlit, que passava boa parte do dia no estado-maior junto ao general Burgún e ao rei, planejando a próxima campanha; à noite, porém, encontravam-se e compartilhavam a refeição e o leito.

Demetrio continuava na cidade e, quando Conan perguntou a Bêlit se sabia como ele andava, ela lhe respondeu com um sorriso enigmático.

— Melhor ele mesmo contar — disse.

Os dias foram passando e começaram a parecer todos iguais. A temporada de tempestades se arrastava devagar rumo ao fim enquanto o país inteiro vivia à expectativa da próxima campanha.

Certo dia, os mensageiros reais deixaram o palácio, percorreram toda a ilha e cruzaram o arquipélago levando a notícia: em uma semana, uma cerimônia simbólica de coroação dos reis seria celebrada. A população veria a Coroa Dupla e o Coração de Ísis e Osíris, recuperados depois de tanto tempo. O evento serviria para estreitar ainda mais os laços entre todos os habitantes de Nakanda Wazuri — e, portanto, era esperado que gente de todo o arquipélago estivesse presente. A ocasião também seria o prelúdio à iminente campanha.

Conan e Bêlit, acompanhados de N'Gora e os sobrinhos, chegaram à cidade de Nakanda com as primeiras luzes da manhã. A impressão era que o local passara a madrugada acordado: as ruas estavam cheias de gente indo de um lado para o outro, as tendas do mercado não pareciam ter se fechado, os templos recebiam fiéis sem parar e os bordéis continuavam abertos.

A enorme praça diante do palácio estava cheia de gente. Conan e Bêlit ficaram gratos de ter um lugar reservado junto à nobreza, caso contrário dificilmente teriam encontrado um espaço entre a multidão. Mais gratos ainda estavam N'Gora e os sobrinhos, a quem Bêlit decidira levar como escolta de honra em um surto repentino de ostentação.

N'Gora estendeu o convite real acima da cabeça como salvo-conduto para atravessar a praça e conseguiu que lhes abrissem espaço a contragosto até chegarem às escadarias. Sem dúvida, o aspecto feroz e aguerrido do homem, sem mencionar o do bárbaro gigantesco e o da tigresa shemita que escoltavam, foi muito mais efetivo do que o convite.

Subiram os degraus até serem detidos pelos guardas. N'Gora, que ostentava sua armadura brilhante de capitão e um penacho de penas de arara, mostrou a ele o documento com um gesto rebuscado. Os guardas analisaram minuciosamente o selo real enquanto Bêlit e Conan esperavam, cercados pelos jovens sargentos, cada qual com uma loriga brilhante e uma grande lança. Mantinham o semblante impassível, mas os olhos reluziam de orgulho e quase pareciam dois jovens pavões-azuis se exibindo diante de uma fêmea. Tanto o cimério quanto a shemita vestiam uma longa túnica de pele de zebra que os deixava com um braço livre e cobria o outro. Conan não estava muito à vontade com o vestuário, mas agradecia ao menos o fato de que não era tão justa e, portanto, permitia a ele ocultar o grande punhal que decidira levar consigo. Não esperava complicações ou violência, mas preferia estar seguro.

Os guardas os acompanharam e adentraram o palácio. Um criado indicou a N'Gora e aos sobrinhos a direção da sala da guarda, onde poderiam esperar o início da cerimônia enquanto ele se encarregava de escoltar os visitantes. N'Gora interrogou Bêlit com o olhar, e ela assentiu de forma imperceptível antes de dar meia-volta e seguir pelo corredor apontado pelo criado.

A sala da guarda estava quase cheia com as escoltas dos diversos convidados de honra. N'Gora logo reconheceu alguns velhos camaradas de armas e, antes de se dar conta, bebericava de uma taça e se entregava à nostalgia de antigas proezas tão características dos soldados.

Deixou os sobrinhos à vontade — ficou prestando atenção ao que diziam, porém, pronto para chamar a atenção deles caso se excedessem ou agissem de forma muito arrogante. Eram bons garotos e decerto seriam bons soldados, mas também eram jovens e N'Gora se lembrava muito bem do que isso significava.

Apesar de seu temor, Yasunga e Laranga se comportaram bem o tempo todo e ele não teve motivo algum para lhes dar um puxão de orelha. E se sentiu inclusive um pouco decepcionado por isso.

Faltavam segundos para o meio-dia. Os convidados de honra, a nobreza e alguns amigos próximos ocupavam seu lugar no tablado diante das escadas enquanto esperavam que a sombra do obelisco da praça, que diminuía cada vez mais, desaparecesse. Tudo estava planejado para que os reis saíssem no momento exato em que isso acontecesse.

Conan, Bêlit e Demetrio estavam juntos, um pouco à esquerda da porta e em um ângulo que lhes permitia ver bem a cerimônia. A pele tostada pelo sol e pela vida no mar fazia os três se destacarem nitidamente entre o povo de pele cor de ébano.

— Estava com saudades, nemédio — murmurou o cimério, dando-lhe um tapinha que o deixou paralisado por um momento. — A impressão é que você não está nem aí conosco.

Demetrio recuperou a compostura, ajustou a túnica com um gesto petulante e respondeu:

— Não é nada disso, Conan. Por Mitra, tu e Bêlit sabem muito bem quanto devo a vós e quanto prazer sinto de estar em vossa companhia. Raios, sois o que tenho mais próximo de uma família. Porém...

— Sim, você estava com outras coisas na cabeça — interrompeu o bárbaro com uma piscadela brincalhona. — E parece que está muito bem — acrescentou logo. — Está com uma aparência boa, andando por aí com a cabeça erguida, e hoje de manhã não escutei você suspirar nem uma única vez. Viu, não é o único capaz de adivinhar coisas sobre os outros.

Bêlit conteve um sorriso. Demetrio ia dizer algo, mas no mesmo instante uma corneta soou e duas pessoas apareceram na porta. Isuné e Osuné, em seus melhores trajes de gala, adentraram o patamar e caminharam até parar ao pé da escadaria. Eram seguidos por um cortejo de sacerdotes; dois levavam a coroa dupla e um terceiro carregava o rubi hexagonal.

Na praça, o público irrompeu em um rugido de adoração aos reis, e Conan se maravilhou com a reação. Já assistira outras cerimônias públicas de monarcas e seu instinto sempre lhe advertira de que havia algo forçado e ensaiado nos gritos de entusiasmo do povo. Não percebia nada de parecido ali. Aquela gente amava os próprios reis, e o cimério se perguntou o que tinham feito para que tal coisa acontecesse. Logo se lembrou de como Osuné e Isuné o tinham tratado o tempo todo: sem condescendência, atentos às suas necessidades, sempre dispostos a escutar e dar voz à razão. Será que era assim que atuavam com todo mundo? Será que era aquela a chave de ser um bom governante, ou ao menos um querido pelo povo? Será que ambas as afirmações eram verdade ao mesmo tempo, ou eram incompatíveis?

Ele não sabia de nada sobre o assunto, e pouco lhe importava. Desfrutara o tempo passado na propriedade de Bêlit, assim como o período instruindo os soldados, mas nas últimas semanas algo dentro dele tinha começado a se agitar. Como uma coceira que não conseguia fazer passar por mais que coçasse.

Por sorte, a campanha começaria logo. Zarpariam, abater-se-iam sobre a Estígia e as espadas cantariam de novo sua canção de morte e sangue.

Será que seria sempre assim? Haveria sempre uma parte dele que ansiaria pela violência desenfreada, que necessitaria do fulgor gélido do aço contra o aço para se sentir completo?

Com certeza.

A cerimônia prosseguiu. Os reis tinham parado em um dos patamares da escadaria, encimados por uma fileira de incensários altos de metal. Os sacerdotes colocaram a coroa dupla sobre a cabeça dos monarcas. Com extremo cuidado, o que carregava o rubi o depositou no espaço onde as duas peças se uniam e fechou o suporte que manteria a pedra preciosa no lugar.

Um resplandor carmesim surgiu da joia, pulsou, cresceu e enfim se deteve. Ambos os reis foram envolvidos por uma bolha avermelhada de uns seis passos de diâmetro, e os três sacerdotes se puseram atrás deles. Dava para ver perfeitamente os governantes, que estavam de mãos dadas e sorriam. Entre ambos, a pedra piscava em um tom avermelhado, e a esfera de luz tremulava.

De imediato, os guardas aos pés da escada deixaram de olhar para o povo, deram meia-volta, ergueram as lanças e, como um só homem, investiram contra a bolha. Enquanto a turba encarava a cena em um silêncio boquiaberto e Conan xingava e levava a mão ao punhal sob a túnica, golpearam juntos a brilhante superfície carmesim e foram rechaçados com um nítido ruído metálico.

As lanças caíram ao solo e ficaram imóveis. Conan relaxou ao compreender que aquilo também era parte da cerimônia, embora ainda assim não se sentisse de todo cômodo: estar na presença de magia sempre tinha tal efeito sobre ele. A multidão, que ainda não despertara do estupor, parecia paralisada por um feitiço. Este se rompeu de uma vez com um grito de espanto que se transformou quase de imediato em um clamor enlouquecido.

Os reis ergueram as mãos dadas. De seus dedos, irromperam raios que se espalharam pela superfície da bolha e foram absorvidos por ela.

Na praça, a algazarra continuava. O próprio chão retumbava com os gritos de entusiasmo, e Conan teve a sensação de que até a montanha tremia.

Pouco a pouco, a turba foi se acalmando. Os reis abaixaram o braço. Os sacerdotes os cercaram e recolheram a coroa dupla. A bolha carmesim sumiu de repente.

Isuné e Osuné deram um passo à frente. Ergueram de novo os braços e gritaram:

— Nakanda Wazuri! Jemi Asud!

A exclamação foi repetida pelo povo como se saísse de uma só garganta. As quatro palavras ressoaram várias vezes pela praça. Naquele momento, os reis poderiam ter pedido o que quisessem dos súditos que eles o fariam sem vacilar: entregariam a propriedade, os filhos, até mesmo a vida.

E era justamente isso que estavam fazendo, Conan se deu conta. Muitos dos que partiriam para a Estígia não voltariam jamais a seus lares e morreriam com as tripas derramadas em uma terra estrangeira.

Deu-se conta naquele momento de que alguém se aproximava pela direita. Virou-se e viu o general Burgún, com a armadura completa e reluzente. Saudaram um ao outro com um gesto da cabeça e um sorriso lupino.

— Percebeste? — perguntou o general.

O cimério perscrutou o rosto sombrio de Burgún. Por um instante, ficou em dúvida sobre a que ele se referia. Em seguida, compreendeu de repente e assentiu.

— O escudo detém qualquer coisa que se atire contra ele, mas não repele objetos imóveis — sussurrou. — Me dei conta disso quando avançaram até a base da escadaria. A bolha não derrubou os incensários, e sim os absorveu.

Franziu o cenho enquanto Burgún assentia.

— Não acho que outras pessoas notaram isso — murmurou. — De qualquer forma, tomarei minhas precauções.

A cerimônia ainda se prolongou por alguns minutos. O clamor foi morrendo aos poucos e os reis voltaram ao interior do palácio. Conan não deixou de notar o olhar e o sorriso que Isuné ofereceu a Demetrio quando passou ao lado dele.

Duas das pessoas que estavam na praça não pertenciam àquele lugar. Não havia nada na aparência delas que as diferenciasse dos milhares de wazuris que tinham ido ver a cerimônia. Se alguém tivesse se dado ao trabalho de prestar alguma atenção nelas, teria visto dois pescadores de uma das ilhas do arquipélago vestidos com seus melhores trajes e cheios de entusiasmo pelo que acontecia.

Sob aqueles disfarces tecidos com a mais hábil das feitiçarias havia um estígio e um hircaniano. Tinham se camuflado com novas aparências dois meses antes e arrumado passagem no último barco que faria a travessia até Nakanda antes do fim da temporada de tufões.

Durante o tempo passado na ilha, tinham dado crédito apenas ao que os olhos mostravam. Também não tinham perdido nem o menor detalhe do que haviam visto. A cerimônia de coroação fora o detalhe final. Tinham toda a informação de que necessitavam, e era hora de voltar ao continente — se pudessem. Não seria uma travessia fácil.

— Aqui não consigo me comunicar com meu mestre — disse Totmés aquela noite, nos aposentos que dividiam. — Há uma magia antiga nesta ilha, magia da terra e dos ancestrais. Se eu tentasse estabelecer contato com a Estígia, alertaria os xamãs do lugar.

Kerim, oculto sob um corpo robusto e de ombros largos, encarou o outro sem compreender.

— Por que não detectaram nossos disfarces, então?

— É diferente. Isto é magia passiva. Uma vez concluído, o feitiço não deixa rastros e é indetectável. Ao menos até ser eliminado.

O hircaniano assentiu.

— O que propões, então?

— Falta pouco para o fim da temporada de tempestades, e justo agora elas estão em seu momento mais ativo. Ir até o continente talvez não seja uma opção, mas temos de fazer a informação chegar até meu mestre ou os inimigos se abaterão sobre uma Estígia desprevenida. — Alisou a barba, pensativo. — Podemos tentar ir a alguma das ilhas menores. Ali, a magia que protege este lugar deve ser mais fraca. Poderei me comunicar.

— Tens certeza?

Totmés meneou a cabeça.

— Não tanta, mas é nossa melhor opção.

Kerim pareceu concordar.

— Certo — disse. — E agora diz-me por que não devo te matar por teres mentido para mim.

O estígio nem tentou fingir que não sabia do que o companheiro estava falando.

— Se eu tivesse te contado que o Olho de Tarim estava em poder dos reis da ilha, tu terias tentado recuperá-lo. E acredites em mim quando digo que terias fracassado e colocado tudo em risco. O item está muito bem vigiado e guardado, e nem com a minha ajuda terias conseguido te infiltrar no palácio. Agora que os viste, porém, sabe ao menos que não pode fazer nada sobre isso, não enquanto o Olho estiver aqui e em poder dos reis. Sabes que tens de esperar e voltar à Estígia. E precisas de mim para tudo isso.

Mesmo a contragosto, Kerim teve de se mostrar de acordo. Não lhe restavam mais opções além de fazer o que dizia aquele aprendiz de bruxo, ao menos naquele momento. Se havia algo que abundava em um hashin, era paciência — ele só não sabia muito bem se o príncipe Yezdigerd também possuía tal traço.

— Não sou teu criado, estígio, é melhor lembrar-te disso — disse, depois de um tempo. — Estamos juntos por um propósito em comum: recuperar o Olho de Tarim. Te ajudarei em qualquer coisa que leve a tal objetivo. Uma vez alcançado, espero não voltar mais a saber de ti.

— Queremos o mesmo, tenhas certeza.

Não obteve resposta alguma. Sequer a esperava.

CAPÍTULO DOZE
MENTES ATRIBULADAS

Se conheces os demais e conheces a ti mesmo, nem em cem batalhas correrás perigo. Se não conheces os demais, mas conheces a ti mesmo, perderás algumas batalhas e ganharás outras. Se não conheces os demais nem conheces a ti mesmo, correrás perigo em todas as batalhas.

— Provérbio de Khitai

Os genitores tinham razão, dizia N'Yaga a si mesmo. Se soubesse o preço que teria de pagar em troca do cumprimento da profecia, não teria feito o que fizera.

Valia a pena? Valia a pena sacrificar a alma do filho para que Jemi Asud e Jemi Ahmar fossem uma terra só, para relegar Set para sempre às sombras de onde vinha, para que os deserdados recuperassem o que fora deles, para...?

Como xamã a serviço de Nakanda, entregara a vida a uma causa e nunca, em toda a sua longa vida, questionara a validade dela.

Nada mudara, dizia a si mesmo. A dor pessoal não devia cegá-lo. Antes acreditava no que estava fazendo; qual era a diferença agora? Nenhuma, repetia para si mesmo. Absolutamente nenhuma.

Aquilo não o confortava, porém, e seu sono continuava intranquilo.

— És negligente e descuidas de tuas responsabilidades.

Isuné estivera esperando aquelas palavras havia várias semanas. Assim, não foi surpresa alguma quando o irmão adentrou seus aposentos naquela noite e, sem sequer a cumprimentar, soltara-as de supetão.

Pensara muito em como reagiria a elas, mas nenhum de seus ensaios mentais fora satisfatório.

— Fiz vista grossa quando não quiseste te unir ao conselho de guerra — continuou o irmão, que caminhava de um lado para o outro com as mãos às costas e a cabeça baixa. — E voltei a fingir que não via quanto iniciaste tua aventura com o nemédio. Compreendo que o trono possa ser um fardo pesado, e entendo que necessites de... bem...

algum alívio. Contanto que não gerem filhos e a relação não se interponha em teus deveres, não tenho objeção alguma. Também entendo que tua mente não seja orientada à guerra, que prefiras te ocupar de outras partes do governo, por que não? És, de certo modo, Ísis. É tua missão. Tu manténs o reino unido enquanto Osíris enfrenta o inimigo.

Parou de repente e a encarou nos olhos antes de continuar:

— Mas não é só isso. Há algo mais. Sempre preferiste te manter nas sombras e deixar que me ocupe dos aspectos mais públicos de nosso reinado. Eu sei disso, sei desde que éramos criança, e aceito. Mas até pouco tempo atrás, cumprias teus deveres de monarca e não fugias de tuas responsabilidades. E agora... O que queres, irmã?

Isuné o fitou sem saber muito bem o que responder.

— Sempre estou nas cerimônias oficiais — disse ela enfim, cuidando para que a voz não soasse hostil. — Te acompanho nos atos públicos. Suporto o peso da coroa dupla e estou a teu lado quando necessário. O que mais queres tu?

Osuné meneou a cabeça.

— Por acaso, o bem de nosso povo não te interessa? Estás tão cega de luxúria que não é capaz de enxergar além?

Cega de...? Como se atrevia? Tinha razão, porém, de certa forma distorcida. Desde que conhecera Demetrio, achava triviais — quando não irritantes — muitas coisas que até então lhe pareciam fundamentais.

Será que o próprio Osuné não...?

— O bem de nosso povo? — repetiu ela, sarcástica. — É isso que te interessa? É isso te leva a invadir um povo contra o qual não tens nada?

Osuné arregalou os olhos, mas Isuné percebeu que boa parte do espanto era fingido. Ela o conhecia bem, e tinha certeza de que os mesmos pensamentos e as mesmas perguntas que se passavam pela cabeça dela também tinha se passado pela dele. Ele também duvidara e vacilara.

— Como te atreves? — perguntou Osuné, ainda assim, com a voz escandalizada.

Isuné não deu atenção à farsa.

— Pensa, irmão — disse, expondo pela primeira vez em voz alta os pensamentos sobre o assunto. — O que a Estígia nos fez? A nós, à Nakanda Wazuri de hoje, não a nossos antepassados de três mil anos atrás. Que necessidade temos de conquistá-los e desterrar seus deuses, de obrigá-los a ser um só povo conosco? Para quê? Porque fomos o mesmo país em um tempo do qual ninguém se lembra, porque uma profecia ambígua afirma que voltaremos a ser um só país? Não vês o absurdo que é isso? Será que não estamos melhores sozinhos, por nossa própria conta?

Osuné se deixou cair em uma cadeira. Seus gestos pareciam sinceros; o aspecto de quem se sentia traído não poderia ser mais real. Mas Isuné sabia que não era assim — que ele também compartilhava daqueles pensamentos, que nem de longe estava tão surpreso ou pesaroso quanto queria parecer.

— Traição — sussurrou ele.

Ela o encarou nos olhos, e a determinação taciturna que leu neles a fez sentir um calafrio. Compreendeu que ele não voltaria atrás, que jamais admitiria ter tido uma só dúvida.

— Traição? Falar a verdade é traição? — perguntou a ele, apesar de tudo. — Não somos libertadores, somos invasores. Sequer temos um bom motivo para a invasão além de uma profecia cujo significado ninguém compreende de verdade.

Osuné meneou a cabeça.

— Irmã...

Ela o silenciou com um gesto da mão. Durante vários segundos, os dois se olharam sem dizer uma só palavra em um duelo de olhares que, embora mudo, não era menos intenso. Foi Isuné quem cedeu. Assentiu muito devagar e disse:

— Queres seguir adiante com isso? Que seja, não me oporei nem serei obstáculo para teus planos. Não questionarei publicamente o que estás fazendo. Estarei a teu lado quando for necessário. Mas nada mais.

— Não compreendes...

Isuné sorriu com tristeza.

— Compreendo muitas coisas. Talvez N'Yaga se sinta impelido por seus deuses, mas te conheço, irmão, e sei que as velhas profecias pouco te importam, assim como pouco importam a mim. Eras feliz governando em paz um povo próspero e sem problemas. Sei que não estás iniciando esta guerra por nós, e que o bem-estar de teu povo te interessa menos do que aparentas. Sei por que estás seguindo adiante com isso, por que te lançaste à campanha com tanto entusiasmo. E não tem nada a ver com o bem de Nakanda, nem com cumprir as profecias dos genitores da terra.

— Irmã...

— Crês que assim ela te olhará de outra forma? Crês que ela vai preferir a ti em vez do amante bárbaro depois que conquistares a Estígia? Realmente pensas que...

— Cala-te!

Isuné ficou em silêncio e conteve o sorriso que estava a ponto de tomar seus lábios. Era raro o irmão perder a calma, e em pouquíssimas ocasiões abandonava o escudo de serenidade afável com o qual se protegia. E, sempre que algo assim acontecia, a razão era a mesma pessoa.

— Não sabes de nada — disse ele, entredentes.

Pobre Osuné. E pobre dela também. Ambos estavam presos na mesma rede, de certo modo. Ela pelo menos gozava do amor e do corpo do amante... por enquanto. Afinal de contas, nada durava para sempre.

— Claro que sei. — A voz dela soou conciliadora, quase um arrulho. — Sei muito bem. Sempre foi assim, irmão, sempre... Inclusive quanto eu era apenas uma bebê, e vocês duas crianças que mal batiam no peito de adultos... Sim, claro que me lembro. Ou crês que eu não via apenas pois tu nunca te preocupaste em me dizer algo?

Ela se deu conta que, de fato, ele sempre acreditara que ela não sabia de nada. Que achava que, assim como enganava o resto do mundo com sua máscara equânime, amável e solícita, também enganava a própria irmã.

Meneou a cabeça, triste.

— Ah, meu irmão. Eu sempre soube. Te conheço. Sei quem és de verdade atrás de tuas máscaras e de teus escudos. És meu irmão; tu e Bêlit praticamente me criaram. Pensas mesmo que eu não via o que sentias por ela?

Osuné não respondeu, recolhido em um silêncio soturno e quase agressivo. Isuné compreendeu o erro que cometera: obrigara o irmão a confrontar a imagem que tinha de si mesmo, comparando-a com a realidade.

— Sinto muito — disse, consciente de que era tarde demais. — Talvez devesse ter mantido a ilusão.

Passou um bom tempo antes que algum deles dissesse algo. Foi Osuné quem falou primeiro, depois de se levantar, recuperar o semblante impassível, colocar as mãos às costas e voltar a caminhar de um lado para o outro, como se o gesto o tranquilizasse. Pouco a pouco, seu corpo se relaxou, sua mandíbula ficou menos tensa e seu olhar perdeu a sombra taciturna que a velava.

— Por que não? — disse de repente, tranquilo e controlado. — Colocarei a Estígia aos pés dela. Darei a ela o que ninguém mais pode dar. E, um dia, libertarei Ascalão dos invasores, e ela será a rainha que deveria ser. Quem, senão eu, é capaz de dar isso a ela? E como crês que ela reagirá quando eu o fizer?

Isuné balançou de novo a cabeça. Deveria ser sincera? Será que não seria melhor manter o silêncio?

— Não como esperas, irmão. Isso não vai acontecer nem que coloques o mundo aos pés dela. Ela não abrirá mão de Amra.

Osuné se deteve de imediato. Inspirou muito devagar e assentiu com um gesto solene.

— Às vezes, acidentes acontecem — disse ele, com o olhar cravado na parede e um sorriso inquietante.

Isuné não respondeu. O irmão se virou para ela e a contemplou como se examinasse com interesse um espécime que, até então, passara despercebido. Pareceu satisfeito com o via.

— Bom, quem assim seja — continuou ele. — Enquanto estiver a meu lado quando eu necessitar de ti e contanto que não te interponhas em meus planos, não me interporei nos teus. Aproveita teu nemédio e te espoje em tua irresponsabilidade, se é o que desejas. Mas te lembra dos termos deste pacto e trata de jamais me enganar.

Sem esperar resposta, abandonou os aposentos, e seus passos tranquilos foram sumindo conforme avançava pelo corredor. Isuné ficou sozinha, e uma lágrima escorreu por seu rosto.

O irmão jamais seria capaz de aceitar que, ainda que Amra não existisse e Osuné fosse o último homem do planeta, Bêlit jamais olharia para ele com qualquer sentimento que não fosse o afeto distante de uma irmã adotiva. Nem milhares de conquistas e milhões de mortes mudariam aquilo.

Burgún limpava as armas e a armadura. Fazia aquilo com atenção, como todos os demais, detendo-se por um tempo interminável em cada detalhe e se assegurando de que tudo estava como devia.

Não estava nervoso com o resultado da campanha. Do dia em que decidira viver de oferecer a força de sua espada a serviço de outros, sabia que era muito pouco provável que morresse de velhice na cama. No mesmo dia, aprendeu a não pensar no resultado da batalha, a não antecipar a vitória ou temer a derrota. O que tivesse de acontecer, aconteceria. A única coisa que esperava era estar preparado para receber a morte quanto ela chegasse no fio do aço inimigo.

Às vezes se permitia sentir uma pequena faísca de esperança, embora tentasse não pensar nela. Era algo que voltava a sua mente de forma intermitente, algo que acontecia desde o dia em que um agente do rei de Nakanda contratara seus serviços.

Tinha enfim encontrado um lugar que valia a pena — não apenas defender, proteger e cuidar na base da espada, mas também um lugar em que poderia viver, do qual poderia sentir falta e no qual poderia envelhecer sem mais preocupações além dos males da idade. Um lugar pelo qual valia não só morrer, mas no qual valia a pena viver.

Tentava afastar a ideia da mente toda vez que a tinha. Quase sempre tinha sucesso — naquela noite, porém, enquanto polia a armadura e oleava as armas, não conseguia evitar que ela volitasse a seu redor.

Havia muito a encarar. O futuro nunca fora tão incerto quanto naquele momento. Talvez uma velha profecia prenunciasse o êxito de Nakanda Wazuri na próxima campanha, mas não havia nada que assegurasse que Burgún da Gunderlândia fosse sair com vida dela.

Em outros tempos, em outro lugar, a ideia de morrer não o teria deixado nem um pouco inquieto — ele a teria esmagado com um gesto de raiva e se concentrado na tarefa do momento.

Mas ali era difícil, quase impossível. Dizia a si mesmo que o que tinha a perder era o mesmo de sempre: a vida. Mas não era verdade. Ou era — mas, de alguma forma distorcida, não significava a mesma coisa de antes de conhecer aquele lugar e aquelas pessoas.

Será que o cimério o compreendia? Será que Conan tinha dúvidas semelhantes? Suspeitava que não.

Examinou uma última vez o fio da espada e a embainhou. Apoiou o joelho no banco diante da janela e deixou o olhar vagar pela paisagem fantasmagórica que o luar pintava diante de seus olhos. Os campos de cultivo eram um território onírico e irreal, e a silhueta escura das montanhas ao longe parecia a mandíbula irregular de algum monstro mítico.

Inspirou fundo e saboreou os mil odores que lhe inundaram. Sorriu. Se a morte colocasse a mão ossuda em seu ombro, lidaria com ela quando chegasse o momento. Até lá, pela primeira vez na vida estava onde queria, fazendo o que queria e por quem queria. Com um sorrisinho, perguntou a si mesmo: quantos no mundo podiam dizer o mesmo? Se a vida era o preço que tinha de pagar por tal privilégio, que assim fosse.